「――姫……っ、姫……っ！」

いつか、名前を呼ばれてみたい……

レイはふと沸いた欲望を抱いて、
うなじに降り注ぐ息遣いに嬌声を重ねる。

Illustration／HARU AZUMAYA

プラチナ文庫

Platinum Label

嘘つき同士

犬飼のの

"Usotsukidohshi"
presented by Nono Inukai

プランタン出版

イラスト／四阿屋晴

目次

※本作品の内容はすべてフィクションです。

第一章

「まったくお前って子はっ、呆れちまうよ！」

　宿屋の女主人である母親を前に、レイ・セルニットは神妙《しんみょう》な振りをして黙っていた。

　頭の高い位置で馬の尻尾のように結んだ金髪を、腰で組んだ手指にこっそりと絡《から》めつつ、時が過ぎるのを待つ。

　こうして調理場裏にある食品貯蔵庫に呼びつけられ、頭ごなしに怒鳴られるのは一日に最低一回はあることで、言い訳をして長引かせるだけ無駄なのはわかっていた。

「レイッ！　人の話は真面目《まじめ》にお聞きっ！」

　しかしながら、相手は自分よりも遥かに上手《うわて》である。真剣に聞いていないのを見抜かれ、脚衣の上から尻をバシィッ！　と叩かれた。それも決まって大きな木べらで叩いてくる。

　思わず「ふぎゃっ！」と間の抜けた声を上げてしまうほどの勢いだった。

「客には手を上げるなと何回言ったらわかるんだい!?　小娘じゃあるまいしっ、ちょっと触られたくらいでいちいち騒ぎを起こすんじゃないよっ！」

　自分が受けた屈辱について詳しく説明したくないレイは、無言のまま舌を打つ。

湯殿で湯桶の整頓《せいとん》をしていたところ、数名の余所者客《よそものきやく》に「一晩いくらだ？」としつこく迫られ、すげなく断ると羽交《はが》い締《じ》めにされた上に体を触られたのである。我慢にも限度があり、最終的には頭突きや拳《こぶし》で反撃してしまった。

「どうせまた尻を撫でられたとかだろっ？　いくら触られたって減りやしないよっ」

「そりゃケツそのものは減らねぇけど、俺の中で減るもんはあるんだぜ。黙ってたら男のプライドってもんが目減りしちまうんだ」

「青二才が一丁前な口きいてんじゃないよっ！　おかげであの客達に余計なサービスしなきゃいけなくなったんだ。減ってるのは売上だよっ！　一週間は禁酒だからねっ！」

「一週間っ!?」

「だいたいお前は飲みすぎなんだよっ、先月の酒代だってお前の分がどれだけ占《し》めてるかわかってんのかい!?　せっかくそんだけ綺麗に産んでやったんだ、客にちったぁ愛想《あいそ》よくして奢《おご》ってもらうくらいのことしたらどうなんだいっ」

「奢られるくらいなら奢る方がいい……」

呟いた途端にさらにもう一発尻を叩かれたレイは、幾分ふくよかになっても相変わらず綺麗な母親の顔を見下ろして、じぃんと響く尻の痛みに眉を寄せた。

誰からもよく似ていると言われる母――がさつなわりに色気のあるロザ・セルニットは、レイのように華やかな金髪金瞳《きんどう》ではなかったが、城下町一の美女と謳《うた》われた過去がある。

代々女王が君臨しているこのミナウス王国には、男を尻に敷くような気の強い女が多く、彼女はその典型だった。そして彼女が尻に敷きつつも惚れ込んでいる夫――ウィル・セルニットは、類稀《たぐいまれ》に豪華な金髪と金瞳の持ち主である。

そんな両親の美点のみを受け継いだレイの苦難は、並大抵のものではなかった。宿屋の客を始め、友人と思っていた男にまで迫られる始末で、時にそれは暴挙となって身に降りかかることもある。貞操《ていそう》を守るため、常に気を張っていなければならなかった。

「レイッ！　少しは反省したのかいっ!?」

「母さん、言うの忘れてたけど、昨夜また俺の部屋の鍵が壊された。もっと頑丈《がんじょう》なやつをつけといてくれ。言いたかねぇが、事態はわりと深刻だ」

「ああつけとくよっ、あたしだってこの器量だからね、お前の苦労はわからなくもないさ。けど今はそれどころじゃないんだよっ！　お城の式典目当てで大忙しでっ、食堂も受付も人手が足りないんだっ。わかったらとっとと買い物に行っといでっ」

「買い物？　こんな夜更《よふ》けにどこに行けってんだ？」

「アニタの店だよ。今夜は夏野菜のソテーが出すぎてて、しこたま買い込んでたバターが切れそうな勢いだからね。戸を叩けば開けてくれるから、いつものやつを買っといで」

アニタの店と母親に言われて、レイははたと顔を上げた。頭によぎったのは、アニタの娘ミアの顔である。ミアは平凡な容姿で太めだったが、愛想がよく控えめな娘だった。

「ミア、いるかな？」

「――……ミア？　なんだい、お前あの娘に気があるのかいっ？」

レイの呟きは実に小さなものだったが、耳聡《みみざと》い母親は踵《かかと》を浮かして食いついてきた。

調理場の料理人が彼女を呼んでいたが、それすら無視してレイの両肘《りょうひじ》を掴む。

「いやっ……気があるとかそんな大げさなことじゃねぇけど、俺ももう二十四だし、そろそろ嫁さんもらった方がいいだろ？　ミアは次女だし愛想がいいし働き者だし、商家の娘だから色々わかってるしな。条件はぴったりだと思うぜ」

俺だって宿のことや将来のことを真剣に考えてるんだぜ、少しは見直してくれよな。と、褒め言葉を心待ちにしたレイだったが、間髪《かんぱつ》入れずに返ってきたのは落胆の表情だった。

「ああ情けないったら！　男のプライドとか言っておいてなんだいそれはっ⁉　あたしの息子とは思えないね、見損なったよ！　そんなつまらない理由で結婚するくらいだったら、お前に惚れてる男爵様のお屋敷にでも行っちまいな！　腑抜《ふぬけ》には男妾《おとこめかけ》が似合いだよっ！」

「はぁっ⁉　なんでそうなるんだよ！　それが母親の言うことかぁっ⁉」

「――二人ともいい加減にしないか。調理場に筒抜けだよ」

頭の天辺《てっぺん》まで一気に血を上らせた母子の前に現れたのは、レイの父親ウィルだった。

すらりと背が高く色白で、人目を惹《ひ》く美事な金髪を持った美男である。

彼はレイとまったく同じ理由――鬘屋《かつらや》に高く売るためだけに、髪を長く伸ばしていた。

ウィルが「母さん、そろそろ戻ってくれないと困るよ」と穏やかに声を掛けると、彼にぞっこんなロザは、ふんっと鼻を鳴らすなり戻っていく。

「レイ、また随分と暴れたそうだな。警邏隊《けいらたい》を呼ばれる寸前だったと聞いたぞ」

「奴らが大袈裟《おおげさ》なだけだ、ちゃんと手加減したぜっ。それより今の聞いたか⁉　母さんは俺に貴族の男妾になれって言ったんだ！　一人息子をなんだと思ってんだよっ」

憤《いきどお》りが治まらないレイは、常に仲裁役を務める父親と共に裏口に向かう。

調理場裏の食品貯蔵室のさらに奥から、外に出られるようになっていた。

「あれはお前が悪いんだよ。知っての通り若い頃の母さんにはいい縁談が山のようにあったのに、情熱に任せて私の求婚を受けてくれた。宿屋を始めたばかりの貧しい若造だったのにね。ちなみに母さんはミアのことを凄く気に入ってるんだよ。お前がもしミアを好きだって言ってたら、今すぐ求婚しろって迫ったはずさ」

裏口の扉を開けてくれた父親の言葉に、レイは「えっ」と声を上げ、先程とは別の意味で頭に血が上るのを感じる。思い起こせば、ミアの名に反応した時の母親の顔は、期待に満ちて輝いていた。それが何故《なぜ》あれほど激昂《げきこう》したのかわかると、頬が忽《たちま》ち熱くなる。

「母さんはお前にも、恋の一つや二つできる熱い男になって欲しいんだよ。お前は喧嘩っ早いくせに妙に冷めてるところがあるからね」

「別に、ミアを好きじゃないわけじゃ……ないんだぜ」

「でも恋しちゃいない。あの子のことで頭がいっぱいになって仕事が手につかないとか、逢いたくて胸が苦しいとか……あとはほら、夜中にむらむらきたりとか、しないだろ？」

「しねぇよっ！」

「ははは、まだまだ子供だな。まあともかく母さんは、自分の選択を後悔してないってことだな。親の勧めや条件で結婚相手を選ばなかったことを、よかったと思ってるのさ」

「そりゃどうも……ごちそうさま」

ふふっと笑う父親に見送られながら、レイは夜風の抜ける路地裏に出る。建物の外壁を伝うようにして表通りに回り込むと、店の入口に客が屯《たむろ》っているのが見えた。

レイの生家であるこの宿は、食堂や酒場、湯屋も兼ねており、城下町で二番目に大きい。宿泊客以外も多く訪れるため、繁忙期には人の出入りが激しかった。

「ん？　ピートスにトーマス……バズもロッズも、どうしたんだ店の前で」

「レイッ、なんだよせっかく飲みにきたのにっ、どっか行くのか？」

旅人に交ざって店に入ろうとしていたのは、近所に住む友人達だった。

四人共この町で一緒に育った幼馴染《おさななじみ》だったが、一人残らずレイに対して恋愛感情を持ち、告白をしてきた過去がある。正確には申し込みすら成立しておらず、レイは途中で「それ以上言ったら絶交だ」と一刀両断していた。

「これから買い物。すぐ戻るけど休憩は取れそうにないぜ」

「今夜もかよ……昨夜も全然話せなかったし、お前がこう忙しくちゃつまんねぇよっ」

「おばさんも人使いが荒いよなぁ、買い物なら俺達も付き合うぜっ」

「ついてくんなって。式典時は稼ぎ時だからしょうがねぇんだ、見ての通りの大盛況だぜ。満室の上に、廊下や階段でもいいから寝かせてくれって客が次々来るんだ」

店が繁盛するのも忙しいのも大歓迎なレイは、笑いながら友人達の背中を押す。ついてくるなと言ってもついてきてしまいそうな彼らを、看板下の入口から店に押し込んだ。

「レイッ、ほんとにすぐ戻ってくるんだろうなっ、少しは相手してくれよっ」

「今夜は無理だって。明後日《あさって》の式典まではこの調子だけど、終わったら暇になるからな、そしたら朝まででも付き合ってやるよ」

顔だけを後ろに向けながら店内に入っていく彼らに笑いかけると、四人は同時にぼっと火が点《つ》いたように頬を赤らめる。彼らの中にある秘めた恋心は、未だ健在のようだった。

(――……これさえなけりゃ、いい奴らなんだけどな……)

子供の頃ならいざ知らず、二十四歳の立派な青年になった今でも恋愛対象として見られることは、男に興味のないレイにとって苦痛でしかない。しかしながら町中の男を惚れさせたと噂されるレイには、普通の友人は最早《もはや》一人もいないのである。努めて惚れていない素振りを心がけてくれる友人に関しては、許すしかなかった。

店の前の喧噪《けんそう》に背を向けたレイは、薄暗い夜道を独りで歩いていく。ルルー川に沿った大通りを、アニタの店のある下流側に向けて足早に進んでいった。

辺りには夏の虫の音が響き、すでに店じまいをした商店の隙間から、その背後を流れる川が見える。絶え間なく動く水面《みなも》に月が映って、きらきらと光っていた。

次第に人通りが少なくなる中、レイはバターバターと唱《とな》えつつ、友人達が見せた火照《ほて》り顔を脳裏《のうり》に浮かべ、父親が口にした恋や情熱云々について考えてみる。

おしどり夫婦の両親の元で育ってはいても、恋といわれると自身の体験の方が現実的に感じられて、よいイメージは浮かばなかった。昨日まで友人だと思っていた人間が、突如豹変《ひょうへん》して襲いかかってきたり、花束を持って告白してきたりする。酒の席で一服《いっぷく》盛られて、間一髪《かんいっぱつ》のところを半裸で逃げだしたことも、宿屋の一画にある自宅部分に客が忍び込んできて乱闘になったことも何度かある。一つ一つ思いだすと、寒くもないのに鳥肌が立った。

(――恋……恋って、熱くなるって……結局盛《さか》るってことだろ?)

改めて考えてみると、恋とやらが齎《もたら》す衝動は、自分にとって不愉快で迷惑なことばかりだった。理性を失わせ、呼吸を荒げてみっともなく盛るのが恋ならば、一生無縁でいたいと切に願う。

「それよりバター、バターバター……あー……なんかミアに合わせる顔がねぇかも」

レイは夜の城下町を急ぎつつ、薄闇を行き交う人影に目をやった。

大国が二つと小国が二つ、合計四つの王国が占めるラグヴォーン大陸の中央北寄りに位置するミナウス王国は、四季の移ろいが顕著に見られる風光明媚《ふうこうめいび》な地である。夏は薄着で過ごせるほど暑くなり、まばらに通りすがる人々は当然のように楽で涼しげな服を着ている。ところが先程から数人続けて、ロングジャケットを着込んだ身なりのよい男とすれ違った。

（貴族の従者か？　こんな時間に珍しいな）

ここは王都の城下町で、比較的近い丘の上には大貴族の屋敷がある。そのさらに上には王宮があり、丘と真逆の川の向こうにも貴族が住んでいた。この辺りを従者が歩いていても不思議ではないのだが、ほとんどの店が閉まっている時分にこうも連続して出くわすと、違和感を覚えずにはいられない。しかも普段は道の真ん中を偉そうに歩いていく彼らが、どことなく遠慮がちに道端を歩くので、かえって目についた。

（やけにじろじろ見られてる気がする。それに兵士の姿も……俺、なんかやったか？）

何やら注目されている気がして、レイは日頃の行いを振り返る。

ほんの少し前、宿の湯殿で騒ぎを起こしはしたが、それは示談《じだん》で片付いていた。

他に何かあったかと思い巡《めぐ》らせても、父の秘蔵の酒をこっそり飲んだとか、友人に借りている本を返し忘れたままだったとか、内々の取るに足りないことしか思い浮かばない。

（そもそも警邏隊じゃなく兵士が町中にいるのは変だよな……式典が近いから警戒を強めてるってとこか？　検問とかそういうやつか？）

アニタの店はもうすぐだったが、レイの歩みは遂《つい》に止められてしまう。

従者と思われる男達や兵士が距離を縮めてきた上、さらに馬車まで現れたのである。

黒塗りの馬車は特別豪華な物ではなく、町中にあってもさほど目立たぬ仕様だった。

しかし三台も連なって動く様は異様で、何事なのかと息を呑まずにはいられない。

(何だ？　いったい何が起きてるんだ？　いつの間にか誰もいなくなってるし)

周囲を見渡して町の人間を探してみるものの、それらしき姿は見えなくなっていた。

まさか人払いってやつか？　と思い至ると同時に、二台目の馬車の扉が開く。

「——姉上っ、やっと見つけましたよっ！」

「！」

兵士や従者、そして前後の二台に守られるように囲まれた馬車から、一際《ひときわ》立派な身なりの青年が飛びだしてきた。

彼が着ている繻子《しゅす》のジャケットは緑色で、金とエメラルドの装飾がふんだんに施《ほどこ》されている。ややくせのある髪はアーモンド色をしており、顔立ちや声と相俟《あいま》って柔らかく優しげな印象だった。

「姉上、さあ早く馬車に乗ってください。もう逃げられないのはわかっているでしょうっ、暴れたりしないでくださいねっ」

「……は？　姉上？」

　自分よりやや小柄な青年に手首を摑まれ、レイは呆然としたまま馬車の中へと引っ張り込まれる。無論多少の抵抗はしてみたものの、渾身《こんしん》の力で振り払ったりはできなかった。何しろ相手は貴族であり、周囲には兵士までいる。しかも危険が及んでいるわけではなく、人違いをされているのは明らかだった。ここは一つ逆らわずに冷静に説明するべしという、まともな判断に至ったのである。女と間違えられていることに不快感はあっても、それは今に始まったことではなく、この状況の方が余程特異なものだった。

「ああ姫様っ、ご無事で何よりです。爺《じい》は心配で心配で、生きた心地がしませんでした」

「本当にいい加減にしてくださいい姉上っ、今度という今度は勝手がすぎます！　皆がどれだけ捜したと思ってるんですか!?　まさかこんなに近くに……城下町に潜《ひそ》んでいるなんて盲点でした。そのような粗末な男物を着て、いったい何をやっていたんですかっ」

　流れに任せて革貼りのシートに腰掛けたレイは、扉が閉められるなり叱責《しっせき》される。

　馬車の中で待っていたのは、杖《つえ》を持った老人だった。

　やはり相当に身分の高い人間らしく、爵位を示す黄金の印璽《いんじ》をペンダントにして首から下げており、たっぷりとした絹のマントを身に着けている。頭頂部が禿《は》げ上がっている上に、残る髪も髭《ひげ》も真っ白だったが、見苦しさは微塵《みじん》もなかった。呪文でも唱えだしそうな、独特の雰囲気と風格がある。

「ライアン様、姫様にも言い分はおありでしょうから、あまり責めてはいけませんよ」

「やっ、あの……俺はっ」

「責めたくもなりますっ！　だいたい姉上には王女としての自覚が足りないんです。顔も知らない王子に嫁《とつ》ぐなんて、それは確かに女性としてつらいことかも知れません。ですが、このような勝手をしたら皆にどれだけ迷惑が掛かるか、考えるまでもなくわかるでしょう。無責任に逃げだすなんて言語道断《ごんごどうだん》ですっ！　これが一国の王女のすることですかっ⁉」

目の前に座っている青年に、思わず「すみませんでした」と言ってしまいそうになるほど責められながら、レイは愕然《がくぜん》としていた。実際には一言も話す余裕がなく、自分の身に起きていることが現実なのかどうかを確かめることにのみ、全神経を注ぐ。

（一国の王女が姉で、ライアン様ってことは、まさかこいつ……）

掌《てのひら》や足腰で感じる馬車のシートの存在、耳で捉《とら》えた言葉、ライアンという名――それらすべてが夢ではなく現実なのだと実感すると、背中に冷たい汗が伝った。

「――……ライアン、王子？　女王陛下の……一人息子の？」

「今更《いまさら》何ですか姉上？　それにしても、お声が随分と低くなられましたね。慣れない環境でお風邪《かぜ》を召されたのではないですか？　早く戻ってお薬湯を煎《せん》じてもらわねば」

「そうですな、夏とはいえ油断はいけませんぞ。しかしながら……お見受けしたところ、体格は以前よりもよくなっておられるようですな」

「何を言ってるんだ爺、二日やそこらで体格がよくなるわけが……いや、なっているな。

肩幅が広くなられて……お背もますます高くなられたような……」

未だに男だと気づいてくれない二人の視線を浴びながら、レイはライアン王子の顔を凝《ぎょう》視《し》する。王族は神の子孫とされており、その姿が平民の目に触れるのは式典の時のみ——それも城壁の外から、ビーンズほどの大きさでしか拝《はい》することができない。ましてレイの生家は式典時には忙しく、王宮に出向いたことなど一度もなかった。

「俺……すぐそこの宿屋の倅《せがれ》なんですけど……王女様に、そんなに似てるんですか？」

問いかけてしばらくしてから、ライアンと老人は顔を見合わせる。

それを黙って見ていると、ライアンの手が胸に向かって恐る恐る伸びてきた。

「……お、男っ⁉」

「正真正銘《しょうしんしょうめい》、男です」

「そんな……っ、そんな馬鹿な！　どう見ても姉上なのにっ！」

ぺたぺたぺたっと何度も当てられる手を振り払うことなく、彼が納得いくまで触らせたレイは、胸の中に予感めいたものがじわじわと渦巻くのを感じる。

悪い予感なのかそうではないのか——まったくといってよいほど正体が見えなかったが、これから自分の身に、もっと信じられないようなことが起こる気がしていた。

第二章

政略結婚が嫌で逃げだした姉上が見つかるまで、しばらく身代わりを――と頼み込んできたり脅してきたりするライアンに、心情的にも立場的にも逆らえなかったレイは、そうせざるを得ない流れに呑まれていた。はっきりと身代わりを引き受けるとは言っていないにもかかわらず、自宅に戻してもらえないまま王宮に連れていかれて二日が経つ。

ライアンはレイの両親の元に使者を向かわせ、「息子さんは急きょ王宮で下働きをすることになった」と伝えると、代わりの働き手を三人送り込んだ。両親や店に心配や迷惑を掛けないこと――それはレイが突きつけた、当座の最低条件だった。

そしてライアンより直々《じきじき》に二夜漬けの礼儀作法と式典練習を叩き込まれたレイは、睡眠不足で式典当日を迎えている。婚約の儀が始まる正午まであと一刻と迫った今、第三王女レイチェルの私室で純白のドレスを纏《まと》い、窓の外を見下ろしていた。

(――すっげぇ……こっから見ると人間が蟻《あり》みたいに見えるんだな)

小国ミナウスの王女が大国オディアンの王太子に嫁ぐ、先行きの明るい婚礼行事の始まりとあって、祝福に訪れる人の数は目を見張るものがある。

城壁の外の丘は民で埋め尽くされ、城壁の内側には下級貴族やその従者達が祝いの品を手に押し寄せていた。王宮の中には王族や神官、高位の貴族、そしてこの式典のもう一人の主役である、オディアン王国王太子ヴィンセントもすでに到着している。

（あの人だかりの中にうちの客や、アニタやミアもいるわけか……）

王家の式典の際には店を閉めて見物に出かけるアニタの一家のことを思いだしながら、レイは自分の置かれている状況を改めて見つめ直した。

女王の三人の娘の中で、飛び抜けて美しいという噂のレイチェル王女の身代わりを、まさか平民の――しかも男の自分が務めることになるなど夢にも思わなかった。王宮の中にいることさえ悪い冗談のようで、打ち上げられる祝砲を聞く度に気が急《せ》く。

「レイ殿、窓から逃げだそうなんて考えないでくださいねっ」

背後から声を掛けてきたのは、一昨日《おととい》からレイの傍を離れないライアンだった。

「なぁおい、王女様はまだ見つからねぇのか？　式典までには見つけるって話だったじゃねぇか！　練習は万が一の場合のためって、そう言ってただろ!?」

ドレス姿で振り返り、長椅子に腰掛けているライアンを睨み据えてみるものの――彼も相当に焦《あせ》っているのはわかっていた。元はと言えば、逃げだした王女が悪いのである。

「万が一の事態になってしまったんです。全力で捜させてはいますが、姉上がいなくなったことを公《おおやけ》にするわけにはいきませんので、捜し方にも使える家臣にも限度があります。

巻き込んでしまって申し訳ありませんが、やはり式典に出ていただくしかありません」

「ちょっと待ってくれ、簡単に言うなよな！　式典に出るってことは女王陛下とか、あと他の王女様にも会うってことだろ⁉　女ってのは勘が鋭いんだ、絶対ばれるぜ！」

「大丈夫ですっ！　姉上の一番近くにいる僕でもわからなかったくらいなんですからっ、大人しくしていればまず見破られませんっ！」

それもどうなんだ……とこめかみを押さえながら、レイは深い溜息をつく。

現時点で身代わりの事実を知っているのは、ライアンと彼の私兵、そしてあの夜馬車に乗っていた教育係のダルポート公爵だけだった。ダルポートは、女王陛下にはお話しするべきだと意見したが、ライアンはそれを頑《かたく》なに拒んだ。その上、女は少々口の軽いところがあるから用心に越したことはないという考えの元に、侍女達に向かって、「姉上は見つかったが、大変ナーバスになられている。お世話は私がする」と言い渡したのである。

（結局こいつは、レイチェル王女の立場を悪くしたくねぇんだろうな……）

レイは無責任としか思えない王女と、いまいち頼りない王子の間にある姉弟愛に振り回されながら、整えられた髪にいらいらと指を絡める。

「あのさ……百歩譲って式典……婚約の儀だっけ？　俺がそれに出たとして、まさかそのままオディアン王国に行けとか言わないよな？　俺が町で聞いた話によると婚約ってのは名ばかりで、王女様は式典のあとすぐに嫁ぐんだろ？」

「はいそうです。姉上は迎えに来てくださったヴィンセント王太子殿下の馬車に乗って、今日のうちにこの城を去ることになっています。そして三十日後に、オディアン王国にて盛大な婚礼の儀が執り行われるのです」

「質問に答えてないぜっ！　肝心の『姉上』がまだ見つからない以上、オディアン王国に連れていかれるのは俺ってことなのか⁉　お前がどうしてもって言うからここまでは付き合ってやったけど、異国に連れていかれるなんて冗談じゃないぜっ！　急病とか何とか、行かなくて済む適当な理由をつけろよなっ」

一国の王子相手に怒鳴り散らしたレイは、目の前で泣きそうな顔をしているライアンの胸倉を引っ摑んだ。あの夜、「王女失踪の秘密を知られてしまった以上、其方《そなた》を生かしては帰さぬ」などと脅してきて、初めこそ強気な振りをしていたライアンだったが、その本性はすでにわかっている。女が強いミナウス王国の――それも末っ子として生まれた王子は、姉に頭が上がらないのである。レイチェル王女と同じ顔をした平民の男に暴言を許し、自らはつい敬語で話しかけてしまうほど姉が恐ろしく、それでいて大好きなようだった。

「急病という手も……もちろん考えました。でもそういうわけにはいかないんです。我が国は同盟国とは名ばかりで、実状はオディアンの従属国も同然なのですから。もしも国王陛下や王太子殿下を怒らせて見捨てられるようなことがあったら、オディアンを含め、他国に……あの粗暴なガルモニードや、したたかなモニークに攻め込まれてしまいますっ」

「そんなどでかい話、俺に言われたってわかんねぇよ！」

「でしたらわかりやすい話をしましょうっ！」

　突然大声を上げたライアンは、レイの腕を振り払って自分の胸を叩く。一度大きく息をついてから、髪と同色のアーモンド色の瞳を向けてきた。

「婚約の儀を姉上として務め、そのままオディアン王国に行ってください。僕はこの国にいてもいなくてもいいような王子ですから、何とでも理由をつけて必ず同行します。常に傍にいて、貴方が困らないよう手助けします。期間は姉上が見つかって入れ替われるまで。もちろん十分なお礼をさせていただきますっ。これでも王子ですから、領地や領民を下すことはもちろん、陛下に頼んで授爵していただくことも可能です。ですからどうかっ」

「それって――宿屋を建て直すとかもありか？」

　領地だの授爵だのと言われてもぴんとこないレイだったが、それほど大それた謝礼を用意する気があるのなら、宿屋の一軒くらい建て直してもらえるのではないかと思い至った。

「もっ、もちろんです！　宿屋でも屋敷でも、何でも言ってください！」

「以前から建て直しについては考えてたんだけどな、問題は資金が全然足りないことと、施工中に営業ができないことなんだよな。俺達は働いてないと生きた心地のしない人種なもんで、やっぱ別の場所に建てて営業を続けたいわけだ」

「そういうものなのですか？　それはもう、どこでもお好きな所に建てさせましょうっ」

「実は目をつけてる土地があるんだ。高くて買い手がつかない土地なんだけどな、あそこなら今より城門に近くなるし、集客力が飛躍的に上がるはずだぜ。親もこれから年食っていくからな、もっと動線を考えて階段の上り下りを減らせる構造にして……」

以前より密《ひそ》かに夢見ていた図面を想い描いたレイは、これはもしかしたら大変な幸運なのかも知れない……と、初めて前向きに考え始めた。女と間違えられるだけでも不愉快になるレイにとって、あえて女装して王女の振りをするなど不本意極まりなかったが、宿の備品を買うために髪を伸ばして売るのと、大して変わらないように思えてくる。

「本物が見つかるまでって……たぶんそんなに長くはならないよなぁ？　城を抜けだしたところで、贅沢に育った王女の身で耐えられるのなんてせいぜい数日だろ？」

「はい、そうだと思います。姉上は狩りや乗馬が趣味という活発な女性ですが、生まれながらにオディアン王国に嫁ぐことが決まっていたため、特に大切に育てられてきた姫です。侍女もなしに長いこと城を離れていられるはずがありません。こちらが見つけるまでもなく、音《ね》を上げて帰ってくることでしょう」

「――いや、ちゃんと見つけてくれよ。俺が代わりをやるのは一日でも少ない方がいい。嫌だからってだけじゃないぜ。ばれないためにもその方がいいってことだ」

「レイ殿っ」

「それと全面的な補助を頼むぜ。俺は上品とは無縁の人間で、しかも男なんだからな」

レイの言葉に、ライアンは整った白い歯を見せて眩《まばゆ》いばかりの笑顔を見せる。肘まである手袋をしたレイの両手を握って、「どうかお願いします！」と頭を下げた。

「とにかくまあ、なんでもかんでも『おそれいります』で済ませればいいんだったな？」

「はい、その一言は万能なんです。オディアン王国は我が国とは違って男性優位な国ですから、女性は慎《つつ》ましく従順なのが一番とされています。そっと微笑してひたすら『おそれいります』で、なんとか切り抜けましょうっ」

「おうっ、引き受けたからには、ばれないよう気合い入れるぜ！　俺は宿を建て直すっ」

これは親からもらった容姿を利用した、割りのよい仕事——一生働いても叶うかどうかわからない夢をたった数日で叶え、とびきりの親孝行ができる仕事だ、と思うことにしたレイは、引き受けた役目の重さになど気がいかず、新しい宿のことばかり考えていた。


大空に、そして王宮の中までも轟《とどろ》く祝砲、明るいファンファーレ。繻子や絹に、金糸や銀糸の縁取《ふちど》りが施された絢爛豪華《けんらんごうか》な礼服を着た貴族達が、男女交互にずらりと並んでいる。

小国と言われているこの国にも、これほど多くの贅沢な品々があったのか……と呆気《あっけ》に取られるほどに、彼らの身に着ける宝飾品がきらきらと光っていた。衣服や靴はもちろん、ベルトや剣、そして香水に至るまで、何もかもがレイの知る最高級品を優に上回っている。

これまで自分がもっとも綺麗で贅沢だと思っていた品物は、ここにいる誰もが洟《はな》も引っ掛けないような品なのだと悟ると、流石《さすが》にもやもやとしたものが胸に渦巻いた。王女になりきることが今の自分の役目ではあったが、己《おのれ》をしっかりと保ち、価値観を揺るぎないものにしておかなければ、足元を掬《すく》われてしまいそうだった。

「オディアン王国王太子、ヴィンセント殿下のお成《な》ーりーっ！」

高らかに響く声と新たに鳴りだすファンファーレの音を耳にして、レイは拳を握る。

見上げると、床が抜けて奈落《ならく》の底に落ちるような気がするほど高い天井から、絵の中の天使が今にも舞い降りてきそうだった。その下には、緋色の絨毯《じゅうたん》が遥か先まで続いている。そこを颯爽《さっそう》と歩いてくる、大国の王太子――花嫁を貰い受けにきた彼を待っている自分は、雲の上のお方であるはずの女王陛下の横に座っている。この状況のすべてが嘘のようで、お伽噺《ときばなし》の世界に間違って迷い込んでしまったかのようだった。

(――俺は、物凄く……とんでもないことをやってるんじゃ……)

レイは居竦《いすく》まり、指先が冷たくなっていることに気づく。これまでは王女の部屋に閉《と》じ籠《こも》ってライアンとばかり接していたため、誰かを騙《だま》しているという自覚がなかった。

しかしながら今は違う。二つの王国の貴人と民を欺《あざむ》き、恐れ多い嘘をついているという事実を、嫌というほど実感した。

「女王陛下にはご機嫌麗《うるわ》しく。お初にお目にかかります、オディアン王国王太子、ヴィンセント・ドォーロ・ラルフール・オディアンと申します」

「ご丁寧におそれいります、王太子殿下。よくぞおいでくださいました」

レイは横に座っていた女王がさっと立ち上がるのを見て、思わず目を疑ってしまう。

女王はミナウス王国の民にとって、威厳と誇りの象徴であり、絶対的な権力者であるはずだった。それがまだ三十にもならない他国の王太子に遜《へりくだ》った態度を取る様は、あまりにも異様な光景に見える。しかも驚くべきはそれだけではなく、玉座のほど近くにいる他の王族までもが、女王の振る舞いを当たり前だと言わんばかりの顔で見守っていた。

「ここに控えますのが、三女のレイチェルにございます。我が娘が殿下のように素晴らしい殿方の元に嫁げることを、母として大変嬉しく思っております。これほど幸福な娘は、世界中を探しても他にはおりません」

女王がどこまで本気で言っているのか知る由《よし》もなく、レイは王太子の姿に目を向ける。

しかし玉座は高い位置に据えられており、階段下でお辞儀をしている彼の顔はほとんど見えなかった。確実なのは黒髪であることと、背が高くスマートであること――それも、単に上背があるというだけではない。礼服の下に、鍛え抜かれた見事な肉体が隠されていることを、容易に推測することができた。着用している礼服の色はマントに至るまで白を基調としており、銀糸が縫い込まれている。品格は押さえながらも、大層粋《いき》だった。

「女王陛下、幸福なのは私の方でございます。先頃お伺《うかが》いした臣下の者より、筆舌に尽くしがたい美姫と聞き及んでおりましたが、想像を遥かに上回るレイチェル王女のお美しさに心奪われてしまいました。喜びに舞い上がるあまり、ご挨拶の言葉も儘《まま》なりません」

耳の奥までじんと届くバリトンを聞きながら、レイはようやく王太子と顔を合わせる。

お互いに、まともに視線を向け合うのはこれが初めてであり、温度の感じられないヴィンセントの褒め言葉は、レイの姿を見てから発せられたものではなかった。

その瞬間、「……っ」と声を漏らしかけたのはレイの方だった。

しかしながら彼も同時に、澄ましていた顔に衝撃らしきものを走らせる。

(――これが、大国の王子……)

この世にこれほど美しい男がいたのかと――レイは目を剝《む》き、黙って息を吞んだ。

玉座の数段下に立っている男は、レイの基準でもっとも理想的な美男だったのである。

他の追随を許さない高貴な紫の瞳と、その色に似合いの涼やかな目元。艶《つや》のある漆黒の髪、凜々しい眉、高く秀美な線を描く完璧な鼻梁《びりよう》。美声に相応しい唇は立体的で、男らしい艶色を匂わせていた。その下にある、顎から耳まで続くフェイスラインは、彫刻の完全美を想わせる。ラグォーン神の息子とされる初代オディアン王の彫像や絵姿によく似ており、ラグォーン大陸のすべての民が敬《うやま》わずにはいられない威厳を湛《たた》えた美貌だった。

(――凄い……どっからどう見てもちゃんと、立派な男なのに……物凄く、綺麗だ)

レイは彼と視線を繋《つな》げたまま、みしりと鳴るほど強くドレスを握っていた。

髪も肌も、自分の方が一般的に美しいと称賛されやすいものを持っているのかも知れなかったが、レイにとって自分は、美しいというよりは不自然な存在である。

成人した男子でありながら髭《ひげ》一つ生えず、体中の肌が少年のまま成長していないかのようにすべすべとしているのが、どうにも情けなかった。進んで重労働に精を出し、幾らか筋肉をつけたところで、透き通るような雪肌では迫力など出ない。その上、平民の男らしい質素な恰好をしていても、身に覚えのない色香を指摘され、いくつになっても『女のように美しい』という、望まぬ称賛しか得られなかったのである。

「王太子殿下、どうかなさいましたか？」

女王の声に耳を打たれ、ヴィンセントに見入っていたレイは我に返った。

話しかけられた彼も同時に、幾分頬を赤らめながら咳払いする。

「失礼……致しました。あまりにも、お美しい姫君なので……我を忘れてしまいました」

彼は先程の言葉と重複していることなどお構いなしに、今度こそ血の通った言葉を口にした。そして喜ぶ女王に促《うなが》されるまま、わずかな階段を上がってレイの目の前に立つ。

「レイチェル姫、お逢いできて……とても光栄です」

「おそれ、いります……」

おもむろに手を差し伸べてくるヴィンセントを見据えて、レイは彼の手に指を添えた。

斜め下に据えられた王族席にいるライアンと練習した通り、できるだけゆったりとした動作で立ち上がる。

「レイチェル姫、私は貴女《あなた》と正式に婚約するために参りました。偉大なる神ラグォーンを祀《まつ》る神殿にて、私との婚約の誓いを、立てていただけますか？」

「──おそれ、いります」

ここはきちんと「はい」と言うべきでは──そんな疑問が頭を過《よぎ》るものの、レイは未だかつてない緊張に襲われて、自分の判断が正しいという確信が持てなかった。

幸いにして流れは決まりきっており、否定さえしなければ問題なく先に進められる。

ヴィンセントがレイの手を引いて階段を下りきると、女王を除くすべての王族と貴族が一斉にお辞儀をし、主役の二人に続いて大広間から神殿へと移動した。

市井《しせい》の臣であっても婚約式や婚礼式は神官の前で厳《おごそ》かに行うため、この先の流れに関してはレイも大方把握している。もちろん練習も済ませてあった。

「……？」

廊下を真っ直ぐに進みながら手順を思い返していると、ふと違和感を覚える。

指先を軽く握りながら導《みちび》いてくれるヴィンセントの手は、まるで針金で固定したかのように動かなかった。そのぎこちなさからは、堂々たる態度にそぐわない強張《こわば》りを感じる。

（──王子様でも、少しは緊張……してるのか？）

視線をちらりと向けて顔色を窺《うかが》ってみると、酷く硬い表情の横顔が見えた。

(なんか妙だな……緊張っていうより、躊躇《ため ら》ってるような……)

先程彼が熱を込めて口にした賛辞は、控えめに捉《とら》えても本音に聞こえて——自分の、というよりはレイチェル王女の容姿は、彼の目に適《かな》ったように思えた。それが今になって、纏う空気までどんよりとさせている理由がどうにもわからない。

「!」

歩きながら見つめていると目が合って、彼は慌てた様子で表情を切り替えた。

目を奪われるほど美しい笑みを浮かべ、直前の憂《うれ》い顔を塗りつぶす。

「——……」

この人はいったい何を思ってあんな顔をしていたんだろう……と気になるレイだったが、あれこれと考える間もなく廊下が終わり、神殿の入口が目前に迫ってきた。

重厚な二枚の扉が仰々《ぎようぎよう》しく開かれた先に、ラグォーン神の祀られた祭壇が見える。

(——よく考えたらこれって……神にまで嘘をつくってことだよな……)

これから、神の代理人である神官の前で嘘の誓いを立てなければならないのだと思うと、鉛《なまり》でも引きずっているかのように足取りが重くなった。

第三章

婚約の儀が終わり、王太子ヴィンセントは正式にレイチェル王女の婚約者となった。

彼女を自国に連れていくために馬車に乗せたヴィンセントは、二十九年間の人生の中で初めて知った、魅せられるという感覚に些《いささ》か戸惑う。

（――……絶世の美女とは聞いていたが、まさかこれほどとは……）

一目見た瞬間から彼女に心を掴まれ、その鮮烈な存在感に圧倒されていた。

目が合うと顔が熱くなってしまうので、レイチェル王女が窓の外を見ている今を好機とばかりに、存分に観賞する。事情があって彼女に本気で懸想《けそう》してはならない立場だったが、こうして見つめるくらいは許される気がしていた。

（――美しいだけではなく、凛としていて媚《こ》びない風情《ふぜい》なのが……なんとも好ましい）

ヴィンセントは彼女の隣に座りながら、ほとんど見えない顔をじっと見つめ続けた。

肩の動きと髪の流れの加減で、時折ちらりと覗くうなじや、耳の後ろの悩ましい白さに視線が釘付けになってしまう。

特に目を惹く彼女の髪は、さながら黄金をそのまま細く伸ばしたかのようだった。一本一本が毛先まで光り輝き、束になると蜂蜜の如く蕩《とろ》けて見える。つい手を伸ばしたくなる美肌は、赤子の肌のような質感に見えた。それでいて容易に触れることのできない高潔な真珠色をしている。今は見えない瞳は珍しい金色で、月の神秘性と星の瞬《また》きを湛えていた。

（――このように魅力的な女性が王太子妃になれば、我が国も変わっていくことだろう）

ヴィンセントはいくら視線を注いでも振り返ることのないレイチェル王女の姿を、同乗しているライアン王子に構うことなく、うっとりと眺めていた。

するとほどなくして、彼女がこちらに顔を向けてくる。

「――……？」

何か御用？　と言いたげな顔は実に涼やかなもので、鼻筋も頬も顎もすっきりと整っていた。女性的な柔らかさはあまり感じられなかったが、それ故に媚びず凛々しく、極めて垢抜《あかぬ》けて見える。そのくせ、やや挑発的な目元や甘さの残る口元が妙に色っぽく、清楚な純白のドレスを纏っていながらも婀娜《あだ》めいて見えた。

「姫……っ、もう間もなく国境が見えてきますよ。木々の間から見えるあの湖を半周するようにして向こう側に回ると、オディアン王国アンテローズ公爵領です」

「おそれいります」

「国境から王都はすぐだと聞いていましたが、本当に近くでしたね」

ヴィンセントは頬が再び熱くなるのを感じながら、懸命に笑顔を作って話しかける。

オディアン王国に向かうこの馬車に乗ってから、何度もこうして果敢に挑《いど》んでいたが、返ってくるのは「おそれいります」ばかりだった。群衆と離れて、カーテンを開けられるようになってからは景色ばかり眺めており、何を考えているのかいまいち読み取れない。

今日初めて逢ったため、元々こういった性情の姫君なのか、それとも先程の――神殿の前での迂闊《うかつ》な態度を怒っているのか判断できず、気を揉まずにはいられなかった。

（――この婚姻に乗り気ではないなどと、誤解されてしまっただろうか……）

ヴィンセントは密かに溜息をつきながら、正面のシートに目を向ける。

そこにはかなり強引に同行してきたミナウス王国第一王子ライアンが座っているだけで、他には誰もいない。本来ならば、婚約したばかりの王子と王女が初めて二人きりになって語り合う空間だったのである。

同行すると言いだしたライアン王子に対し、この馬車に乗ることを勧めたのはヴィンセント自身で、それには理由があった。自国を去らねばならないレイチェル王女の心細い気持ちを慰め、空気が和むに違いないと思ったからである。ところがレイチェル王女は弟と話すでもなく、視線を送るでもなく、ご機嫌斜めの様子でつんと澄ましてばかりいた。

「姫……疲れていらっしゃるのではありませんか？　湖の畔《ほとり》で少し休むこともできますが、如何《いかが》されますか？」

「おそれいります」

もう何度聞いたかわからない言葉に、ヴィンセントは困惑する。彼女の機嫌を損ねてしまったのが自分の態度のせいかも知れないと思うと、落ち着いてはいられなかった。

これまで他者から、鷹揚《おうよう》に構えているとか、真面目一徹と言われて生きてきたヴィンセントにとって、一人の女性の気持ちにこんなにも気を配り、ああでもないこうでもないと焦りながら頭を捻《ひね》るのは初めてのことだった。初対面の王子に連れられて異国に嫁がねばならないこの姫君の不安を、少しでも和らげて差し上げたいという気持ちがあるにもかかわらず、何を話せば喜んでもらえるのかわからない。女性が好む理想の婚約者――完璧な王子とはどのようなものかと、必死で考えながら固い笑顔を保っていた。

「――先程から……そればかりですね。休憩を取るということでよろしいですか？」

「えっ、いや……いいです、要《い》らないです」

「やっと他の言葉を聞かせてくださいましたね。とても魅力的な、いいお声だ」

「おそれ……いります」

微笑みかけてもろくに見てもくれない彼女だったが、ふいに出た言葉や自然な表情からなんとなく――不機嫌の原因は、どうやら自分にあるわけではないようだ……と直感的に察することができたヴィンセントは、ひとまず安堵しながらその心境を改めて考えてみる。

彼女が今とても気を悪くしているとしたらそれは、もしかすると彼女の母親にあったのではないかと思えてきた。

ミナウスの女王のおもねるような態度には、ヴィンセント自身も驚いたほどで、あれでは巷《ちまた》で噂されている「レイチェル王女はオディアンへの貢ぎ物」などという低俗な中傷を裏付けしてしまっていることになる。これほどの美貌を持ち、気高いであろうレイチェル王女当人にとっては、さぞや不本意なことに違いないと思った。

「姉上、お顔の色が優れませんね。やはり外に出て風に当たった方がいいのでは？」

「──徹夜続きで眠いだけだ」

「！」

ライアン王子に話しかけられたレイチェル王女は、苛立った口調で答えた。

その言葉にも、低い声にもぎょっとしたヴィンセントは、西日に照らされる彼女の顔を覗き込む。すると、彼女自身も驚いた様子を見せた。どうやら姉弟のみの場ではないことを失念していたらしく、ばつの悪い顔をする。

「徹夜、なのですか？」

「あっ、あの！　姉はその、殿下にお逢いするのが楽しみなあまり眠れなかったそうなんですっ！　今はとても緊張しているようですので、どうかご無礼をお許しくださいっ」

「ライアン殿下、そのように畏《かしこ》まらなくても構いませんよ。会話をして打ち解けるための機会を設けられているのですから、もう少し気楽にしていただけませんか？　そしてレイチェル姫、お休みになりたいのでしたら、どうぞ私の肩を使ってください」

ヴィンセントは一国の王女が馬車の中で居眠りをするなどありえないと思いながらも、あえて優しげな言葉を口にした。希少な白馬を六頭も並べて引かせている、このいかにも王族仕様といった風情のきらびやかな馬車に似合いの、優しく雅《みやび》やかな王子であらねばと必死だった。自分なりに頑張って、精一杯それらしい態度と表情を作り上げる。

「おそれいります」

努力の甲斐なく、返ってきたのは白けた表情とお決まりの一言だった。

これほど意識せずとも、女性につれない態度など取られたことのないヴィンセントは、さすがに心折れてしまう。小国の姫君だからと侮《あなど》る心はなかったが、いくらなんでももう少し人間味のある対応をしてくれてもいいではないかと、不満が募《つの》っていった。

「姫、もしやどなたかに、その一言でやりすごすよう進言されているのはありませんか？　もしそれが私を喜ばせる手段だと思っていらっしゃるのなら、完全に的外れですよ」

「殿下っ、あの……姉はその、オディアン王国で理想とされている女性像を追い求めていまして、慎ましやかで従順でありたいと思っているだけなのですっ」

「ライアン殿下、申し訳ありませんが少し黙っていていただけますか？　姉思いな貴方が突然同行したいと仰ったので、この馬車への同乗をお勧めしましたが——私はやはり姫とお話がしたいのです」

「もっ、申し訳ございませんっ！　すぐにでもっ、すぐにでも後続の馬車に移りますっ」

「静かにしていただければ構いません」

卑屈なことを好まないヴィンセントは、遜りすぎるライアン王子を退けてレイチェル王女の手を取る。握るというほど強くはなく、刺繍《ししゅう》の施された織物貼りのシートに置かれていた手を、掬い上げるような触れ方をした。

初めてこの手に触れた時から思うところがあり、そっちがその気ならこっちにも考えがある——と腹を括《くく》る。お互いに本性を隠していては埒《らち》が明かないため、まずは男の自分が、猫被りならぬ王子被りをしていたのを一旦《いったん》やめて自分自身として話しかけ、彼女の本当の言葉を引っ張りだしてみようと思った。

「レイチェル姫……貴女の手は大きく、指がとても長いのですね」

「おそれいります」

「それはもうやめてください。私は貴女ご自身の言葉が聞きたいのです。事前に知らされていた話では、貴女はとても大人しく、人形のような姫君だということでしたが……あの情報は嘘ですね？　私はお褒めしているつもりなのでお怒りにならずに聞いていただきたいのですが、貴女はどう見ても籠の鳥には見えない。それどころか、お背も高く身体つきもしっかりとしていらっしゃって、とても活発な方とお見受けしました」

ヴィンセントの言葉に、びくりと反応したのはライアン王子だった。

レイチェル王女の瞳は変わらず冴え冴えとしており、動揺しているようにも、不快感を覚えているようにも見えない。ただし同じ一言を繰り返すのは不可能と判断したらしく、苦い表情で溜息をついた。

「趣味は乗馬と狩りです。嘘っぱちな情報を流して、すみません」

「やはりそうでしたか。いえ、謝る必要などありませんよ。むしろ嬉しく思います」

「はぁ……そうですか」

口を挟みたくても挟めないライアン王子は、「姉上っ」とだけ言ってすぐに口を塞《ふさ》ぐ。

王女の反応が得られたことに手応えを感じたヴィンセントは、これまで軽く握っていた手をしっかりと握り直した。まともな意思の疎通ができたこのままの勢いで、異国に嫁がねばならない彼女の中にある憂いを、できる限り晴らしたい使命感に駆られる。

(――口調や目つきからして、噂とはだいぶ違う。おそらくかなり強気な女性だ……)

ヴィンセントはレイチェル王女の本性を見抜くと、この人ならば多少きつい現実を口にしても、真意を理解してくれるに違いない――と、強い手応えを感じた。彼女に見つめられてどくどくと鳴りだす胸を落ち着かせ、真っ直ぐに見つめ返す。

「姫……話しにくいことですが、世の中には色々な考えを持つ人間がいます。残念ながら私や王室の意図を理解せずに、誤解したまま噂を振《ふ》り撒《ま》いてしまう者がいるのです。もしも今後貴女のお耳が彼らの汚い言葉で穢《けが》されるようなことがあった時は、これからお話しすることを思いだしてください。そうすればすぐに、お耳の穢れは濯《そそ》がれるはずです」

心を込めて語りかけると、レイチェル王女はわずかに頷く。これまでのように無関心な態度ではなく、人の話を真剣に汲み取ろうとする意志が感じられた。黄金色の双眸がより光って見え、そこに自分が映っていることに――ヴィンセントは未知の興奮を覚える。

「ご存知の通りラグォーン大陸を治める四国の王の祖先は、ラグォーン神の二人の息子と二人の娘とされており、人間の王となった際には夫婦の誓いを交わしたと言われています。その後永《なが》きにわたり、夫婦対夫婦とも呼べる二国対二国のいがみ合いが続いてきました。我が国はミナウス王国と同盟を結び、南のモニークと結託している西のガルモニードと長年鬩《せめ》ぎ合っています。しかし外敵が現れた際はガルモニードと共同戦線を張ってでも、このラグォーン大陸を守ってきました。その武勇をすべての民が誇りに思っています」

ヴィンセントは再び頷いたレイチェル王女を見つめて、少しばかり眉を顰《ひそ》めて見せる。

ここから先は、下手をすれば彼女の機嫌を損ねてしまう内容だった。

「失礼ながら、国土の狭い貴女の国――ミナウス王国を、我が国は古《いにしえ》の史話に従って妻の国として尊重し、男性国という位置づけの元に、女性国であるミナウスを庇護《ひご》してきたのは事実です。だからといって夫と妻は決して主従関係ではありませんので、我々が驕慢《きょうまん》な態度を取るのは筋違いなのですが、その辺りを正しく理解していない者が少なからずおります。それも貴族の中にまで。これから先、貴女のことをミナウス王国からの貢ぎ物だなどと……無礼極まりないことを言う者が現れて、お耳を穢すやもしれません」

「無礼っていうよりそれが事実なんじゃないですか？　オディアンに見捨てられたらすぐ攻め込まれるような小国なんだし、娘一人貢いで国防が成り立つなら安上がりですよね」

「姫……っ」

真横に座るレイチェル王女に顔を向けたまま、ヴィンセントは愕然とする。

自虐的なことをすっぱりと口にする姫君の冷静さに、かえって胸が痛くなった。

「たとえ誰がどのような言い方をしようとも……私はそのようには思っていません。私は貴女をもっと重要な存在だと考えています。何しろ、我が国を内側から改革していただきたいと願っているのですから」

「内側から改革？」

レイチェル王女は鸚鵡《おうむ》返しにしながら、訝《いぶか》しむ顔をする。

いったいどんな綺麗事を口にする気ですか？　と、言いたげな、やや挑戦的な態度に見えた。一言一句漏《も》らさず、些細な顔色の変化も見逃さないとばかりに向かってくる視線は鋭く、ヴィンセントの心を掻き立てるものがある。

「我が国の女性は、幼い頃から男の影さえ踏むなと教育されて、慎ましさこそが美徳だという考え方の元に、意思や感情を抑え込んで暮らしています。そういった風潮を考え直すべきだという声はあり、徐々に和らいではいるものの、大きくは変わっていません」

「影を踏むなとか……意味わかんないです」

「今時考えられないような話でしょう？　私が人伝《ひとづて》に聞いたところによると、ミナウスの女性は下々の者に至るまで潑剌《はつらつ》としていて、城下町などは大層活気があるとか」

「城下町っ!?　そりゃあもうっ！　女が強くて強くて、男はみんな尻に敷かれててっ」

「尻……？」

「姉上っ！」

「……っ、あ……や、はい……女の人が、凄い、元気です」

　ライアン王子が叱責するのも無理はなく、レイチェル王女の声の大きさと言葉遣いは、姫君としては考えられないものだった。

「――……」

　二人がしぃんと張り詰めさせる空気の中で同じく絶句したヴィンセントは、今耳にした言葉を疑いながら再確認する。

　まるで市井の人間のような言葉遣いは、気品に満ちた姿には不似合いだったが、これが彼女の本性で個性ならば、それはそれで好意的に捉えようと思った。ヴィンセントは常々進取的な考え方をするよう心がけており、しばし押し黙った後はすぐに、レイチェル王女の意外性に顔を綻《ほころ》ばせる。

（なんて面白い方だ。これほど美しいのに、気さくな性格なのか？　我が国に必要なのは、これくらい強い個性を持って意識改革を齎す、破天荒《はてんこう》な姫君なのかもしれない……）

気まずい顔をしている彼女を見つめていると、可愛げのある豊かな表情に心惹かれる。事前情報でしとやかな姫君と聞いていただけに、実のところ彼女に対して何も期待していなかったヴィンセントだったが、見た目だけではなく、中身にも興趣《こうしゅ》をそそられた。

多少元気すぎる嫌いがあっても構わない——小国の出身だからと縮こまっているような大人しい姫君や、気位ばかり高くて近寄りがたい姫君よりも、遥かによいと思った。

「レイチェル姫、貴女は活発で明るいミナウスの女性の代表的な存在なのですね。貴女がこんなにも生き生きとしたお方だったことを、大変嬉しく思います」

ヴィンセントは笑みを崩さず、握っていた手にさらにもう片方の手を添える。

すると彼女ははっとした顔で目をそらし、少し照れたような素振りを見せた。

「そう……思ってくれると……お、私も、助かります」

本性を見せてしまったことにうろたえているのか、彼女は先程までの威勢を失ってしどろもどろになっている。はにかむような、少し居心地の悪そうな様子が一段と可愛らしく見えて、ヴィンセントは手を握り続けたまま微笑ましく見入ってしまった。

馬車の中には西日がほどほどに入るものの、さほど明るいわけではない。けれど彼女は少ない光を一身に集めたかのようにきらめき、ありとあらゆる称賛の言葉を向けたくなるような輝きを纏っている。このように美しく面白みのある女性を妻にしたなら、どれほど張り合いのある楽しい日々が送れるだろうかと——想像せずにはいられなかった。

「城に着きましたら、どうかご遠慮なさらずに貴女らしく振る舞ってください。頭の古い者達もおりますので最初は風当たりが強いかもしれませんが、いずれ国中の女性が貴女に憧れ、お手本とする日が来ることでしょう。貴女が身に着ける物や、髪の結い方、そしてお振舞いも。そういったものが流行という形で広がっていき、浸透し、徐々にでも女性が元気な国になって欲しいと思っています」

「……それはまた、大それたお話で」

「貴女には多くの人を惹きつける魅力があります。ご協力いただけますか？」

問いかけに対して、レイチェル王女はすぐには答えなかった。しばらく考え込んでから、おもむろに「はい」と答える。

「ありがとうございます。貴女のような女性を王太子妃としてお迎えできることは、我が国にとって大変な幸運です」

「それはどうも……」

どことなく他人事《ひとごと》のような顔をしているのは、まだ見ぬ異国で女性のリーダーシップを取ることに、現実味を感じられないせいだろう――と考えたヴィンセントは、これから先できる限り力になって、彼女が自分らしく振る舞えるよう支援しようと心に誓った。

「――……っ、ん……ふぁ、ぁ……」

その時突然、レイチェル王女が口元を押さえながらあくびをする。

一応堪《こら》えた様子だったが睡魔には勝てなかったらしく、ああしまった……と言いたげに上目遣いで見つめてきた。けれど大して申し訳なさそうではなく、舌先をちろりと悪戯《いたずら》に出し、失態に挫《くじ》けない神経の太さを見せつけてくる。

(——なんという肝《きも》の据《す》わった……自然体の姫君なのだろう……これほど気位の高そうな美貌を持ちながらも、少しも気取らないなんて……このような方は初めてだ)

「姉上……っ、いくら殿下が寛容なお方とはいえ、失礼ですよっ！　謝ってくださいっ」

「すいません……止められなくって……」

「構いません。眠いと仰っていたのに長話に付き合わせてしまった私がいけないのです。それに、自然なお姿がなんとも可愛らしい。よろしかったら私の肩に寄りかかってお休みください。到着後はまた少し忙しくなりますので、今のうちに」

「——……」

レイチェル王女はどうしようかと考える様子で首を傾げ、結局一言も口にせずに、丁度よい位置にある肩に顔を乗せてきた。

先程までは、彼女が本当にこうしてくるとは思っていなかったヴィンセントだったが、今もう一度誘った際には現実になる予感があった。肩に掛かる重みを通じて実感が湧いてくる歓喜の接触に、首や耳までかぁっと熱くなっていくのを感じる。

(……蘭《らん》の……とてもいい香りがする……髪が、私の頬に……)

頭の中にまでけたたましく響く心音が彼女の耳に届いてしまいそうで——それはばかりが心配になった。ところが彼女はヴィンセントの緊張などお構いなしに、より強く顔を押し当ててくる。ぐりぐりと頰の肉を押しつけ、筋肉や骨の感触を確かめているようだった。

「肩……凄く分厚くていいですね。骨もがっちりで……頼もしいっていうか……」

「あ……ありがとう、ございます。私は男ですから……当然ですよ」

「——……は？　今なんて言いました？」

「……!?」

レイチェル王女は預けていた顔をむくりと上げて、突如咬《か》みつかんばかりに睨んでくる。

自分だけが特別立派なわけではない——と謙遜《けんそん》したつもりで発言したヴィンセントは、思いがけぬ反応に面食らってしまった。

「男だから当然て言いました？　それはちょっと違うんじゃないですかね。男なら誰でもそんな肩になれるってわけじゃないですよ。努力だけの問題でもないし」

「姉上っ、お言葉がすぎますよ！　殿下すみません、あのっ、姉は僕のことを差しているんです！　この通り情けないほど薄い体でひょろりとしておりますので……っ」

彼女の言いように一瞬凍りついたヴィンセントだったが、ライアン王子の言葉を受けてなるほどと納得する。すっかり彼の存在を忘れていたが、今の言葉はライアン王子を男として否定していると捉えられても仕方がなく、配慮に欠けていたことを反省した。

「申し訳ありません。私は決して誰かを否定するつもりはなかったのですが、自分本位な言い方をしてしまいました。以後はもっと発言に気をつけます。どうか許してください」

「ゆっ、許すとかそんなっ！　とんでもないことでございますっ」

ヴィンセントは正面のライアン王子に謝罪してから、横にいるレイチェル王女の瞳を、真摯《しんし》な思いで見つめる。失言を許してもう一度、肩に顔を乗せて欲しい——そんな願いを視線に込めて、一度受けた温《ぬく》もりを強く求めた。

この人を必要以上に好きになってはいけないと思いながらも、気持ちが止まらない。

彼女に嫌われること、軽蔑されることを、今何よりも恐ろしいこととして感じてしまう。

「——姫……私を許してくださいますか？」

「わかってくれたならいいです。人それぞれ、よくも悪くも個性があるんで」

レイチェル王女は国交や立場などは一切関係のないところで、堂々と言い放った。

そしてすぐにまた、肩にとんと顔を乗せてくる。

「姫……」

それは間違いなく、許しの証《あかし》だった。

彼女の頬の感触と共に、その明朗闊達《めいろうかったつ》な気性を知った刹那、ヴィンセントの体に異変が起きる。これまでのときめきとは桁《けた》の違う怒濤《どとう》が胸にどくりとやってきて、赤く染まってしまう顔を手で覆い隠さずにはいられなかった。

第四章

「もうっ、ダメだ……っ、か、れ、たぁーっ！」

ライアンと二人きりになった途端、レイは絨毯を蹴《け》ってベッドに飛び込む。うつ伏せになって手足を広げ、心地好い絹のカバーの上を泳ぐようにして身を伸ばした。

「お疲れ様でした。これでやっと少し気を抜けますね」

ライアンもほっとした様子で、長椅子に腰を下ろして首や肩をこきこきと鳴らす。

ミナウスからオディアンまで十二台の馬車で列を成し、オディアン王の待つ王宮に到着したのは、夜も更《ふ》けた頃だった。それでも休むことなく王と王妃に謁見《えっけん》し、婚約の報告を済ませてから神殿へ——崇《あが》める神は同じだったがこちらでも礼拝を済ませ、その後は大臣らに案内されて王宮の主要箇所を巡ったのである。

それらすべてに付き合ったライアンも含め、二人して心身共にくたくただった。

「残るは殿下と二人だけの『月留《つきとど》めの逢瀬』のみですから、堅苦しいのは終わりですよ」

「はぁ……このまま一杯飲んで寝ちまいたいぜ」

水色のドレス姿でベッドに寝転がりながら、レイは与えられた部屋を見回す。

ここは歴代王太子妃の居室で、寝室や居間はもちろん、湯浴みの間や着替えの間など、実に五部屋も続いていていた。すべての部屋を見たわけではなかったが、今体の下にある天蓋《てんがい》付きのベッド一つとっても、レイには無縁の贅沢すぎる品である。自宅で使っていた物は疎《おろ》か、ミナウス王宮にあったレイチェル王女のベッドでさえ、これには遠く及ばなかった。

「女王陛下に国王陛下、王太子殿下に王妃様に大臣やらなんとか公爵やら何やらもう……これ以上何が出てきてもいちいち驚かないぜ」

「レイ殿は本当によくやってくださいました。特にこちらに来てからは、あまり緊張しているようには見えませんでしたよ。僕はずっとはらはらしていましたけれど」

「余所の国の王様より、自国の女王様の方がまだ現実味があるっていうか……それだけにおっかない感じがするもんだぜ。女王様の顔はまともに見ることもできなかったもんな」

「そういうものですか？　でもうまくいって本当によかったです」

安心するあまり少々浮かれ気味なライアンは、弟王子という立場を最大限に利用して、男子禁制であるはずのこの部屋に入り込んでいた。王女のために用意されていたオディアンの侍女達を下がらせるべく、「滞在中は私が姉の世話をする」と宣言したのである。

「大人の女性は普通馬車の中で寝たりはしませんから、殿下の肩を借りた時はどうしようかと焦りましたよ。しかもあんなふうに食ってかかるしっ。でも結果的にはあれで距離が縮まったというか、レイ殿も少し楽になったのではありませんか？　ヴィンセント殿下がとても大らかで素晴らしいお人柄だということもよくわかりましたし」

　まあな、と思いながらも口には出さずに、レイは自分の背中に手を伸ばした。ドレスについているリボンを解き、鯨髭《くじらひげ》のボーンが仕込まれたコルセット仕様のウエスト部から、交差された紐《ひも》を抜いていく。下着や靴下、ガーターベルトに至るまですべてレイチェル王女の物を身に着けており、酷く苦しかった。

「はぁ……それにしても、なんだってあんな男がいるんだろうな」

「それは僕の台詞《せりふ》です……」

「そういや同じ第一王子だもんな。お前を先に見てたせいか、王族なんてちょっとばかり上品なだけでわりと普通じゃんとか思ってたんだけどな、大間違いだったぜ」

「どうせ僕は普通ですよっ」

　二十歳のわりに童顔なライアンは、顔を顰《しか》めながらも着々と手足を動かし、レイが次に着るドレスを用意する。その甲斐甲斐《かいがい》しい働きぶりは、一見すると従者のようだった。

「だいたい比べる方が間違ってますよっ。あちらは大国の王太子殿下ですし、年齢だって十歳近くも上なんです。僕は小国の、王位継承権が一応あるとはいってもまず巡ってこないような王子で、姉達の玩具《おもちゃ》みたいなものですからっ」

「――俺が女だったら、惚れちまうんだろうなぁ……」

　レイはむくりと起き上がると、「はぃ!?」と素《す》っ頓狂《とんきょう》な声を上げたライアンの手から、次の行事で使う濃い紫色のドレスを受け取った。

「そりゃそうだろ？　俺は男だから妬《ねた》ましいっていうか、憎らしくなってつい粗《あら》を探しちまうけど、女だったら普通に惚れるぜ。背が高くて脚が長くて美形で、痺《しび》れるくらいいい声してて強そうで、大国の王太子のくせに高飛車《たかびしゃ》じゃないし女に優しい。非は素直に認めてすぐに謝るとか、絶対性格いいよな。しかもあの匂い嗅いだか？　薔薇《ばら》なんだろうけどちょっとスモーキーな……男っぽい色気のある香水がいやみなくらい似合ってて。あー、なんか……自分で言っててだんだん腹立ってきた」

レイはチッと舌打ちすると、緩めた水色のドレスを豪快に脱ぎ捨てる。

自分がなりたい理想そのままの男が目の前に現れて、自分を女扱いしてくるこの皮肉な状況に、やるせない怒りが沸々《ふつふつ》と沸《わ》いてきた。

「素敵な方なだけに姉上の愚行が悔やまれてなりません。逃げだしたりしないでちゃんとお逢いになっていたら一目で恋に落ちたでしょうに。だいたい姉上は我儘《わがまま》すぎるんです。本当は二十歳で嫁ぐはずだったのに五年も延ばしていただいた末に、顔も知らない男は嫌だとか、王子なんて軟弱に決まってるとか言って結局逃げだしたんですからっ！　そんな理由で責務を放りだす王女がいますか!?　自覚が足りないにもほどがありますっ！」

ライアンはレイに負けず劣らず憤《いきどお》ると、「後ろを向いてくださいっ」と声高に言うなりベッドに膝を乗せてきた。レイが袖を通したドレスに手を掛け、腰から背中に向けて編み込まれた紐をぎゅうっと締め上げる。

「うっ！　あんまりきつくすんなよっ」

「すみません。姉上のことを考えていたら腹が立って、余計な力が入ってしまいました」

「なんだよそれ……」

ぷっと笑ったレイは紐を少し緩めてもらいながら、何の気なしに鏡を見る。

そこに映っていたのは、白い肌や黄金色の髪がよく映えるドレスを着た自分で――肩はそれなりに広くとも薄く、首もほっそりとしていた。小さな顔の中で唯一化粧を施された唇が、淡いピンク色に光っている。その姿は――我ながら男として見るのは難しかった。

「白や水色のドレスも素敵でしたけれど、これが一番いいですね。お似合いですよ」

「――なんでこんななかな、俺は」

「レイ殿はご自分の容姿がお嫌いなのですか？　お背も高いですし、髪を切られて男物の礼服を纏われたら、さぞや麗しい貴公子に見えると思いますよ」

「そりゃどうも」

憤慨《ふんがい》していたかと思えばにっこりと笑うライアンを横目に、レイはベッドから下りる。

そこには光るエナメル靴が揃えてあり、絹の靴下に包まれた足を入れると、すんなりと納まった。靴だけは王女の物を使えなかったので、急きょ用意してもらった品である。

「さあレイ殿、少し早いですが参りましょう。殿下をお待たせしてはいけませんので」

「これが終わったら風呂入って寝れるんだよな？」

「はい、奥の湯浴みの間に熱い湯をたっぷり用意してもらうことになっています。それとワインを持参しましたのでご用意しておきますね。戻られるまでこの部屋でお待ちしていますから、どうかもうひと踏ん張りお願いします」

「待ってなくていい。酒だけ用意して自分の部屋でさっさと寝ろ。睡眠不足はお前も同じだろ？　いや違うな、馬車で寝ただけ俺のがましだ」

「レイ殿……すみません、とても助かります。ではお言葉に甘えさせていただきますね」

目の下に薄っすらと隈《くま》を作っていたライアンは、甚《いた》く感激したような顔で笑う。

これからの行事はレイとヴィンセントのみで行われるため、二人揃って少しばかり気を抜いていたところがあった。互いにおやすみの言葉を掛け合って、扉の前で別れる。

（――あと一つ……月見てちょっと喋《しゃべ》れば、それで終わりだ）

レイは限りなく黒に近い紫色のドレスの裾を掴むと、大きく息を吸ってから部屋を出た。

王宮の二階にあるこの部屋から大階段を使って一階に下り、そこで待っているヴィンセントと月見に行く予定になっていた。それが今夜最後の行事で、月留めの逢瀬と呼ばれる神事の一環である。王族に限らず庶民の間でも、婚約後初めて訪れる満月の晩に行われるものだった。満ちては欠ける月は移りゆく心に準《なぞら》えられるため、二人の想いが常に満ちたままでいられることを願って、満月の夜に月見をするのである。

「――姫……これはまた一段とお美しい。深い色合いのドレスも大変お似合いですね」

約束の時間よりも早く行ったにもかかわらず、ヴィンセントは階下で独り待っていた。彼も着替えを済ませており、レイとは逆に真っ白な服を着ている。婚約の儀の際に着ていた服と似ていたが、装飾の少なさから見るに略式の礼服であるようだった。

彼はレイが階段を下りきる前に上がってきて、スマートな動作で手を差し伸べてくる。目が合った途端に視線をわずかにそらすものの、表情は明らかに好意を物語っていた。気を取り直した様子で「お手をどうぞ」と言いながら微笑むその姿は、非の打ちどころがない理想的な王子に見える。あまりにも絵になっていて、どこか嘘のようでもあった。

「おそれいります」

こういった気遣いが紳士の嗜《たしな》みだとしても、ドレスを両手で摘《つま》み上《あ》げられなくなるから正直余計なお世話なんだよな……とも言えず、レイは彼の手を取る。

ヴィンセントと共に大階段を一段一段慎重に下りると、そこには屋内池があった。

楕円形の池は大理石でできており、水を薄めに張ってある。蓮《はす》を始めとして、ミナウス王国では見たことのない形の薔薇や姫沙羅《ひめしゃら》が、花だけ切り取られた状態で浮かんでいた。

「少し歩きますが、ここから回廊を通って南に行くと星見の塔があります。昔占星術師が使っていた塔で、このオディアン宮の中でもっとも高い建物です」

「星見の塔？　月見なのに？」

「ええ、星見の塔とは言いましても、月見にも最適な場所です。わずかな柱のみで屋根を支えてあって、硝子《ガラス》などは嵌《は》まっていませんから、四方を存分に見渡すことができるのですよ。風が強いのが少々難ではありますが」

「今の時期は気持ちよさそうですね。風に当たるのは結構好きだし」

「それはよかった。父王が母と婚約した際も、月留めの逢瀬はその塔で行ったそうです」

「ああ、じゃあ縁起《えんぎ》がいいってことですね。あやかる感じで」

「！」

レイが何の気なく口にした言葉に、ヴィンセントは突如肘を震わせた。

緊張が足らずにうっかり余計なことを口走ったか？　とすぐさま自分の発言を振り返るレイだったが、特におかしなことを言ったとは思えなかった。

（——……あ、でも考えてみたら申し訳ない話だよな……偽者《にせもの》なのに……）

ヴィンセントと目を合わせたまま気まずい顔をしていると、彼は「そうですね、とても縁起のよい場所です。さあ参りましょう」と、何事もなかったかのように笑う。

「——はぁ……はい」

先程の反応は何だったのかと訝しがりながら、レイは彼と共に回廊を歩きだした。

等間隔にランプの灯《とも》る外回廊を進んでいくと、ほどなくして円柱の建物が見えてくる。

二人で指先を触れ合わせたまま回廊から横道に抜け、薔薇が咲き誇る庭園に出て、そこから塔までは屋外を歩いた。

道程には青々とした芝生が広がっており、細く白い石畳の道が作られている。

歩きながら頭上に広がる夏の夜空を見上げると、満月が大きく迫って見えた。

(明るくて見事な真ん丸。寒くも暑くもねぇし、愛の誓いを立てるには絶好の夜だよな)

まったくの他人事として眺めつつ足を進めていたレイの脳裏に、ふと、ミナウス王国の王宮神殿での出来事が浮かび上がる。

神の代理である神官の前で婚約の誓いを――言うなれば愛の誓いを立てる際、ヴィンセントは確かに気乗りしない様子を見せていた。その後の多忙に紛れて忘れかけていたが、つい今し方見せた表情と、どことなく似ていたような気がしなくもない。

(かなり気ぃ使って親切にしてくれるし、俺の見た目を気に入ってる感じなのに……時々ちょっと尻込みするのはなんなんだ？　まあ……初めて逢った女といきなり誓いを立てなきゃいけないわけだし、仕方ないと言えば仕方ない……のか？)

「ここからは階段が続きます。足元に気をつけてください」

「はい、どうも……」

ヴィンセントに促されて塔の入口を潜《くぐ》ったレイは、早速階段を上り始める。

円柱の建物の内側を巻くように伸びる階段は、想像していたよりも幅が広く、高低差も少なかった。女の足でも難なく上がれそうなものだったが、彼はレイの手を引きながら、一段一段確認するように上がっていく。

「扉が見えてきましたね。開けますから待っていてください」

考え事をしているうちに最上部の扉に突き当たり、繋いでいた手はようやく離された。

ぎぎぃっと鈍い音を立てて、鉄扉が開かれる。

その先には、机や椅子などの調度品が置かれた円形の空間が広がっていた。

天井はやや低めで、四方八方から吹き抜ける風に晒されており、半屋外のような不思議な部屋だった。絨毯などの敷物はなく、調度品はすべて雨に当たりそうにない中央部分に寄せてある。

「のわぁぁっ、風がっ！」

その時、襲いくる風にドレスがぶわっと捲《めく》れ上《あ》がった。

慌ててスカートを押さえるものの、着慣れていないため注意が足りず、対処が遅れてしまう。丁度こちらの足元に注目していたヴィンセントに、ガーターベルトの辺りまで見られてしまった気がした。

「みっ、見ましたっ!?」

「やっ、いえ……大丈夫です、靴だけ……」

ヴィンセントは少し焦った様子を見せながら、「本当です。どうかお気になさらず」と付け足した。表情が崩れたのは短い間で、すでに澄ました顔に戻っていたが、頬は薔薇色に染まっている。

「見苦しいものを、すみません」

靴だけなんて嘘だろう……と思うと、レイはこの場に座り込みたくなった。

男だと暴《あば》かれなかっただけよかったとはいえ、よりにもよってこんなに男らしい男に、女物の下着を着けている情けない姿を晒したのかと思うと、泣きたい気分になってくる。

「月を、見ましょうか……」

王女の脚を弾みで見てしまった彼の方も気まずいようで、低めで安定しているはずの声のトーンが変わっていた。それでも背筋を正してレイの手を引き、月明かりの射す方向へと歩いていく。

二人揃って星見の塔から外に、身を乗りだすようにして月を見上げた。

しかしながらレイの視線はすぐに、月ではなくその下に広がる光景に捉われる。

「す、凄い……絶景！　地平線見えるしっ、なんか光ってる！　もしかして海!?」

「ええ、王都から海まではだいぶありますが、ここに上がると見えるのです。月が映ってきらきらと光っているでしょう？　大陸の中央に位置するミナウスからは海を見ることができないと伺っていましたから、貴女にお見せしたかったのです」

「うっわぁ……ちょっと感動！　昼間っ、昼間にもう一回来ないと！」

「一回と言わず何度でも。明日の日中には是非ご一緒に、ここから海を眺めましょう」

「おおおっ、すっごい楽しみ！」

興奮してはしゃぐレイに向かって、ヴィンセントは嬉しそうに目を細めた。「月も見てくださいね」と、声を掛けつつ空を指差す。

「雲一つ掛かっていない、素晴らしい明月《めいげつ》ですよ」

「おっ、ほんとだ。それにしてもこの塔って結構高かったんだな。こんなとこまで上った気がしなかったぜ……です」

「螺旋《らせん》階段だと感覚が掴みにくいですよね。これくらい高い所まで上って見ると、下から見るより月を大きく感じませんか？」

「そう、ですね。そんな気がします」

レイは彼と共に月を眺めて、初めて海を見た喜びと、風の心地好さを満喫する。

これほどの贅沢は望めなくとも、今頃ラグォーン大陸のあちらこちらで、婚約したばかりの男女がこんなふうに手を繋ぎながら、同じ月を眺めているに違いなかった。

満月に雲が掛からないのは、二人の想いがこれからも陰らないことを差しており、大変好ましい吉兆である。

「きっとみんな、喜んでるんでしょうね」

「みんな、と言いますと？」

「今日……いや、もう昨日の話ですけど、満月の日に婚約した人達のことですよ。あっ、でも当日に婚約ってなかなか難しいか」

「そうなのですか？」

手を繫ぐというよりは指を預けた状態のまま、レイは大きく頷いた。

そんな常識的なことを本当に知らないのかと疑いたくなり、ヴィンセントの顔を見てみると、是非理由を聞きたいと言わんばかりな目で見つめ返される。

「婚約式や結婚式は庶民であってもちゃんと神殿で、神官の前でやるんです。でもみんなやっぱり満月の日にやりたがるから、神殿を押さえるために袖の下を使うんですよ。昨日みたいないい日に式を上げられるのは金持ちだけで、並の家の場合は何日か前に済ませるしかない。で、後日こうして、月留めの逢瀬だけを別個にやるわけです」

「それは知りませんでした。貴女は市井のことをとてもよくご存知なのですね」

「まあそれなりに。酷い場合は新月に婚約式なんてこともありますよ。さすがにそれだと花婿が甲斐性《かいしょう》なしなんて言われて、笑い種《ぐさ》になるんですけどね」

神殿の予約争いなんて、王族には無縁のつまらない話だったかな——と密かに自嘲したレイは、夜風に舞い上がる髪を押さえる。月光を受けて蕩けるようにきらめく髪は自分の目にも眩しく、彼の視線が同じものを追っているのが見て取れた。

「——神殿は、多くないといけませんね」

「そりゃもちろん。だいたい人の多い町中にはちょっとしかなくて、頭数の少ない王族や貴族のための神殿は大きいのがいくつもあるとか、バランス悪いと思うんですよね。高い税金取ってる以上、必要な物はもっとたくさん造るべきでしょう」

「その旨《むね》、父王に伝えましょう」

彼は微笑むと同時に、自分の視線の行き先を自覚したようで、「——すみません、何を話していてもつい、貴女の美しさに見惚れてしまいます」と感嘆した。

「それはどうも。でもあんまり嬉しくないいんで」

「何故ですか？　それほどお綺麗なのに、誇りに思っていらっしゃらないのですか？」

「そこそこ綺麗に生んでくれた親に感謝はしてますけど、結局外見なんて生まれつきだし、そんなのを誇ってたら『俺んち金持ちなんだ』って自慢してるぼんくらと同じになると思うんで嫌なんですよね。見た目のせいでいい思いしたこともあんまりなかったし。お、私は、汗水垂らして得たものの方が大事なんです。充実感があると楽しいし気持ちいいし」

「姫……」

「ああ、でも……口ばっかりかも。楽な方に逃げたり、情けないこともしてるし」

宿屋を建て直すための近道とはいえ、女装して人を騙すような仕事を請《う》けたのは、己の流儀に反していた——そんな反省と後悔を含めて苦々しい笑みを浮かべたレイに、ヴィンセントは困惑気味な顔を向ける。

「貴女がご自分のお気持ちをとても素直に仰るから、私も告白しますが……正直なところ私は、女性が少し苦手でした」

「はぁ……そうなんですか？　死ぬほどもてそうなのに」

「私がこれまで接してきた女性達は、男が黒だと言えば白いものでも黒だと言うような、従順な女性ばかりでした。心を開いてくれないと、こちらも少し疲れてしまいます」

「歩み寄りが足りないんじゃないですか？　もてるとほら、努力しないから」

ほとんど親の受け売りで言葉を返したレイに、ヴィンセントは肝を抜かれたように口をぽかんと開けるものの、すぐに笑いだした。これまでの澄ました上品な微笑とは違って、声を漏らして本気で笑う。

「これは、はっきり言われてしまいましたね。でもその通りですよ。私はこれまで誰かに執着したこともなければ、熱くなって追い求めたこともありませんでした……と言ったら高慢に聞こえるかもしれませんが、人間として何か足りなかったのかもしれません」

ヴィンセントに過去形で語られて、レイは胸がどきりとするのを感じた。

好意を示しているように思える彼の顔は、半面だけが月明かりに照らされている。

印象的に映る鮮やかな笑顔は、同性の目から見ても、思わず見惚れてしまうものだった。

「す、すみません。ちょっと言いすぎたかも。お、私も、人のこと言えないんですけどね。友達以上に思える人間と出逢ったことないし、惚れた腫れたは基本苦手で冷め気味で」

「では私達は同じだ。似た者同士と言えますね」

「――同じ？　殿下……と？」

彼のことを、同じ男として憎らしいほど羨ましいと思う気持ちが、極端に強まる憧憬《しょうけい》によって美しい感情へと昇華されていく感覚だった。

この人の友人になって、男同士として話せたら――酒を酌み交わして腹を割り、互いの知らない世界のことを話し合えたら、甚く楽しい、有意義な時間を過ごせる気がした。

（――俺がもし俺として出逢ってたら、こんなふうに相手にされてないよな……いや違う、そんな甘いもんじゃない。本当は……出逢えるわけのない人なんだ……）

「姫……あまり長く夜風に当たるのもいけませんし、そろそろよろしいですか？」

「あ、はい」

月留めの逢瀬を終了して帰るのだと思ったレイは、巡る思考を絶ち切って返事をした。

ところがその途端、頬にそっと触れられる。

風に揺れる長い金髪を押さえるようにしたヴィンセントの指が、耳の後ろに届いた。

「では、目を閉じてください」

「は？　あのっ、なんで……顔に触るんですか？」

レイは過去に何度かされたことのある行為に、反射的に身構える。

これまでの経験では、後に続くのは口づけだった。

片っ端から振り払うなり殴るなりして難を逃れてきたため、実際に唇を奪われたことはなかったが、酔客が酒臭い息を荒げて迫ってきた時のおぞましさは忘れ得ぬものがある。

「月留めの逢瀬は、二人の愛情が常に満ちていられることを願って、満月の光を浴びながら口づけを交わすものです。もしやご存知なかったのですか？」

「はぁ⁉　ごっ、ご存知ないです！　そんなの聞いてないしっ、絶対嫌です！」

レイは目の前にいるのが大国の王太子だということを忘れてはおらず、頬に触れている手を振り払いはしなかった。ところがそうして動作を抑えた反動で、口が無遠慮な否定をしてしまう。しまった……と気づいた時には、目の前の彼の顔色が変わっていた。

「――絶対、嫌……ですか……」

「やっ、あの……すみませんっ、色恋沙汰《いろこいざた》には無縁だったんでそこまでは知らなくてっ、心の準備があるっていうか！　婚約から結婚までは清く過ごすものだと思ってたんでっ」

「婚約中の三十日間は白の蜜月と呼ばれていて、男は相手の女性を穢してはいけない掟《おきて》になっています。婚約はあくまでも婚約であり、解消もできるものですから。しかしながら口づけは神聖なもので、穢れには入りませんよ」

ヴィンセントは冷静になろうと努めている様子だったが、顔に触れたままの指先や、声、そして目の中に、些かの屈辱感を孕《はら》んでいた。或いは傷心状態なのかもしれなかったが、レイの目には前者に見える。彼の容姿の凛々しさや力強さがその威厳を守っているために、他人に傷つけられるような柔《やわ》な心は持ち合わせていないようにさえ思えた。

「怒って……ます？」

月留めの逢瀬が口づけを交わすものであるならば、ヴィンセントが屈辱感を味わうのも怒るのも至極当然であり、レイの胸は騒ぎ始める。「絶対嫌」と言ってしまったことを、どう弁解して撤回したらよいか迷っているうちに、彼が苦々しい笑みを向けてきた。

「怒っているというよりは、少し傷つきました。大人げないでしょうか？」

問い返してくるヴィンセントの表情は、やや無理をして作ったものに感じられる。

その反面、言葉は心から出た真実のようだった。

彼が頬に当てていた手を下ろした時、一瞬指に絡んだ髪が引っ張られ、わずかな痛みがこめかみに走る。

「あの……やっぱりそのっ、が、頑張ります」

「頑張るようなことではないですよ。きつい言い方をしてすみませんでした。女性に無理強いするつもりはありませんので、月留めの逢瀬は無事に終わったことにしましょう」

ヴィンセントは月光に背を向けると、調度品が集中している中央に向けて歩きだした。早く去りたいとばかりにそのまま止まる気配を見せず、鉄扉に近づいていく。

彼の言葉の意味するところは――国王や王妃に余計なことを告げ口したりはしないから、どうぞご安心を……というものに違いなかったが、レイは心中穏やかではなかった。

母国の平和のために、この結婚を恙《つつが》なく終えなければいけないなどと、小難しいことや重責について考えているわけではない。ただ、背中を向けて去ろうとするヴィンセントの足を止めたかった。

「待ってくださいっ！　違うんですっ、知識がなかったんでびっくりして、勢いで嫌とか言っちゃっただけで……本当はそんなに嫌じゃないです！」

貴方とならっ……と、つけられたのかつけられなかったのか、自分でもわからない最後の一言は、いずれにせよ吹き抜ける風に掻き消される。

「姫……」

レイは振り返ったヴィンセントを睨むような強さで見据えると、一歩を踏みだした。

彼が口にした「少し傷つきました」という一言が、頭の中で何度も繰り返される。

男同士で口づけなど、絶対に嫌なはずだった。向けた言葉は嘘ではないはずだった。

それでも今ヴィンセントの目を見ていると、絶対というほど嫌ではないと思えてきて、近づけば近づくほど拒む気持ちが薄らいでいく。

彼の中にある誇りを傷つけることに比べたら、唇を合わせることくらい大したことじゃない――レイは確かに今、そんな考えに背中を押されていた。

「殿下、おっ、私は……っ！」

　途中までは慎重に歩いていたレイだったが、覚悟を決めた勢いは歩幅にも出る。

　自分がドレスを着ていることを思いだしたのは、裾を踏んでつんのめった後だった。

「うっ、ぁっ……うわぁっ！」

「危ないっ！」

　男歩きで膝を持ち上げ、スカートの内側の高い位置を踏んだレイは、まるで空中で前転するかのように転ぶ。天地がわからなくなったその時、「姫っ！」と叫ぶヴィンセントの声が迫った。そして同時に、びりぃっ！　と、布の裂ける音がする。

「姫っ、レイチェル姫っ！　大丈夫ですかっ⁉」

「――……っ、ぅ……ぃ、痛っ……く、は……ない、か……」

　弧《こ》を描くように大きく転び、体を何かに打ちつけたと感じたレイだったが、実際には痛みも何もなかった。駆け寄ってきたヴィンセントの腕にしっかりと抱き止められており、石床に二人で膝立ちになっている。

「ありがとう、ございます……すみませんっ、自分でドレスの裾を……」

　両肩を大きな手で掴まれた状態のまま、レイは恐る恐る彼を見上げた。顔を上げたら、この体勢のままキスをされるかも知れない……そんな覚悟と緊張で血の巡りが速くなる。

「――……殿下？」

呟いたのは、ヴィンセントが下を向いたまま何かを凝視していたせいだった。

目が合うに違いないと思っていた彼の視線は、予想外にも顔に向かってはこない。

その視線を追った先にあったのは――ドレスが裂けて露《あら》わになった、平らな胸だった。

「……！」

レイの体にはきつめだったドレスは、袖と左側の前身頃《まえみごろ》が完全に離れてしまっていた。

ウエストのコルセット部分だけを残して、胸元の生地が垂れ下がっている。

「……っ、ぁ」

月明かりに白く浮かび上がる胸は当然平らで、露わになった乳首も男の物だった。労働によってついた筋肉の盛り上がりはあっても、女の乳房とは遠く掛け離れている。そして密着している二人の間には、詰め物として入れていた綿が挟まるように零れ落ちていた。

「――……っ、こんな……まさか……お、男……っ？」

ヴィンセントが発した声を耳にした刹那、レイの血の気は一気に引く。

稲妻が光るのと同じくらい短い時間の中で、様々な顔と光景が頭を過《よぎ》った。

今、瞬きも忘れる勢いで驚愕しているこの王太子に対して、女王が取った態度――その背後にある母国の危うさ、そして宿屋の建て直しに関する約束と、平和な城下町の様子、両親や友人達の顔……そういったものが重なり合い、国家の存亡も身近な問題も、すべていっしょくたになってレイの中を駆け抜ける。

「なんて……なんて話だ……馬鹿にするにも程があるっ！」

「……や、あのっ、違うんですっ、これは……っ」

暴かれたのが明らかでありながらも、口から勝手に出たのは否定の言葉だった。

大国の王太子を、小国の王女が裏切るようなことがあっては絶対にいけなかったのだと、今更ながらに強く思う。すでに起きてしまったその事実は、自分の小さな幸せも、大勢の人間の大きな幸せも壊してしまうものであり、何があっても伏せなければならなかった。

自分はなんて……なんて認識が甘かったんだろう、王女の身代わりを引き受けた以上、もっと真剣に、完璧に演じなければならなかったんだ——と、レイは男の胸を晒した今になって気づく。

「どうもおかしいと思えば……まさか偽者の上に男とはっ！　本物はどうしたんだ⁉」

「ちっ、違い、ます！　男のような胸なので……恥ずかしくて詰め物を……ぁっ、つまりあのっ、発育が……発育が悪いんです！」

咄嗟《とっさ》に出たレイの言葉に、ヴィンセントは大きく目を剝き、声も出せないほどの驚きを露わにした。レイの両肩を摑んでいる手に力を込めながら、歯を食い縛る。

「——……これは、個性、なんです……」

焦っても悔やんでもすでに手遅れのはずだったが、レイはここまでやってこられた持ち前の度胸と、深く考えすぎないが故の強さで自分を奮い立たせていた。なんとか抗えない

ものかと、必死で知恵を絞る。

「よくもっ、この期《ご》に及んでよくもそのような世迷《よま》い言《ごと》をっ！」

最早《もはや》、触れているのも傍にいるのも忌々《いまいま》しいとばかりに立ち上がったヴィンセントは、苛々《いらいら》と髪を掻き上げた。憤った声で怒鳴ってはいても、怒りよりも衝撃と動揺の方が大きいらしく、これからどうすべきか早急に考えている様子だった。

「――本当です。男みたいな体だって言われて気にしててっ……だから気に入らないかもしれないですけど、どうか信じてください！」

「いい加減にしろ！　信じるも何もないっ、婚約も当然破棄《はき》だ！」

「そう言わないで信じてください！　私は女でっ、レイチェル王女です！」

床に膝をついたままヴィンセントを見上げて、レイは声の限りに訴える。

破れたドレスの布を寄せて胸を押さえながら、一縷《いちる》の望みに懸《か》けていた。

胸を見られたとはいっても片側だけで、それも短い間のことだった。

風に揺れる髪が掛かっていたため彼からは見えにくかったはずであり、しかもここは、十分に明るいとはいえない場所である。

「殿下、貴方は……私の胸が小さいからという理由で、婚約を破棄するんですか？」

「！」

胸を押さえながら立ち上がったレイは、こうなったら徹底的に開き直ってやろうと腹を決めた。男であることを認めてしまったら、縛り首にされても文句は言えない身なのだという考えが、じわじわと頭の奥に広がっていく。

しかしながら畏縮《いしゅく》するようなことはせずに、恐怖を自身への発破材料として利用した。

それにより、真顔で嘘をつき通すという――本来苦手なことが、できる気がした。

「――……本当に、女だと……言い張る気なのか？」

「はい、恥ずかしながら……子供の頃から男のようだと言われて、育ちました」

レイは自分の境遇を、性別を逆にして話し、「女性らしい女性を見ると、羨ましくなったりします」と、ヴィンセントに向けて言った。どこからどう見ても男でしかなく、それでいて美しい彼への憧憬を、目の中にありったけ込めてぶつけてみる。

それは彼に自分が女であると信じ込ませるための視線だったが、胸の内には別の想いが滾《たぎ》っていた。

「私が女だと、信じてください」

彼のような男に、同じ男だと認めて欲しい、むしろ見破られてしまった方がいい――今こうして無理に貫き通している嘘を取り合ってもらえずに、「お前は間違いなく男だ」と断言されたなら、どんなにいいかと思った。

縛り首にならずにこれからもまだ人生が続くのであれば、その言葉はきっと自分の中で燦然《さんぜん》と輝いて、一生の宝になるに違いなかった。

ただしそれは今、望んではいけないことで――想像もつかないほど大きな問題を招く、自己満足な願いに他ならない。

「貴女が、本当に女性なら……私は、許されないことを口にしてしまいましたね」

「殿下……っ」

再び開いたヴィンセントの唇は、レイの主張を呑むかのように動いた。

心の奥に喜べない自分がいるのを感じながらも、一先《ひとま》ずは胸を撫で下ろしたレイだったが、ヴィンセントの瞳には油断ならない光が潜《ひそ》んでいる。

(――疑ってる……のは当然にしても……睨まれて皮膚がぴりぴりする。これまでかなり気ぃ使ってくれてた気がするし、俺に一目惚れしたっぽい雰囲気だったし、性別違うってわかったらそりゃ……反動で激怒するのも当然だよな……)

静黙している彼が今何を考えているのか読み取ることはできず、レイはその心中を推し量るしかなかった。女だという主張を一応信じながらも疑っているのか、それともまるで信じていないのか――確信など得られない。

肌に痛いほどの視線に立ち向かって探りだしたものは、紫色の瞳に籠る暗澹《あんたん》たる憤りで、信じていない公算が大きい気がした。

「貴女はあらゆる点に於《お》いて個性的な女性なのですね。失礼な言葉を口にしたことは謝ります。貴女の性別は我が国にとって大変重要な問題ですから、慎重になるのも無理ならぬこととして……許していただけますか？」

「そ、それはもちろんっ」

この男は今、一目惚れした王女が偽者の上に男だと知って物凄く怒っている——一度はその可能性がもっとも高いと思ったレイだったが、ヴィンセントの口調や言葉の内容に考えを揺るがされた。やはり、女だと信じている気がしてくる。

「……っ、ぁ」

胸を押さえていた手首を掴まれ、レイはびくりと震えた。

静かな動作だからこそ余計に、かわすことも抗うこともできなかった。

至近距離で見つめ合ったまま、胸からそっと、手を剥がされてしまう。

破れた生地が夜風に流された時、彼の指が肌に触れた。

「殿下っ」

「胸の大きさなど然《さ》したる問題ではありません。結局のところ私達は子を成すために結婚するのですから——私と貴女が、互いにその気になれればそれでよいわけです」

「——……その気、に？」

彼の言葉をそのまま返すことしかできなかったレイは、自分の胸に恐る恐る目を向ける。

濃い紫色のドレスに映える白い肌に、彼の指先が這い始めていた。

それは淡く控えめに存在する乳首に達して、わずかな突起をこすり上げる。

「な、なにをっ!?」

「嫌なのですか?」

「嫌もなにも……っ、婚約中の男女はっ」

「貴女の大切な乙女を奪う気などありません。愛を交わすことができるかどうか、掟破りにならない範囲で試す方法はあるのですよ」

「愛を、交わすってどういう……っ、試すって、ちょっ、ちょっと待ってくれっ、待って、待ってくださいっ」

レイは混乱の中でどうにか逃げようとして、胸に触れている手を振り払った。

ところがそのまま後ずさろうとすると、またしてもドレスの裾を踏んでしまう。

「うぁっ!」

がくんっとバランスを崩した体は、次の瞬間にはヴィンセントに支えられていた。

腰に回された手に抱かれたまま、調度品の並ぶ塔の中央へと連れていかれてしまう。

屋根があるとはいえ窓のないこの塔には、布の貼られた家具は一つもなく、テーブルも長椅子もすべて鉄製の品だった。その分、クッションやブランケットが置かれている。

「嫌なら拒んでも構いませんよ。その時は大人しく——ご縁がなかったものと諦《あきら》めます」

嫌だ——と、否定の言葉が頭を掠《かす》めても、レイは最早、それを口にはできなかった。

促されるまま長椅子に腰掛け、この日のために用意されたと思われるクッションの上に横たわる。藍色の天鵞絨《ビロード》で作られているそれには銀色の縁飾りが施されており、四つ角には大振りの房飾りもついていた。

（――……これは、警告だ……逆らったら本当に……この婚約は……）

レイは腰の横にきた房飾りの一つを、ぎゅっと握って自分を抑える。

硬い長椅子の座面に片膝をついた彼を見上げて、その腹を探ろうとした。

目の前の王女が男であることを知りながら迫っているのか、それとも発育の悪い女だと思いながらもこうしているのか――未だはっきりとはしないまま、唇を奪われてしまう。

「……っ、ぅ！」

レイは天鵞絨のクッションに肘を埋めた体勢で、銀糸の房飾りを引き千切らんばかりに握り続けた。頭の重みまで感じる口づけは、予想の範囲を大きく超えている。

（……舌が……！）

月留めの逢瀬で交わすという接吻《せっぷん》は、こんなものではないはずだ――と思ったのも束《つか》の間《ま》で、驚きのあまり頭の中が真っ白になっていった。ヴィンセントの唇の感触、舌の重み、伏し目がちになった時の睫毛の長さ、そういったものに意識を奪われてしまう。

「……っ、は……ぅ、ぐ……っ」

彼の口づけは強引で、怯えるレイの舌を根元から起き上がらせては吸い、逃げても逃げても追ってきた。そのくせ、息苦しくなる寸前に細く息継ぎをさせてくれる。

「——っ、ん……く……っ」

自分は今、男とキスをしている。男に組み敷かれて、女の代わりにされている。

これは自分にとってとても嫌なことだ——そうでなければいけないんだと、震える我が身にいって聞かせた。嫌悪感を保たなければ体の力が抜けて、自分ではないものに変えられてしまいそうだった。

「……ふぁ、っ」

肩が大きく跳ねたのは、乳首に再び触れられた時だった。

濃密な口づけを受けたまま胸元を探られ、突起を親指の腹ですり上げられる。

乳首から脚の間に向けて、まるで一本の線でも通っているかのようだった。

触れられた瞬間、体の中でずくんっと音がして、ドレスに隠れた男の部分が反応する。

それが快感であることくらいは、経験がなくてもわかった。だからこそ悔しくて、口内にある舌に咬《か》みつきたくなる。

「……う、んぅ、っ！」

これまでしてきたように、突き飛ばすことも蹴り上げることもできない相手に翻弄《ほんろう》されたレイは、顔を顰めることや呻《うめ》くことで、「嫌だ！」と伝えるしかなかった。たとえ体が反応しようとも口内が緩く蕩けようとも、本当は嫌なのだと訴えなければ、脆《もろ》く傷ついた誇りが音を立てて砕けてしまいそうだった。

「——……姫……やはり貴女は……」

粘膜を突くように挿入していた舌を引き、ヴィンセントは嘲《あざけ》りを含んだ顔で笑う。

レイの体を長椅子に組み敷いたまま、露わになった乳首をきゅっと摘み上げた。

「っ、ぃぁあ！」

「貴女は間違いなく女性ですね。男に触れられて、こんなに感じているのですから」

レイは耳を疑うような言葉を浴びながら、ヴィンセントの上着の袖を掴む。暴れることはもちろん怒鳴ることさえできなかったが、せめてこれ以上触らないでくれ——と訴えるつもりで、外側に引きながら睨み下ろした。

「口惜しげな顔と、それとは裏腹に素直に尖《とが》るここがまた……色めいて男を煽《あお》りますね。貴女の色香の前では、品行方正な王子でいるのも難しい」

「……ぅぁっ!?」

突如身を沈めたヴィンセントは、勃ち上がったレイの乳首に唇を寄せる。そうしながらドレスをたくしあげて、絹の靴下に包まれた脚を掴んだ。

「やっ、ちょっ、ちょっと待ってくれっ！　そんな……っ！」

レイは彼の手が下半身に及んだことで狼狽《ろうばい》し、すぐさま身を起こそうとする。

女性物の下着の中で幾分張り詰めた牡茎に触れられたら、すべてがお終《しま》いだと思った。

(——……いや、そうじゃ……ない……わかってて、やってるのか？)

平らな胸の小さく尖った乳首に、彼の唇が触れる。

声など漏らして堪るものかと思っても、「ひぅっ」と情けない悲鳴を上げてしまった。

夜風に晒される肌に、熱い息が掛かる。

上下の唇で挟み込むように啄《つい》ばまれた乳首は、ますます硬く凝《しこ》っていった。

「……はっ、ゃ、やめ……っ」

口は自由に動かせるはずなのに——丁寧な言葉であれば王女として拒絶しても許される気がするのに、「やめてください」という一言さえ口にできない。

唇を噛み締めていないと、盛りのついた雌猫のような声を漏らしてしまいそうだった。

「ぐっ、んぅ……っ」

乳首を舌で転がされ、円を描くように外周を舐め回され、かりりと齧《かじ》られる。

唇を結んでいても、「ぅ、んっ、ぅ」と、断続的に声を漏らしてしまった。

スカートの中ではガーターベルトにまで触れられ、紫の絹の靴下を止めていたリボンが、シュッと音を立てて解かれる。

吊られてぴんと張り詰めていた靴下は緩み、折り曲げた膝へと向かっていった。

そしてより露わになった太腿に、ヴィンセントの指が這う。

肌の滑らかさを確かめるような触り方をした彼は、舐めたり吸ったりを繰り返していた乳首から、ようやく顔を上げた。

「……ゃ、いや、だ……これ以上は……っ」

「――おや……腰回りも随分と細く、小さいのですね。まるで少年のようだ」

ヴィンセントはクッションに埋まっていたレイの臀部に手刀を割り込ませ、下着の上からカーブを撫でる。骨と筋肉しかない硬めの膨らみを、掌《てのひら》でじっくりと味わって検分するかのような触り方をした。

「やっ、ゃめ……っ」

「小ぢんまりとして結構だが、こんなに小さくては世継ぎを儲《もう》けることができませんね」

「！」

露骨に意地の悪い笑みを浮かべたヴィンセントは、下着の中にまで手を入れてくる。しっとりと潤《うるお》い始めたレイの肌を直に揉みしだき、さらにもう片方の手も、スカートの中へと忍ばせた。

「――……っ、や、やめてくれ、もう……！」

「ご心配なく。貴女の女性の部分には触れません」

「うっ、ぅ……っ」

「そういう掟ですから」

皮肉った表情で含みのある言葉を囁《ささや》かれたレイは、見えないスカートの中で行われている行為に肌を粟立《あわだ》たせる。その気になれば頭を思いきり前に振ってぶつけ、鼻っ柱をへし折ってやれるのに——と、本来の自分は無力ではないのだと思うことで、少しでも矜持《きょうじ》を保とうとした。理由はどうあれできないということは、無力と同じだとわかっていながらも、屈する理由は身分の差にあるだけだと思いたかった。

「……ぁ、っ、だ、駄目だ……っ」

たっぷりとしたスカートの中で左右の尻臀をそれぞれ揉み解されていたレイは、下着の両脇を強く握られたことに気づく。それがこれからどうされるのか、考えるまでもなくわかった。けれど制止の言葉に意味はなく、一気に引き下ろされてしまう。

「うあぁぁっ！」

昂《たかぶ》っていた物の先端がレースの下着に引っかかり、レイは頗《すこぶ》る大きな悲鳴を上げた。

彼の目にも自分の目にも見えない脚の間は、じぃんと、男の痛みに苛《さいな》まれる。

「……ぅ、っ、ぅ……！」

「姫？　どうかしましたか？」

「……っ、もう……嫌だっ、やめて……くだ、さ……ぃ」

「どことなく抵抗を感じましたが、何かに引っかかりましたか？　痛むところがあるのでしたら、さすって差し上げますよ。それとも……舌で舐めて差し上げましょうか？」

「——……っ、ぅ……ゃっ、なんでも、な……へ、平気……です……っ」

摑んだ下着を膝まで滑らせながら訊いてきた彼に、レイは掠れ声で返答した。

ヴィンセントはもう、何もかもわかっているに違いない——そう確信できた。

たとえ真実がどうであっても、これが彼の一時の気まぐれであっても、今ここにいるオディアンの王太子が、偽者の自分を姫として扱ってくれていることは、レイにとってもミナウス王国にとってもありがたい恩情に他ならない。これを拒絶するほど愚かではなく、再び迫ってきた唇から逃げることはなかった。

(——そうだ……こうしているうちはまだ、たぶん……悪いことにはならない……)

ガーターベルトのみになった腰を両手で支えられながら、レイは二度目の口づけを受け止める。ヴィンセントの考えなど——唇を合わせ、舌を絡めたくらいでは少しもわかりはしなかった。はっきりとわかっているのは、ミナウス側が全面的に悪いということである。

自国の王女の身勝手な行動と、私欲で加担した自分の罪——それらによって彼の誇りを傷つけたことを思えば、逆らう気力など失せていった。

「……っ、ぁ、は……っ」

「——姫……私はなんだか……おかしなことに、止められなくなってしまいました」

唇が離れるなり耳元に囁かれ、レイは彼の変化に気づく。

これまでとは余裕の度合いが大きく変わっており、吐息の中に欲情の色を感じられた。

「こんなつもりでは、なかったのですが……」

「——……?」

これ以上、どうすれば許してくれますか？　どうしたら見逃してくれますか？

問いたいことも請《こ》いたいことも、まともな言葉にならないレイは、突然腕を掴まれる。

「うぁっ、あっ！」

まるで口にしていない問いかけに行動で答えるかのように、彼は性急な動きを見せた。

勢いよく立たされたレイは、脇にあった鉄製のテーブルを抱き込むように寝かされる。

何事かと思うとすぐに、うつ伏せの状態でスカートを捲り上げられた。

ガーターベルトと緩んだ靴下のみの尻と脚が、通りゆく風と彼の目に晒される。

「やっ、ぁ……っ！」

信じられないような恰好に目を剝きながら振り返ったレイの目に、脚衣の前を寛《くつろ》がせるために動く彼の右肘が映った。ぞっとするような動作と衣擦《きぬず》れの音に続いて、容赦なく鷲掴みにされた片方の尻臀を、外向きにぐいぐいと寄せられる。

「……ぃっ、ひぁ……っ！」

こんなの、嘘だろう？　と思いながらも、掠れた声しか出せなかった。

強引に拡げられ、暴かれたあわいの中心にいきなり肉塊を突き立てられる。

欲情した男が自分に対して最終的に何をしたいのか――それくらいはわかっていたレイだったが、動転せずにはいられなかった。しかも彼のそれはひやりとするほど濡れていて、秘孔に触れるなり、雫《しずく》がつぅーっとあわいを滑っていく。

(——……男だとわかってて……こんなに、なるものなのか？)

驚愕するレイの小さな窄《すぼ》まりに、次々と溢れでる彼の先走りが塗りつけられた。

そのぬめりの助けを借りるようにして、先端がめり込んでくる。

「痛っ、うぁ、ぁ……っ、ぁ！」

「——ッ……ハ……」

レイはテーブルにしがみつきながら、明らかに色濡れた彼の呻きを聞いた。

腰を突きだした体勢で本格的に怒張《どちょう》を挿入されると、呼吸も儘ならない衝撃的な痛みに襲われる。迎え入れる瞬間は身を二つに裂かれるような激痛を感じ、もっとも太い部分が入りきった後は、体が押し潰されるような圧力を感じた。痛い、重い、苦しい……そんな言葉が頭の中を駆け巡り、死の予感さえする感覚に四肢が痙攣《けいれん》しそうになる。

「——いっゃ、ぁ……痛……っ、いっ、うぅーっ！」

落雷《らくらい》に打たれた木が燃えて、めきめきと音を立てて裂けるかの如く、体が悲鳴を上げる。

ずんっと奥まで貫かれると、開いた両脚の内側に血が流れていくのがわかった。

「……姫っ……ッ、ァ……！」

彼が口にしたのは、自分の名前ではない。されども今は自分のことに他ならず、欲望を余さず向けられているんだと思うと、いくらか心が揺れた。声や呼吸に余裕がなくなっているのを感じて、どことなく連帯感を覚えている自分がいる。

それは甚《はなは》だ不思議な現象だったが、彼の呼吸が乱れれば乱れるほど、意識の中で痛みや羞恥《しゅうち》が後退した。背中に降り注ぐ抑えきれていない淫《みだ》らな吐息が――酷く恥ずかしいのは自分だけではないと思わせてくれる。

「――っ、あぁっ」

「姫……っ」

彼は確かに今この瞬間、おかしな行為に熱中しているに違いなかった。

みっともない恰好で情けない声を漏らしているのは、決して自分だけではない。

その事実が、レイが縋《すが》りつける唯一の慰《なぐさ》めになっている。

「……んっ、ぅう……っ、はっ、ぁ……ぅっ、ああっ！」

「ハ……ッ、ハ……ァ……ッ」

レイはますます呼吸を乱す彼の両手で腰を摑まれ、肉の凶器で抉《えぐ》るように突かれた。

こんなにも感じる所が何故男の体にあるのかと――疑問を投げかけたくなるほど気持ちよい所が体の中にあり、出血するほどの痛みと入り混じって区別がつかなくなる。

硬く張りだした鈴口で、一点をずくずくと刺激するように貫かれると、脚の間が勝手に反応してしまった。

「んぅうぅっ、んっ、は……っ！」

「……クッ、ゥ……！」

一時も止まっていられないように腰を前後させていたヴィンセントは、低く呻きながらさらに動きを速めた。つい先程までの澄ました態度はどこへやら、交尾に夢中な牡獣さながらに浅ましく、荒々しく絶頂を求めて動いている。

（──信じられねぇ……俺……ほんとに犯られてるんだ……）

こんなことをされた経験がなくても、ヴィンセントが間もなく達するのだということは、自分の体のことのようにわかった。

レイはほぼ無意識に、がたがたと鳴るテーブルを力いっぱい押さえ込む。

そうでもしないと、下半身までテーブルに乗り上げられてしまいそうな突きだった。

「──……ッ！」

その刹那《せつな》──レイの体の、本人すら知らない深い場所に捩《ね》じ込まれた杭《くい》が、心臓のようにどくりと脈打つ。熱く重たい物が勢いよく飛びだしてきて、腹なのか腰なのかわからない辺りに熱が染みた。

「うぁっ、ぁ……熱っ、ぃ……っ！」

激しい摩擦《まさつ》で燃えた秘洞の中ですら、彼の怒濤は熱く感じられる。

ウエストに食い込む十指が、強張りながらより食い込んで震えているのに気づくや否や、レイは同じ絶頂に達した。捲り上げられたスカートの中で、びゅくびゅくと吐精する。

「ふぁあっ、ぃ、あ……あ！」

ありえない、こんなことは絶対に何かの間違いだ——そう否定するのに必死な自分の、理性までもが白濁とした物で犯されてしまう感覚だった。

知りたくなかった悦楽に、体と心が一緒になってびくびくと弾け続ける。

酷くみっともないであろう自分の恰好も喘《あえ》ぎ声も、男に組み敷かれて精を注がれている屈辱も、今はぼんやりとしてどうでもよくなってしまった。

「——……ッ、ハ……」

「……んっ、ぅ……っ」

レイはテーブルに顎を乗せてぐったりと休みながら、瞼《まぶた》を閉じる。

不規則に精を放ち続ける体は未だに深く繋がっており、一つになった実感を覚えた。

折り重なる体と同じく、二人の呼吸は淫らに重なって、顔を合わせてキスをしたいなどという——嘘のような衝動まで生まれてくる。

(——なんだよこれ、男に掘られて……死ぬほど痛いのに、気持ちいいとか……つられて一緒に達《い》っちまうとか、ありえねぇ……)

甘やかな疲労感と大きな充足感の裏で、レイはぎしっと歯を食い縛った。

確かに想像を絶する快感はあり、それは本物だった。うっとりとした瞬間があったのも否定する気はない。これを恋愛と勘違いしてしまう輩《やから》がいても無理はないと思うほどに、強烈な一体感が今も消えてはいなかった。

それでもレイは、事実を理屈で捩じ伏せようとする。

これはただの発情であって、肉体の齎す不可抗力——言わば生理現象として片付け、心とは無関係なものだと結論づける。実際のところ出すものを出しきって盛り合った時間が過ぎてしまえば、幻の幸福感は徐々に薄まっていった。

（——……なに盛ってんだよ俺……情けねぇ、最低……最悪だ……）

その代わりに、冷静な感情が台頭してくる。自分に対して、絶望する思いだった。

「——……すまない」

うなじの辺りに突如ぽつりと呟かれ、レイは閉じていた瞼をかっと開く。

自分と同様に、彼も激しく後悔していることを知った。

悔恨を練り込んだ声で「悪かった」とさらに謝罪してきた彼は、腰を引きながらハンカチーフを取りだし、肉栓を重らかに抜くと同時に、秘孔に当ててくる。

「う、あぁ……っ！」

見事に張った肉傘で、引っ掻きだされるようにして溢れる精と血を、丁寧に拭《ぬぐ》われた。

足元には、いつの間にか脱げていた靴を揃えられる。

（——……なんだよ、今の……なんであんたまで後悔してんだよ……）

自己嫌悪は過剰にあっても、ヴィンセントに対しての憎悪や嫌悪感はないに等しかったレイの胸に、吐き気を催《もよお》すような怒りと屈辱が植えつけられる。

酷く後悔された挙句《あげく》に、一方的に犯された被害者と位置づけられたことを知ったレイは、自我を保つべくテーブルの縁を力いっぱい摑んだ。両手指の爪が軋《きし》んで割れそうになり、それと同時に、快楽の魔法でいくらか和らいでいた痛みが一気に蘇《よみがえ》ってくる。

「――……ぅ、ぅぅ……っ」

「すまない、許してくれっ」

なけなしのプライドについた生傷に岩塩を塗り込まれ、全身の血を無情に抜き取られる感覚だった。悔しくて悔しくて歯を食い縛り続けると、口の中に血の味が広がっていく。

「部屋まで……送ろう」

スカートを下ろされ身を起こすよう促されても、レイは一言も話せず、彼の顔を見ることさえできなかった。

永遠に変わらぬ愛を誓うには最適な、雲一つ掛からない明月の夜――その最後に聞いた言葉は、「忘れてくれ」の一言だった。

第五章

（——……私は何故、あのような惨《むご》いことを……）

王太子ヴィンセント——彼が誕生した年に、彼よりも一月遅く生まれた従兄弟《いとこ》……ということになっている仮面の将軍ラスヴァイン・ドォーロ・アンテローズ公爵は、王太子の部屋から繋がる湯殿で、湯に半身を沈めていた。

同性の双子は古来より不吉とされていることから、やむなく臣下に下され王弟一家の子として育てられたラスヴァインは、王太子として何かと制約の多い暮らしを強要される兄ヴィンセントを不憫《ふびん》に思い、どうしても外に出たいと頼まれた時にはこうして、人知れず入れ替わっていた。

（——身代わりなのは、私とて同じこと……あのように罰する権利など……私には……）

自分の仕打ちを思い返すと心が凍え、氷水に浸《つ》かっている気さえしてくる。

乳白色の湯を掬う両手を見下ろすと、細い腰の感触がありありと蘇ってきた。

レイチェル王女の身代わりの青年に対する信じられない暴挙が、悪い夢のように何度も何度も、頭の中で繰り返される。

ラスヴァインは消えてなくなりたい思いに打ちひしがれ、顔の上半分を手で覆った。

馬車の中でときめきに顔が火照った時も同じようにしたが、今はまったく異なる理由でそうしている。本来ならば『仮面の将軍』として顔の上半分は仮面で隠しており、感情が大きく揺さぶられると、遮《さえぎ》るものがない状態に不安が募った。

（――あれは女性ではないが……私が男として認識する人間とは、まるで違う……）

自分自身としても、王太子ヴィンセントの身代わりとしても、女性には常に優しく振舞ってきたラスヴァインは、単純に男としては括れないあの青年をどう扱うべきだったのか、王太子妃の部屋まで送って半刻ほど経った今でも、明確な答えを出せずにいた。

今の時点で確かだと思えるのは、あれが悪い夢ではなく、現実に自分がやってしまった行為であること――そしてあの青年の心と体を、酷く傷つけてしまったという事実だった。

「――殿下、ご入浴中に大変失礼致します。将軍アンテローズ公爵が只今おいでになり、火急のご用件にて、お目通り願いたいとの仰せです。如何致しましょう」

「……っ、すぐに、すぐに出る！　お通ししろ！」

「はっ？　はい……承知致しました」

湯殿の外に控えていた小姓から「殿下」と呼ばれたラスヴァインは、自分の失言に気づいたものの、訂正はしなかった。正しくは、「すぐに通せ」と言うべきだったのである。

自分は今、王太子ヴィンセントとしてオディアン王宮にいるのだから、如何に公爵位を持つ将軍が相手であろうとも、そのような言い方はありえないものだった。

しかし細かいことには構っていられず、ラスヴァインは湯殿から出るなり浴衣《よくい》を脱いで、濡れた体を急いで拭く。本来王子は自分で体を洗ったり拭いたりはしないものだったが、これればかりは同じようにはできなかった。幼少の頃より剣技を磨き、戦地に赴いて前線で戦ったことのあるラスヴァインの体には、本物のヴィンセントにはないはずの細かな刃創が無数に存在する。その上裸になると筋肉量の違いがわかってしまうため、入れ替わった時は必ず、小姓に下がるよう命じていた。

「ラス、一週間ぶりだな。ご機嫌は如何かな?」

湯殿を後にし、ガウン姿で王太子の居室に向かうと、そこには仮面を着けた長身の男が待っていた。将軍の証である勲章と、爵位を示す黄金の印璽を身に着けたその姿は、誰の目にも仮面の将軍アンテローズ公爵に見える。

「ヴィンセント様っ、戻ってきてくださったのですね!」

ラスヴァインはこの部屋の本来の主《あるじ》である彼の前に駆け寄って、もう逃がさないという思いでその手を握った。身の内に多大な怒りはまだあるものの、今すぐにでもこの罪深い謀《はかりごと》を中止してくれるならば、すべて許して水に流せると思えた。何しろ彼は、この世で唯一の兄である。そして将軍としての自分が、ゆくゆくは仕える主でもあった。

「いや、戻ってきたわけではないぞ。もう二度と王子には戻らぬと言ったではないか」

「ヴィンセント様っ」

「婚約の儀が恙なく終わったと聞いたのでな、労《ねぎら》いを言いにこっそりとやってきたのだ。其方のことだから心配はしていなかったが、気苦労も多かったであろう」

「気苦労なんてものではありません！　どうかお戯《たわむ》れもいい加減にしてくださいこのようなことを長く続ければ、必ず人に知れますっ」

「大丈夫だ。其方は私の真似がとても上手いからな、父王も母上も見破れまい。私の方も問題なくやっているぞ。人前では言葉遣いも其方らしくしているから、心配無用だ」

仮面の下でふふっと笑った本物のヴィンセントは、自由な日々を満喫しているようで、実に満足げだった。唖然として力の抜けるラスヴァインの手を振り解くと、勝手知ったる仕草で長椅子に腰掛ける。そして仮面を取らぬまま、それをこつりと突《つ》いて見せた。

「これにもすっかり慣れたぞ。外すのは妻と二人の時だけだ。偉いであろう？」

「殿下……っ、こんなことは言いたくないのですが、私が辛《かろ》うじて貴方の真似をできるとしても、貴方が将軍の務めを果たすのは難儀なことかと思います。そう長く休まれては、私としても困るのです。どうか今すぐにでも本来あるべき立場に戻ってください」

ラスヴァインは腰を据えて話す気にはなれず、かといってあまり近くで見下ろす体勢も取れずに、一歩引いた位置から兄を睨み据える。

「そうそう、その話もしようと思っていたのだ。私に将軍の務めはどう考えても無理だからな、副将軍のバードリック伯爵を将軍の地位に就《つ》けて、私は引退しようと思う」

「引退っ⁉　な、何を勝手なことを！　私から職務を取り上げるおつもりか⁉」

「ラス……何故そのように怒るのだ？　其方には私が継ぐはずだった王位を譲るのだし、将軍の地位を惜しまずともよいではないか……バードリックが気に入らぬなら、誰なりと後継者を指名するがよい」

「貴方という人はっ！　私は王位に興味などありませんし、自分の築き上げてきたものを大切にしています。どうあっても王位を譲りたければセルディ様にお譲りすべきです」

「セルディに？　冗談じゃない、あんな生意気な小僧に誰が譲ってやるものか。だいたい真の第二王子は其方ではないか。それを差し置いて三番目のセルディなど、論外だ」

　ラスヴァインは、筋が通っている面もあれば己の価値観のみで話している面もある彼の言葉に頭痛を覚え、無意識に額を押さえた。

　双子の兄である王太子ヴィンセントは、女子供や動物には頗る優しく、特に女性に対しては細やかな気遣いができる男だった。しかしながら大国の王太子として、厳しすぎる教育と過分すぎる愛情をどちらも極端なレベルで受けており、人並ではない考え方をするところがある。頭も要領もよいので普段は理想的な王子を演じているが、ラスヴァインには我が儘放題甘えてくるのが常だった。

「それはさておき、ミナウスのなんとか王女はどのような娘であった？　大層美しいという評判だったが、王族の娘など醜女《しこめ》でさえなければ絶世の美女と称されるものだからな」

「――奥方をお持ちの方が、そのようなことは気にされるのですか？」

ラスヴァインは皮肉をたっぷりと込めて言うと、やり場のない苛立ちをどうしても示したくて、あえて大きな溜息をついて見せた。

この謀のそもそもの発端は、ヴィンセントがアンテローズ公爵として外で勝手に作ってしまった妻子から始まっている。

レイチェル王女との婚約の儀まであと一週間という段になって突然、「結婚の誓いをした女との間に息子までいる」と言いだしたヴィンセントは、これまでは一日や二日で終わらせていた入れ替わりを永遠にすると、一方的に決めてしまったのである。

「ヴィンセント様……貴方はあまりにも勝手すぎます！　異国に嫁がねばならない姫君のお気持ちを考えたことがあるのですか？　婚約する相手が偽者とも知らずに誓いを立てるお姿に胸が痛んで、おかわいそうでなりませんでしたっ」

ラスヴァインはほんの少し前まで思っていたことを口にして、自分の言葉に動揺した。

だからこそ、あの美しい王女が憐《あわ》れであったからこそ、より身を砕いてお相手せねばと思っていたのに――よりによって向こうも偽者、しかも男だと知った時の衝撃と怒りは、筆舌に尽くしがたいものがあった。

（――腹が立ったのは事実だ……だが、私の怒りの矛先《ほこさき》は王族でありながらあまりにも無責任なヴィンセント様と、おそらく逃げだしたであろう姫君の二人にあったのに……何故身代わりの青年にあれほどの暴挙を……まして、彼と同じ偽者である私が……）

自分のやってしまったことを思うと膝の力が抜けそうになり、ラスヴァインは長椅子にふらりと腰を落とす。凄絶な罪の意識に身の毛がよだち、眩暈《めまい》すら覚えた。

「――ミナウスの王女のこと、余程気に入ったようだな」

「！」

「そうであろう？　女にはつくづく淡泊な其方が、そのような難しい顔をして心揺さぶられているのは、惚れた証拠だ。噂通り、しとやかな美姫であったか？」

色恋に関してはラスヴァインの上を行くヴィンセントは、揺れる心を見透かしたように笑う。仮面を着けていても紫色の瞳ははっきりと見え、己が心の鏡のように思えた。

「レイチェル王女は……しとやかでは、ありませんでしたが……大変美しく、可愛らしく、溌剌としていて……何かして差し上げて、喜ばせたくなるような……」

「ほう、それは素晴らしいではないか。一目惚れしてしまったのだな？」

ラスヴァインは冷たく感じる指先で、ガウンに包まれた膝を掴む。

ミナウス王宮の大広間で一目見た時――想像を越える美貌に圧倒され、何故この姫君を騙さなければならないのかと、胸が痛んだ。

馬車で肩を貸すと言ったのは、一国の王女が馬車の中で眠るわけがないと思った上での社交辞令だったが、本当に凭《もた》れかかってきた時の重みと、甘い喜びが忘れられない。

逞しいことを褒められて、男ならば当然と言わんばかりな迂闊《うかつ》な一言を叱責された真の理由がわかった今でも、勇敢に厳しく窘《たしな》めてくれたことや、許してくれたことへの敬愛を含むときめきが胸に息づいている。

月留めの逢瀬では——この胸の高まりはむしろ留《とど》めてはいけないものだと思い、満ちた月を直視するのが心苦しいばかりだった。

男だったと知った時の怒り、そして開き直る彼に向けた残酷な言葉の数々は、芽生えた恋心を傷つけられたことへの私怨も混じっていたのだと、認めざるを得ない。

「私は、本当に酷いことを……」

「酷くなどないぞ。ラスヴァイン、私は兄として其方の成長を大変嬉しく思っている」

ヴィンセントはおもむろに立ち上がると、ラスヴァインが座っていた長椅子に移動して、横並びになるなり手を握ってきた。口元は大層嬉しげで、頬からして上がっている。

「其方は私をどうしようもない身勝手な男だと思っているのだろうが、私の行動の原点は愛にあるのだ。一人の女と我が子への愛に、他のすべてが負けてしまうこともある。私は王位さえも捨てて、自分が惚れ抜いた女にどこまでも誠実でありたいのだ」

「殿下……」

「ミナウスの王女を其方が気に入ったのであれば、酷いことなど何一つない。婚約の儀で誓ったことをその通りにすればよいのだ。其方は王太子ヴィンセントとしてミナウスの王女と結婚し、王位を継ぐ。私は愛する妻子と共に、アンテローズ公爵として生きていく」

真摯に見える瞳を向けてきたヴィンセントは、「問題はないであろう?」と言ってさらに微笑む。ラスヴァインが築いてきた人生など王位と引き換えにすれば安いもので、当然譲ってもらえるもの――と信じて疑わない傲慢さに神経が逆立つものの、兄を厳しく責められない思いがラスヴァインにはあった。

子供のできなかった王弟夫婦に実子として可愛がられ、なおかつ伸びやかに育てられた自分が、籠《かご》の鳥のような兄を時々外に出してあげるのは当たり前のことだと思っていた。されども、外の世界を知った鳥にとって、籠の中は以前に増して窮屈になる。許嫁《いいなずけ》以外の女性を愛してしまった兄がますます自由を欲する気持ちは、推して知るべきものだった。

「――殿下、貴方のお気持ちがわからないわけではありません。ですが、私は将軍としてこの国を守ると決めたのです。神に与えられたそれぞれの宿命を、勝手に取り換えたりしてはいけません。どうか今すぐに、あるべき姿に戻……っ」

ラスヴァインは仮面の奥にある兄の瞳を見据えながら、はっとして言葉を切った。

もしここで兄が承知したら――もし本当に今すぐ王太子ヴィンセントに戻ったら、あの青年はいったいどうなってしまうのかと考える。

ヴィンセントは女子供と動物には優しくとも、その反動のように男には厳しいところがあった。そして大国の王太子としてのプライドの高さは、王位を捨てると言っている今でも性根にしっかりと根付いている。自分が騙されたと知ったら――あの青年にどのような罰を与えるかわからなかった。それを思うと、今ここで「戻ってください」とは、とても言えなくなる。

「ラス、どうかしたのか？」

「――いえ、なんでも、ございません。殿下にもお心の整理や奥方とのご相談もおありでしょうから、婚礼の儀までは私がなんとかします。ですが、永遠に入れ替わるなどということは決してできないものとお心得ください」

「ふふっ……往生際《おうじょうぎわ》が悪いぞラス。恋に落ちたと認めてしまえ。何《なん》の彼《か》のと言いながらも、其方は王女ともっと一緒にいたいのであろう？　そういう熱っぽい目をしておるぞ」

「殿下……っ」

ふわりと舞うように優雅に立ち上がったヴィンセントは、幸か不幸か元の立場に戻る気などまったくない様子で、「では頼んだぞ」と言うなり出ていこうとした。

すぐに着替えてお見送りを――と考えてしまうラスヴァインだったが、王太子であればそのような真似はしない。気分の問題も重なっていつになく腰が重く、結局立ち上がらずに見送った。

（──私は確かに、王女らしからぬあの人に心惹かれたのだろう……だがその気持ちは、女性だと思ってのことだ。男に恋など、ありえない……）

湯殿で清めた手を再び見下ろして、ラスヴァインは掴んだ細い腰の感触を想う。

王女の偽者が男だったのは間違いないが、彼の男の部分を見たわけでも触れたわけでもなく、自分はただ、女性の代用として彼の体を利用したにすぎないと思った。

あれは恋などという甘いものではない──その意識が強くあればこそ、罪に囚われる。

あの青年は、女性的な容姿にコンプレックスを持って生きてきたのだろうとわかっていながら、わざとそこを刺激して貶《おとし》め、傷つけた。相手が王女を騙《かた》った男であったとはいえ、自分の行いはまともな紳士のそれではなかったという自覚は十分にある。

（──どう考えても、凌辱《りょうじょく》行為だ……）

あれは騙された怒りと屈辱から発生した一方的な行為であって、自分は加害者に他ならないという罪の意識が胸に刻まれる。

あのように残酷な衝動が、恋と呼ばれる美しい感情から生まれるわけはない──それは絶対にありえないと、強く思った。

第六章

「レイ殿、今夜の夕食会で着ていただくドレスなんですが、こちらの茶色に近いオレンジ色の物と黄色に近いオレンジ色の物と、どちらがよろしいですか？」

婚約の儀の翌日は、前日の疲れを取るために丸一日空けられており、入っている唯一の予定は内々での夕食会のみだった。大々的な晩餐会《ばんさんかい》とは違い、国王が日常的に使っている小食堂にて、国王と王妃、王太子と次期王太子妃、第二王子と第一王女、そして特別にライアン王子も招かれて、七人で食事をすることになっている。

「色なんてどうでもいい。少しでも緩い方にしてくれ」

昼頃にやってきて早速夕食会の準備をしているライアンを余所に、レイはベッドに横たわったまま起き上がらなかった。ヴィンセントの欲望を受け止めた体には、思った以上の負担が掛かっていたらしく、出血した部分はもちろん、激しく軋まされた腰が痛かった。

「濃い色の方が若干緩そうなので、そちらにしました。続き間のトルソーに着せて整えておきましたから、夜までそのままにしておいてくださいね」

隣室と寝室を行ったり来たりしているライアンに、レイは短く返事をする。

　本当は、「月留めの逢瀬でキスをすることを知ってたのか？　知ってたならなんで事前に言ってくれなかったんだ！」と抗議したい思いでいっぱいだったが、過ぎたことを今更言っても仕方がない上に、この状況で唯一の味方であるライアンと後々気まずくなるのは避けたかった。

「レイ殿、どこを探しても昨夜の紫のドレスが見つからないのですが……あと、月留めの逢瀬から戻られてからご入浴されたんですよね？　汚れ物が一つもありませんよ。脱いだ下着はどうされたんですか？」

「ああ……燃やした。ドレスも下着も全部な」

「えっ、えぇぇっ!?　燃やしたっ!?」

　レイは天蓋ベッドの中から手だけを出して、寝室の片隅にある暖炉《だんろ》を指差す。

　するとライアンは、思いだしたように鼻をくんと鳴らした。

「そういえばこの部屋に来た時なんとなく焦げ臭《こくさ》い気がしたんです。夏なのに暖炉に火を点《つ》けてまでドレスを燃やすなんて、いったいどうしてですかっ？」

「ワインを零しちまって、染みになったからな」

　淡々と答えたレイの言葉を、ライアンは驚きながらもどうにか理解しようとしているようで、顎に手を当てつつ考え込む。年のわりに童顔だったが、眉間《みけん》に皺《しわ》を寄せて真面目な顔をすると、辛うじて年相応に見えた。

「高いドレスなんだろ？　ごめんな、酔っ払ってたからさ」

「――別に……構いませんが……市井の方々は汚れ物を洗わずに燃やす習慣があるのかと思ってしまいました。違いますよね？」

「そんなわけねぇだろ、破れるまで洗いまくって使うに決まってんじゃねぇか。毎朝毎朝ルルー川の上流に行って、みんなでじゃぶじゃぶやるんだぜ。洗濯は重労働のわりに女がやるのが普通なんだ。なんで家でやらねぇでわざわざ集まるか知ってるか？」

ベッドの中でむくりと起き上がったレイは、小首を傾げてさらに考え込むライアンに、何事もなかったかのように笑って見せる。

「女はおしゃべりが好きだからな。早朝の洗濯の時間が何よりの楽しみってわけ。亭主の愚痴や噂話で盛り上がったりして、晴れ晴れした顔で帰ってくるんだぜ。で、男は黙々と洗濯物を干すって流れだ」

「夫婦で分担してるんですね。そういうのって素敵ですねっ」

「夫婦に限らないけどな。俺も毎日……たとえ夜通し飲んでも朝は早くて、こんなふうに昼まで寝てることなんてないんだぜ」

「町の方々はとても元気でいらっしゃるのですね。貴族は午前中にはあまり動かないものですから、十分に体を休めていただいて構いませんよ。それに昨夜は遅くまで大変でしたからね。何はともあれ、月留めの逢瀬が恙なく済んで本当によかったです」

ドレスの他に、下着や靴やアクセサリーを揃え終えたライアンは、安堵した様子でベッドの横に立つ。少し癖のあるアーモンド色の髪が、正午の光で金髪に近づいて見えた。

「無事に終わったって、誰かに聞いたのか?」

「ええ、先程北の森の散歩道でヴィンセント殿下にお逢いしました。早朝から馬を駆っておられましたよ。姉上と同じく、愛馬はやはり白馬でした。それはそれは綺麗な馬で」

「馬の話はどうでもいい。殿下はなんて?」

「ええっと、だいぶ遅くまで話し込んでしまったので、ゆっくりお休みいただくようにと、あとは……何か必要な物があれば何でも言ってくださいと仰っていました」

レイはライアンの顔を見ながらも、美しい白馬に跨《また》るヴィンセントの姿を想い描く。

朝の風に馬の白い鬣《たてがみ》と、彼の漆黒の髪が靡《なび》く様は、悠然として絵のように美しいに違いないと思えた。その口から零れた優しい言葉に、ライアンが姉の幸せを予感して上機嫌になっているのも頷ける。

「いい、人で……よかったな。あとはレイチェル王女が見つかれば万事丸く納まるよな」

「はいっ、これもレイ殿のおかげです。姉上もヴィンセント殿下にお逢いになったら絶対好きになると思いますし、早く姉上を見つけられるよう頑張らないとっ」

「ああ、そうしてくれ。早く帰りてぇしな……俺がいないと、客足減りそうだからさ」

あえて自嘲気味に言ったレイだったが、ライアンは素直に真に受けて「レイ殿は売れっ子さんなのですね」と屈託ない笑顔を見せた。

うちは宿屋であって男娼館じゃない、俺が売れてるわけじゃないんだぜ——と言い返す気力が今はなく、レイは昼食が届けられるまでもう一眠りしようとする。昨夜は悔しさで腸《はらわた》が煮えくり返っていた上に体が痛くてろくに眠れず、空が白み始めるまで起きていた。

「あの、これなんですか？　血みたいな染みが靴の中に……これもワインでしょうか？」

「！」

再び横になろうとしたレイの前に、ライアンは昨夜の靴を持ってくる。

エナメル靴の内側には赤黒い染みができており、血のようにもワインのようにも見えた。

「——……それは……ちょっと靴ずれしちまったんだ」

「えっ、血が出るほど靴が合わなかったんですか？　内側に蠟《ろう》を塗りましょうか？」

「いや、そこまでしなくてもいいから……軟膏《なんこう》をもらえるか？　馬油《バーユ》とか……」

レイが顔をそむけながら言うと、ライアンは「はい、すぐにっ」と言って慌てて隣室に飛び込んでいく。そんな彼を尻目に夏掛けの中に潜り込んだレイは、まだヴィンセントの屹立《きつりつ》が刺さっているかのように感じる所を意識して、瞼をぎゅっと閉じた。

昼食を取ってしばらくした頃、レイは暇そうなライアンを誘って星見の塔に登った。偽者だと気づかれなければ、今頃はおそらくヴィンセントと見ていたであろう遠い海を、爽やかな風の中で眺める。

どんよりとした心境とは裏腹に空は晴れ渡り、海は眩く輝いていた。

「海って本当に綺麗ですねぇ！　水平線なんて生まれて初めて見ましたっ」

「王子様でもそんなもんか？」

「ええ、いつかオディアン王国の船に乗せていただいて、大海原に出てみたいものです。それにしても王宮内にこんなに高い塔があるなんて……海だけじゃなく森や山まで果てしなく見渡せて素晴らしいですよね。姉上もきっとこの塔を気に入ると思いますっ」

「お前の頭の中には姉上しかねぇのかよ……」

海に向かって身を乗りだすようにしているライアンを余所に、レイは塔の中を顧《かえり》みる。円形の部屋の中央に寄せられている調度品の——特に長椅子とテーブルが目について、生々しい記憶が蘇った。

それでももう一度ここに来たのは、「忘れてくれ」と言われたにもかかわらず、忘れることなど絶対にできない自分に、あの出来事を改めて認識させるためだった。そうでもしなければ気持ちの整理がつけられず、いつまでも引きずってしまう気がした。かといって独りで来るのは少し怖かったことを思うと、自分の女々しさに嫌気が差してくる。

「こんなに見晴らしのよい場所で、あんなに素敵な殿下とキスをしたり愛を誓い合ったりできたのに……姉上ったらもう……本当に勿体《もったい》ないです」

「――キス……するって知ってたんだな」

「ええもちろん。あ、そういえば代わりにレイ殿がしたんですよね？　如何でしたか？」

風に揺れるアーモンド色の髪を指で押さえながら、ライアンは罪のない顔で訊いてきた。

子供っぽく見えるわりには、口づけなど造作ないことと思っているようで、レイは怒る気をなくしてしまう。

「――意外と情熱的だったぜ」

皮肉っぽく口にした刹那、背後でぎぎぃっと音がした。

鉄扉に注目した二人の前に、軽装姿のヴィンセントが現れる。

「殿下っ！」

「ご機嫌よう、レイチェル姫、ライアン王子」

突然現れたヴィンセントにライアンは些か驚き、すぐさま余所行きの顔に切り替えた。

レイはさほど驚くこともなく、塔の外壁にもっとも近い場所に立ったまま歩み寄らない。

ヴィンセントが自分の正体を誰かに告げたり騒いだりせず、対外的には王女として扱うつもりでいることは、部屋に送り届けられた時点で察していた。

「王太子殿下にはご機嫌麗しく。こちらはとても素敵な塔ですね、姉と一緒に海を眺めていたところでした」

「――ご姉弟仲がよろしいのですね」

　ヴィンセントはどことなく含みのある言い方をしており、レイの目には機嫌がよさそうには見えなかった。けれどライアンはまるで気づかず、「はいっ」と元気に答える。さらに握手ができそうなほど近づいて、「夕食会でご一緒できるのを楽しみにしております。こちらにいらしたのは偶然ですか？」と続けると、彼の表情は完全に曇った。

「偶然ではなく、姫君と海を眺めるお約束をしていたからですよ」

「えっ、ぁ、そ、そうでしたかっ、申し訳ございません。では僕はこれで失礼します！」

　ライアンはヴィンセントの傍に立つと小柄に見えてしまう体で、さっと身を翻《ひるがえ》すように去っていく。月留めの逢瀬が恙なく終わったと思っているためか、ヴィンセントとレイを二人きりにすることに不安はない様子だった。

「――……」

　鉄の扉が音を立てて閉まった後、ヴィンセントは何か言いたげな顔をしながらも一言も喋らず、レイの前に立つ。

　白いシャツが風を孕んで音を立て、首筋や鎖骨《さこつ》が露わになっていた。

　風光明媚《ふうこうめいび》な景色に目もくれず、二人は黙って視線を結ぶ。

　長すぎる沈黙であることはわかっていても、気まずいという感覚はなかった。

憎々しく睨み合っているわけではなく、もちろんうっとりと見つめ合っているわけでもなく、お互いにこれからどうするべきか決めるために、各々の腹を探り合う視線だった。

他には誰もいないこの状況で、レイはいったい誰として、どのように言葉を発するべきなのか迷う。そしてその迷いに、自分で答えを出すことなどできないことを知っていた。

立場を考えれば彼の出方に合わせるしかなく——腹の中に滾る怒りはあれども、それを表に出すのはお門違いだということくらいは承知している。

(——……いい加減、何か喋れよ。あんたの出方に合わせるから、なんとか言えよ)

待てども待てども、ヴィンセントの唇は動かない。

それでもレイはひたすら黙って、目をそらさずに彼の言葉を待った。

どんなに苛立っても、それを態度に示すことはできない。

ミナウスにとっては宗主国と言っても過言ではない国の王太子を騙したにもかかわらず、それを公にはされず、本物の王女と入れ替わるまでこのままでいることを許された——と判断してもよさそうなこの状況に、文句など言えるはずがなかった。

「——昨夜は、よく眠れましたか?」

ようやく開いた唇は躊躇《ためら》いがちで、声も弱い。

出逢った時の印象とは大きく違ってしまった彼を前にしていると、自分との行為をどれほど後悔しているのか思い知らされて、レイは甚だ悔しい思いで拳《こぶし》を握った。

一方的に酷いことをしてしまったと反省しているらしい彼の態度に、正体のわからない悲哀めいた感情まで湧き起こる。

「何か、ご不自由はありませんか?」

いつまでも顔を上げずにいるとさらに訊かれて、苦痛が増大した。

彼に抱かれたこの場所に、未だに痛む体で立っているのに——感覚と記憶で、すべてを鮮明に憶えているのに、彼は何もなかったことにしようとしているんだと思うと、納得がいかずに一言も喋れなくなる。無理に口を開こうものなら、立場もわきまえず感情的に怒鳴り散らして、手まで出てしまいそうだった。

「——姫……何も、心配しないでください」

今後も王女として扱い、罰しはしないと言いたげな彼の言葉に、レイは顔を横向ける。

視線の先には海があり、それは夜に見た時よりもずっと美しく、眩しいばかりに輝いていた。けれども、心動かされるものは何もない。初めて海を目にした瞬間の喜びや感動が、遠い日の出来事のように感じられた。

「いずれ、その時が来るのでしょう?」

ヴィンセントの言葉は、レイチェル王女の失踪《しっそう》と捜索《そうさく》、そして入れ替わり時期について触れているようで、レイはこれに関しては返事をした。具体的なことを言及してしまうと、自分だけではなく彼の方も、隠匿《いんとく》という罪を感じるのかも知れない——と思うと、余計なことは言えずに黙って首を縦に振った。

「困ったことがあったら相談してください。貴方を守りたいと思っています」

「何故ですか？」

頭で考えるより先に出た問いかけは、完全に自分としてのものだった。低めな男声で、睨むような目つきでヴィンセントを見上げる。

平和を望んでいるであろう彼は、王女が偽者だと周囲に知られたら国交に傷がつくとでも考えているのだろう――けれどそれを口に出さずにいったいどう答える気でいるのか、レイは挑むような試すような視線を突きつけて、彼の唇が動くのを待った。

「せめてもの罪滅ぼしと思ってください。私は貴方を責められるような人間ではないのに、激昂に任せて、あのような過《あやま》ちを――」

紡がれた言葉は疎か、その表情にも指先の震えにも悔恨をべったりと張りつけたヴィンセントを前にして、レイは呼吸の仕方がわからなくなるような屈辱を覚える。

彼との情交で多少なりと快楽を感じ、達してしまい――向き合ってキスがしたいなどと思った瞬間があったことを、たとえわずかな間でも自覚していた自分があまりにも惨《みじ》めで、昨夜のように歯を軋ませずにはいられなかった。

（あれは凌辱だったんですかって訊いたら、「はいそうです」って答える気なのか？）

レイの胸に燃え盛る怒りは沈黙のまま頂点に達して、そこから急激に下がっていく。

怒りが消えたのでも薄らいだのでもなく、ただ冷たくなっていく感覚だった。

自分に想いを寄せてきた数々の男達のように、彼が多少なりと想いを込めて抱いたというなら許せたかも知れなかったのに――今は冷灰《れいかい》と化した憤りで心が満ちている。あの時、この男とならばキスをするのも嫌じゃないと思ってしまった自分の感情を、粉微塵《こなみじん》に砕きたくて堪らなかった。

抱いた動機は怒りからくる一時の衝動で、自分がされたことは凌辱に他ならないなら、自分は無力で憐れな被害者であるのなら――今すぐ時を戻して、心のわずかな揺らぎまで全部返して欲しかった。

「――そんなふうに、大袈裟に考えること、ないですよ」

凍りついた感情を胸に溜めて、レイはぽつりと呟く。

間違いなく人生最大の怒りを覚えているのに、顔では何故か笑っていられた。

「姫……？」

「慣れてるので、お気になさらず」

こんなことで、踏み躙《にじ》られた矜持を取り戻せるわけがないことくらいわかっていた。

それでもレイは、目を剝く彼に向かって可能な限り色っぽく笑いかけ、「こう見えても売れっ子なんで」と秘め事のように囁く。男に一方的に犯され、傷つけられた憐れな男になるくらいなら、穢れた男娼として蔑《さげす》まれた方がましだった。

「そんな、はずは……」

レイの言葉を理解したヴィンセントの反応は、レイが予想していたよりも遥かに大きなものだった。蔑むというよりはただただ驚いて、相当な衝撃を受けているように見える。

しかもその驚き方は、王女が偽者の上に男だったと気づいた時とは違って、一気に爆《は》ぜるような激昂には繋がらなかった。信じたくはないという想いに裏打ちされ、疑惑となって揺らいでいるように見える。

「──不慣れな振りをしたんです。殿下は、処女好みに見えましたので」

屈辱を味わわされた仕返しに、レイはありったけの力を込めて嘲りの表情を作った。これほど辛辣な一面が自分にあったことが信じられず、自身への落胆も込めて笑って見せる。

殴りかかってくるなら好きにすればいい──そんな思いがあったにもかかわらず、目の前のヴィンセントは真っ青になっていくばかりで、乱暴な行為に走るどころか、言葉一つ口にしなかった。

自分が受けた屈辱に比べれば、こんなことは大した報復ではないと思ったレイの目に、硬直したまま度を失うヴィンセントの表情が焼きつく。何もかも完璧な、理想的な王子というイメージを覆《くつがえ》すほどに、彼は自分の感情を持て余していた。

(──……考えてみたら、さっきのって……)

ヴィンセントの悲痛な表情を食い入るように見ていたレイは、つい今し方ここで行われた小さなやり取りを思いだす。短く此細なことのように過ぎてしまっていたが、思い起こせば彼は、ライアンに対して不興を露わにしていた。

『──ご姉弟仲がよろしいのですね』

あの言葉は、実の姉弟ではない自分とライアンが密に行動していることや、ヴィンセントを差し置いて二人で海を眺めていたことへの嫉妬《しっと》からきていたのではないか──そんなふうに思えてならず、その考えは今の彼の表情と符合した。

「──……疑うなら、試してみますか？」

レイは思考と感情を整理して、青空を背負うヴィンセントに向けて手を伸ばす。

昨夜彼がそうしてきたように顔に触れ、もう片方の手を彼の牡の部分に当てた。

「……っ!?」

「今日は……あそこに、馬油を仕込んできました。すんなり挿《はい》って……お互いに、もっと気持ちよくなれると思います」

固まったように動かないヴィンセントの体を愛撫しながら、レイは身を伸ばして唇を求める。彼が自分を突き飛ばそうと思えば簡単にできるように、十分な間を取ってゆっくりと顔を近づけていった。

（──あんたはただ、認めたくないだけじゃねぇのか？）

至近距離に迫っても限界まで目を閉じずに、瞠目《どうもく》する彼の瞳に問いかける。

拒絶できるだけの時間を与えてはいても、そんなことはされない気がしていた。

「姫……っ」

この男は認めようとしていないだけで――同性と知りながらも自分に想いを寄せているど、理屈を越えて感じるものがある。自惚《うぬぼ》れなのでは？　と疑う気にもなれないほどに、寄せられる瞳は熱い恋情と――存在しない『客』への激しい嫉妬に満ちていた。

「……っ」

唇が重なると、脚衣の上から触れていた彼の牡が忽《たちま》ち目を覚ました。

顔を斜めにして、動かない唇を割るように舌を忍ばせれば、緊張と理性の糸がぷつりと切れたように舌を吸われ、腰を抱かれる。優しいと思えたのは触れ始めのほんの一瞬で、すぐさま激しいキスになった。

「……ッ、ハ……ッ！」「んっ、ぅ……ぐっ！」

ぶつけ合う互いの唇と舌が、肉体の結合を想わせるような卑猥《ひわい》な音を立てる。

腰に回された手でドレスのスカートをたくし上げられ、我慢の利かない手つきで太腿を弄《まさぐ》られた時、レイは確かに悦びを感じた。

想いを寄せられていることを実感して、勝負に勝ったように気分が高揚したせいなのか、一方的に犯された被害者という屈辱が払拭《ふっしょく》できたからなのか、自分でも正体のわからない感情だったが――とにかくもっと、もっともっと、この男が乱れ狂えばいいと思った。

「んっ、ぅぅ……っ！」

「姫……ッ、ハ……ッ」

　彼は一時もじっとしていられない勢いで、ガーターベルトの張り詰めに指を潜らせる。

　成人した女のそれではありえない、硬めの小さな尻を掴むために下着の中に滑り込んでくる手は、彼の品性を裏切るように荒っぽく、貪欲だった。

「……ぁっ、いっ、ぁぁ……！」

　双丘の膨らみを片側だけ丸く撫でられ、揉まれて、長い指であわいを突かれる。

　奥までたっぷりと馬油を塗り込んだ秘孔は、自分でもわかるほど充血して腫れぼったくなっていた。それでも彼の指を難なく呑み込み、きゅうっと締まる。

「……っ、ぁ、ん……ぐっ！」

　女物のドレスを着ているとはいえ――そして牡の部分を晒していないとはいえ、明らかに男の物である小さな尻を執拗《しつよう》に揉みしだきながら、ヴィンセントは脚衣の中の欲望を上反らせる。生地越しに撫でていても、血管がめきめきと膨らむのがわかるほどだった。

「……ッ、ゥ……ッ」

「はっ……ふ、ぅ、っ……！」

　秘孔をぐちゅぐちゅと弄られることよりも、ヴィンセントの欲望の手応えにこそ悦楽を感じたレイは、早く出たがっているそれを解放する。目で見ることは叶わなかったが、顎まで唾液が溢れるようなキスをしながら、同じくとろとろと雫を零《こぼ》すそれを扱《しご》いた。

彼の滴《したた》りで濡れていく手を上下に動かし、挿し込み合う舌を唾液ごとじゅっと吸う。

（――俺って性格悪いのかな……あんたが俺でこうなると、物凄く気分がいい……）

レイは自分の体も同じように興奮していることを扨措《さてお》き、ヴィンセントの激昂に酔いしれる。まだ気づいていないのか、気づいた上で悩んでいるのかわからなかったが、中途で佇《たたず》むヴィンセントの想いの先が自分にあると思うと、それだけで達してしまいそうなほど気分がよかった。

「――……っ、待って……俺が、玄人《くろうと》だってこと……わからせてあげます……」

レイは降って湧いた邪念を払うことなく、わずかに微笑んで腰を引く。ヴィンセントの指を秘孔から抜くために逃げると、膝を折って充溢した物に顔を近づけた。

「何を……っ!?」

「……っ、ん……っ」

レイはヴィンセントの足元に跪《ひざまず》いて、上反る彼の猛《たけ》りをぺろりと舐める。

玄人だと思わせなければ惨めになる――その一心で、抵抗感もプライドもなぎ払った。

先走る先端を繰り返し舐めながら、太い根元からくっきりとした括《くび》れまでを、利き手で丁寧に扱き上げる。

「――ッ……ハ……ッ」

酒の席で友人達が声を顰めて喋っていた娼館の話題は、淡泊とはいえ年頃の男であるレイの耳にもしっかりと入り、イメージとなって記憶に残っていた。娼婦が男の股間に顔を埋め、昂る物を舐めたり吸ったりしてくれること――そしてそれが、前後不覚になるほど気持ちがいいという感想を聞いた時は、衝撃を受けたものだった。よくもそんな汚くおぞましい行為ができるものだと呆れ返り、娼婦の唇には絶対に口づけたくないとまで思ったレイは、今自分がしていることに我ながら驚き入る。

「んっ、ぅ、んっ、ぅ……っ！」

「――……ッ、ハ……ァッ」

鈴口を口にしながら、とろみの溢れる先端を舌で刺激すると、彼は甘い嬌声《きょうせい》を漏らした。憧れる雄々しさの最たる部分である陰茎は、レイの口の中で一際硬くなっていく。

（……舌で刺激する度に、どんどんでかくなる……）

こんな体勢や行為はもちろん、彼の放つ雄の匂いも無味なとろみも、顎がすぐにだるくなるような欲望の大きさも、吐き気がするほど嫌でなくてはならないはずだった。

ところが脈打つ血管に舌を這わせて舐め上げる度に、それがめきめきと充溢して育っていくのを感じると――脚の間が妙に熱くなっていく。

「んぐ……ふっ、ぅ……！」

「姫……っ」

姫じゃない、レイだ――そう言えるものなら言ってみたい想いが、鈴口で押し込まれた舌の根で燻《くすぶ》っている。けれど頭で想い願うことは曖昧《あいまい》で、そう言いたい衝動の根源が何であるかは自分でもわからなかった。

明確なのは、ヴィンセントの興奮に股間が連動してしまっていること――これだけは、彼の目に見えなくとも自分に対しては誤魔化《ごまか》しようがない。床の上で膨らんだスカートの中は滴る雫で湿り、先程少しだけ愛撫された秘孔は、もっと突かれたくて疼《うず》いていた。

(……こんなことしてて……なんで……勃《た》つんだ……?)

これまで自分という人間をそれなりに理解しているつもりでいたレイは、答えを求めて視線を上げる。まずは上下するヴィンセントの胸が見え、ごくりと音が聞こえそうな動きをする喉が見えた。そして最後に、快楽と戦う顔が見える。

「――……ッ!」「んっ……っ……ぅ!」

レイは怒張の先端を口にしたまま、ヴィンセントと視線を合わせた。

彼の理性と忍耐が官能に敗北を喫《きっ》して、勝利した艶色がぶわりと咲き誇る――そんな、酷く苦しげで甚だ色めく表情に、レイの理性も砕かれる。

鼓動が弾け、自分の心音と彼の脈動しか聞こえない瞬間がやってきた。

血がどう巡っているかを感じられるほど胸が騒ぎ、体が末端に至るまで熱くなる。

「――……ッ、ウ……!」

スカートの中のレイの分身が、一際猛ったその時に、口内にある彼が絶頂を迎えた。

口角がみしりと痛く感じるほど増長した物の中心を、劣情が駆け抜けるのがわかる。

「んぅぅーっ！」

どろりと濃く熱い迸《ほとばし》りが、喉が詰まるような勢いで飛びだしてきた。

それは舌の表から溢れ、裏にもねっとりと入り込んでくる。

レイの味覚と嗅覚は忽ち、青い味と匂いに埋め尽くされていった。

「……ッ、ハ……クッ、ァ……」

微《かす》かに聞こえる彼の色づいた呼吸、唇で感じる治まりきらない脈動——レイはそれらを、抵抗一つせずに黙って受け止める。娼婦のように経験豊かではない分、男の本能的な勘に頼った愛撫が上手くいったことに、自分が一番興奮していた。

「……っ、ぁ！」

愛の言葉どころか指示一つなく、ヴィンセントは性急に動きだす。達した余韻《よいん》もろくにないまま、屹立をずるっと抜いてレイの腕を引っ掴んだ。

「——……っ、んぅ、ぐ……っ」

レイは持て余していた粘液を勢い余って飲み干してしまい、彼の意のままに立たされる。

海を見る形で硝子の嵌まっていない塔の窓に押しつけられ、丁度よい高さの縁に腕ごと上体を乗せるようにした。すると、必然的に腰を突きだす恰好になってしまう。

「いっ、ぁ……ぅあっ！」

ドレスを背中の方まで大きく捲られ、揃えた指で秘孔を抉《こ》じ開けられた。

ずちゅちゅっと卑猥な音を立てながら、指だけでも十分感じる箇所を何度も突かれると、腰が尻肉ごとぶるぶると震えてしまう。

「あっ、は……っ、や……ぁ！」

長い指は揃って入ってきて、奥で鋏《はさみ》のように開かれた。

そうかと思うとまた細く一つに纏まって、指を折り曲げながら秘洞の中で渦巻く。

「……や、ぁ……もっと……太い、の……っ」

レイは彼が正気を失う様を早く味わいたくて、あえてねだってみた。

それはすぐに叶えられ、元々堪えていたらしいヴィンセントは指を抜くなり双丘の狭間に屹立を宛《あて》がう。挟むようにして数回スライドさせてから一気に穿《うが》ち、ガーターベルトのさらに上にある細腰を、素肌の感触を味わうように掴んできた。

「――……ッ、ハ……ッ」

「……っ、殿下……ぁ、っ、うぅ、ぅ――っ！」

骨まで食い込む十指、止まってなどいられないように動きだす腰、体の中に圧倒的な存在感を刻みつけ、独占欲を見せつけてくる硬く熱い牡茎――これが単なる性欲ではなく、彼の恋情からくるものであるならば……それほど悪くはないかも知れない。

レイは意表外な考えを自分の中に見出しながら、嬌声を上げた。

最早抑えもせずに、男娼になりきってみせる。

「――……姫っ」

ヴィンセントはまだ混同しているのか、女だと思い込むためなのか、それとも名前を知らないから仕方がないのか――途切れた甘苦しい呼吸の中で、何度も「姫」と口にした。

「はっ、ぁ……っ、んぁっ、んぅ――っ！」

暴圧な抽挿《ちゅうそう》に腰骨が悲鳴を上げても、馬油を含んだ秘孔が再び血を滲ませても、レイの中で屈辱感や自己嫌悪が再燃することはなかった。

彼は無我夢中、自分は半《なか》ば冷静――その区別の元に、心は海のように凪《な》ぐ。

「んぅ、ぅ……ぁ、は……っ、殿下……ぁっ！」

快楽と痛みに潤む目に、遠くで瞬く海が映った。

獣のような恰好で浅ましく盛っていながらも大層美しく見え、心に沁《し》みる。

「――姫……っ、姫……っ！」

いつか、名前を呼ばれてみたい……レイはふと沸いた欲望を抱いて、うなじに降り注ぐ息遣いに嬌声を重ねる。そして大波の如く押し寄せる劣情を、余すことなく受け止めた。

第七章

レイチェル王女を名乗る青年を抱くようになって四日——ラスヴァインは毎夜吸い寄せられるように星見の塔に登り、そこで待っている彼を抱いた。

最初の二日間は濃い色のドレスを着ていた彼だったが、後の二日間は鮮やかで扇情的な赤いドレスを纏い、娼婦のように色めいた誘惑を仕掛けてきた。

「——……んっ、ぅ……ぁ……はっ！」

今夜こそ、今夜こそ冷静に話をしようと思っていても、気づくと我を忘れて唇を貪《むさぼ》り、スカートを捲り上げて腰を掴んでしまう。小さな所に劣情を捩じ込み、腰を叩きつけ、彼を甘く鳴かせる悦《よろこ》びには、恐ろしいほどの依存性があった。これまで、国防と王家の繁栄を最優先に考え、常に理性的に生きてきたラスヴァインは、かつてない自己嫌悪に陥《おちい》っている。心が病んでいることまで疑って、医者に掛かるべきかと真剣に悩むほどだった。

絶頂の瞬間、彼も同時に達しているのがわかり、堪らなく嬉しくなるこの想い——できることならスカートの中に手を入れて、吐精で濡れた彼の男の部分を愛撫したいと思ってしまう欲求に、ラスヴァインは苦しみ続けている。

魔性ではないかと疑いたくなるほど色香に溢れて美しい彼を、女性と混同して抱いているならまだよかった。事実一度として彼の男の部分を見たり触ったりはしておらず、彼は女性の代用である——と言い張れないこともない。ただし、それは存在しない第三者に対する言い訳であって、己の心を騙すことはできなかった。彼のことを「姫」と呼ぶ度に、本当の名が知りたい欲求に駆られている。

「背中の紐が解けてしまっています。結び直しますので、きつかったら言ってください」

ラスヴァインは彼の中に出した物を始末して、スカートを下ろしてから話しかけた。

ハトメを通って交差している背中の紐に触れ、元通りに結び直す。

彼は何も言わずに立ったまま、塔の窓に肘を乗せるようにして、夜の海を眺めていた。

「——こういったものは、侍女に結んでもらっているのですか？」

問いかけるラスヴァインの記憶の中には、情交の最中に揺れていた紐の結び目がある。それは左右対称に整った、微塵《みじん》の歪みもない蝶々結びだった。どう考えても、背中に手を回して自力で結んだものではない。性別を偽《いつわ》っている彼がどこまで侍女の世話になっているのか、心配も含めて興味があった。

「いえ、侍女じゃないです。全部ライアンがやってくれてますから」

即答した彼の言葉に、ラスヴァインは何かがじりっと燃えるような感覚を覚える。

これほど白く美しい背中を……そして吸いつきたくなるような悩ましいうなじを、自分以外の男に毎日見せているのかと思うと、鳩尾《みぞおち》の辺りに不快な痛みが走った。

「――ご姉弟だとしても、男女が同じ部屋であまり一緒に行動されるのは如何なものかと思います。弟が姉の着替えを手伝うなど、オディアンでは考えられないことですから」

「侍女の世話になれってことですか?」

「問題の起きない程度に、そうなさるべきでしょう」

一言発する度に自分が情けなくなってきて、ラスヴァインの痛みは増していく。

ライアン王子と彼の間に、性的な関係があると決めつけているわけではなかった。

しかし、ないと頑なに信じているわけでもない。

もしかしたらと考えるだけで体に変調が起きるほど許し難《がた》く、二人の間に特別なことが何もないとしても、密室で一緒にいる様を想像するだけで腹が立った。

「――それは、命令ですか?」

彼は顔だけを後ろに向け、片目でぎろりと睨んでくる。

そんな表情でさえ、はっとするほど綺麗だった。

だからこそ余計に独占欲が募り、彼の肩を強く摑まずにはいられなくなる。

体ごと自分の方を向かせて目を見合せながら、苛烈な視線を交わした。

「命令ではありません。怪しまれないために、その方がよいと提案しているのです」

「――姉弟仲がいいくらいで、誰も怪しんではいないと思いますよ」

「これからも続けるとなると、誰が疑惑を持つかわかりません。仕事を奪われた侍女達も、決してよく思ってはいないでしょう」

「どうせこうしてるのもあと少しでしょうし、そんなに気にしなくても平気だと思います。その時が来ればライアンと一緒にミナウスに……二人で仲良く帰国するんですから」

「口答えはやめなさい！」

皮肉っぽく笑った青年の言いように、ラスヴァインは声を荒げてしまう。

その声量に自分でも驚くほどで、彼の肩を掴んでいた手が震えだしそうだった。

「強制的にっ、送還することもできるのだということを、忘れないでください」

「——それは……ライアンだけじゃなく、私もですよね？」

「そうですっ」

「わかってます。忘れてなんていませんよ」

できるものならやってみろ——と言わんばかりな顔をされ、ラスヴァインは唇を戦慄《わなな》かせる。彼を娼館に帰らせるなど絶対にしたくはない……むしろその日がくるのが恐ろしいほど無理だと思えて、手放したくない思いに任せて彼の体を掻き抱いていた。

胸と胸を密着させ、嫉妬に淀《よど》むこの心を伝えられたらどれほど楽だろうかと考えながらも、彼はすでに百も承知なのだと悟る。彼がいけずなことをあえて口にしたのはおそらくそのせいで、素直になることも伝えることもできない自分が滑稽《こっけい》に思えた。

「――すみません、感情的に……なってしまいました」

「感情的？　そうでもないと思いますよ、殿下は本心を喋ってないし」

顔を上向けた彼は口端もわずかに上げて、どことなく嘲るように笑った。

夜風にそよぐ下ろし髪が、ラスヴァインの頬を掠めていく。

思えば、こんなふうに腕を回してしっかりと抱いたことはなかった。

青年らしい骨格を感じると、ざわざわと胸が騒ぐ。

心の底ではわかりきっている答えから往生際悪く目をそむけている自分が嫌で嫌で、今すぐにでも枷《かせ》を取り払って想いを叫びたかった。できることなら、「貴方が他の男と一緒にいるのが、どうしても嫌なのです」と、見抜かれている本心を告白してしまいたかった。

「――きつい……言い方をした上に、急に強く抱き締めてしまって、すみません。それに毎晩このようなことをしていて、つらくはありませんか？」

「平気です。慣れてるんで」

ラスヴァインの腕の中で、彼は何事もなかったかのようにさらりと答えた。

一つになったと感じたり、心が通じ合っていると思えたりする瞬間が時折あるにもかかわらず、その態度はつれない。男娼というものは誰しもこういうものなのだろうかと思うと、ラスヴァインの中で生まれたばかりの恋心は怯えてしまい、殻《から》を破れなくなった。

「――もう少し、こうしていても構いませんか？」

「どうぞ。何をされても文句は言えない身ですから、口答えも抵抗もしないでおきます」

向けられる言葉を針のように刺々《とげとげ》しく感じながらも、ラスヴァインは彼の髪に顎を埋め、しなやかな体を抱き続けた。こんなことになる前の彼の言葉や笑顔が頭の中に蘇ってきて、恋しくて堪らなくなる。月留めの逢瀬の夜、激情に任せて彼を傷つけてしまった自分の言動がすべて悪いのだと思うと、自然と口が動いて「許してください」と囁いていた。

「そうやって謝られるのって……好きじゃないです。嫌で仕方ないってわけでもないし」

彼は言葉のわりに不愛嬌な口調で言うと、腕を摑んできて、徐々に上体を離していく。風に揺れる髪を耳に掛けるように押さえたその顔には、未だ官能の色が残っていた。

「……っ、それは……本当ですか？」

「逆らえないのは確かだけど、凄く嫌だとは思ってないです。私はこれまで、潔《いさぎよ》いことや正直なことをよしとしてきました。今もこれからもそれは同じです」

目の前で語られた言葉は天からの福音《ふくいん》に感じられ、秘めた恋心が今にも飛びだしそうになる。ともすれば彼は明確な言葉を待っており、「潔く正直であれ」と、自分のポリシーを掲げながら告白を促してくれているのかも知れなかった。

「私は、自分がこんなにも思い切りの悪い人間だとは思っていませんでした。誠実さにも、男らしさにも欠けている自分に落胆するばかりで、貴方に対して何某《なにがし》かの言葉を告げるに相応《ふさわ》しい男気を、未だ見出すことができません」

ラスヴァインは少し間怠《まだる》っこしい言い方になってしまったことを自省して、言い直そうかと思い立つ。けれど真意は問題なく伝わったらしく、彼は微かに頷いた。

「男気と言うならこっちも……自信がなくなってきてます。もしかしたら、待ちの姿勢でいるのかもとか……思ったりして……なんかだいぶ、ずるい気も……」

彼は俯《うつむ》き加減でぼそぼそと語るなり、「や、よくわかんないです。忘れてください」と大きめの声で言い放った。元々火照っていた肌が、さらに赤く染まったように見える。

「姫……っ」

覚悟が完全に決まるまでそう呼ぶことになる美しい彼は、愛の告白を待ってくれているのでは──それから自分も考えてみるという可能性を示唆《しさ》してくれているのではと思うと、何故今すぐにでも決まりきった答えを口にしてしまえないのかと、己を呪いたくなった。

「殿下……なんだか苦しそうで、顔色がよくないですね。そこに座って休みますか？」

彼の口調はまだ固く、あの時の屈辱は忘れていませんよと言いたげな冷たさも消えてはいない。それでも徐々に元の彼に近づいている気がして──そして、自分の胸の奥にある結末と同じものを彼が望んでくれているような気がして、心音が鐘の如く鳴り響く。

負わせてしまった傷を癒《いや》す意味でも、時間を掛けて心を交わしていきたいと思った。

「貴方が付き合ってくださるなら、少し休んでいきたいです」

「置いていくわけないでしょう。今は一応、婚約者ですから」

まだ少し棘はあるものの、彼はほんのりと染まった顔に皮肉っぽい笑みを浮かべる。

二人で長椅子に並んで座り、指一本触れることなく時を過ごした。

横に座る彼は、赤いドレスの中で時折もじもじと脚を動かす素振りを見せ、同時に少し恥ずかしそうな……どことなく不快げな顔をする。

(──……ああ、ドレスの中が……)

彼を女性のようにしか扱っていないラスヴァインは、自分の出した物の始末はしても、彼自身の物にまでは触れていなかった。

一刻も早く部屋に戻って、濡れた下着類を脱いで湯浴みをしたいのではないかと思うと、こうして一緒にいてくれることに深い意味を感じてしまう。

「──ありがとう」

思わず零れた言葉に反応した彼は、「別に、お礼を言われるようなことはしてません」と、つれなく答えた。


翌夕、レイは誰の手も借りずにドレスを選び、自力で着た。色は今日も赤にした。

ミナウスから持ち込まれたレイチェル王女のドレスは多種多数あり、本人が好きだったらしい赤やピンクのドレスは、それだけで二十着を越えている。その中から赤いドレスを選ぶようになって今日で三日目――レイは星見の塔の螺旋階段を上がる途中で、ドレスの背に違和感を覚えて足を止めた。

鏡を見ながらどうにか結んだ紐が緩んでしまったらしく、着心地が悪くなっている。

後ろ手でそれを直しながら昨夜のことを思い起こすと、いた堪れない気分になった。

（――嫉妬されて嬉しくなって、わざと神経逆撫でするようなこと言ったりして……いったい何様なんだよ俺。あの人の心一つで、殺されても文句は言えない立場のくせに……）

まだ続く螺旋階段の先に彼がいるのか、それともこれから上がってくるのかはわからなかったが、我に返ってしまうとこれ以上動きたくなくなる。

ヴィンセントの心を揺さぶることや、独占欲を示されたり熱情を見せつけられたりすることに快感さえ覚えている自分に嫌気が差す。座ろうという意志もなく階段に座り込んで、ウエストが埋まるほど膨らんだスカートを投げやりに叩いて潰した。

（――……そもそも、なんでこんなかっこしてんだろう……）

膝を立て、頬杖をつきながら考えてみると、抱えている矛盾《むじゅん》に気が遠くなってくる。

レイにとって赤いドレスは、女であることを主張するための皮だった。

男と女の間で揺れているヴィンセントの心を余計に乱し、彼の決断を鈍らせているのは他ならぬ自分である。にもかかわらず昨夜の発言――まるで、愛の告白を期待していると言わんばかりなことを口にしてしまった。

（——女の代用としてじゃなく、俺は……男として好かれたいって……ことだよな？）

レイは潰してもまた膨らむスカートの中で、エナメル靴の先を上げ下げしながら自分の心に問いかける。男に想いを寄せられることなど日常茶飯事だったが、それは常に不快な出来事であるはずだった。自分から好かれたいと思ったことは一度もない。

（……女っぽく、色っぽく見せて誘惑して、そのくせ男として好かれたいのか？　そんなめちゃくちゃな奴に振り回されてあんな苦しそうにして……かわいそうだよな……）

レイは昨夜のヴィンセントの顔を繰り返し想いだしながら、深い溜息をついた。

受けた屈辱に対する報復の気持ちや、自分より優れた男を夢中にさせる優越感——そういった泥臭い感情が少なからずあったのは確かだったが、今はもう違ってきているような気がした。彼を苦しませるのは本意ではなく、できることなら優しくしたいとさえ思う。

彼に逢いたい気がするし、キスをしたい気もするし——男に抱かれることへの抵抗は、日々薄くなっている。むしろあえて意識して、これは抵抗のある行為なんだと自分に言い聞かせていたようにも思えた。

（——俺は、あの人のことが好きなんだろうな……たぶん……）

レイは頬杖をついたままさらに息をつくと、偶然唇に触れた小指を噛んでみる。

それでいいのか？　本当にいいのか？　と痛みを与えながら問い質《ただ》せば、思考が逃げるようにばらけて、赤いドレスを選んでしまう理由が俄《にわ》かに見えてきた。

おそらく自分は、彼の心変わりを恐れている。

ヴィンセントが自分を男として見るようになった時――彼の目からあの熱い恋情が消え失せて、恋の魔法が解けてしまうのが嫌なのだ。そうならない確実な手段として女の皮を被り続け、愛されていることを確認したくて、仮初《かりそめ》の姿で誘惑している。色仕掛けはいつの間にか自分のためになっており、結局のところ彼に抱かれたいのかも知れなかった。

「姫……っ、そのような所でどうなさったのですかっ!?」

途中に窓があるとはいえ薄暗い螺旋階段の下方には闇が見え、そこからヴィンセントが現れる。階段の途中で座り込んでいれば心配されるのも当然だったが、レイは黙って彼の顔を見据え、自力で立ち上がろうとはしなかった。

「――どこか、痛むのですか?」

すっかり慣れて気持ちいいばかりで、今はどこも痛くありませんよ――と心の中で呟きながら、レイは立てた膝を抱え込む。

顔を見て、やはり好きだと思った。もうこれ以上、つらい顔をさせたくなかった。

目を合わせ、ただ言葉を交わしただけで頬が火照ってくるのがわかる。

男であろうと身分違いであろうと、自覚した以上、潔く認めるのが男気というものではないかと思う。決して気の長い方ではなく、すぐにでも口にしてしまいたいくらいだった。

「姫……？」

されども彼はまた、姫と呼ぶ。

男娼だという嘘を信じながらも、丁寧な態度で、美しい言葉で話しかけてくる。

そこに深い意味はないのかも知れなかったが、もしも深い意味があったなら——もしも、お姫様ごっこをやめた時、男としては愛せないと言われたら、今度こそ立ち直れないほど惨めになる。

「平気です。ドレスがきついんで、ちょっと疲れただけ……」

「本当ですか？　お加減が悪いのでしたら、すぐに医者を呼びましょう」

「必要ないです。それに、医者とか無理ですから」

「！」

ヴィンセントは言われて初めて気づいた顔をした。

レイの心は忽ち塞《ふさ》がり、熱く溶けた金属を喉に流し込まれたように胸が焼けつく。

やはり彼にとって、自分はまだ王女の紛《まが》い物《もの》なのだと思った。

この人には、自分の相手が男だという認識がまだ確立していない——愛されているのは王女の器であって自分ではないのだと思うと、悔し涙が零れそうになる。

「——ドレスのことですが、オディアンにいらしてすぐに、採寸をしたのを憶えていらっしゃいますか？　大急ぎで作らせていますので、明後日《みようごにち》にはお届けできるかと思います」

「――みょう……明後日《あさって》？　そんなに早く？」

「貴方のサイズですから、少しは楽になるかと思います」

貴方が急がせてくれたんですか？　と訊こうとしても言葉にならず、レイは差し伸べられた手に触れた。姫君を扱うように優しく、慎重に立たせてくれる彼の心に――サイズの合わないドレスを着ている自分がいるのだと思うと、少しだけほっとする。

（――頑なに……女だって思い込もうとしてるわけじゃ……ないんだよな？）

螺旋階段の途中で同じ段に立ちながら、レイはヴィンセントの顔を見つめ続けた。

彼の優しさが作りものではないことも、熱くなったことがないと言っていた彼が、今は心を燃やしていることも重々知っている。憂鬱《ゆううつ》な熱っぽさに苦しむのは、お互い様だった。

男なのか女なのかわざと惑乱させてしまう自分と、揺れながらも本質を見ようとしてくれている節《ふし》のある彼――あとどれだけ見つめ合い、抱き合ったら、正しい姿で想いを打ち明けられる日がくるのだろうかと……その時を待ち焦がれながら胸に飛び込む。

「……っ、やはり、疲れていらっしゃるのですね？　このまま部屋に戻られますか？」

レイは昨夜抱き締められたことを思い返し、劣らぬ力で抱きついた。

筋肉や骨の感触をしかと味わい、彼の香りを嗅いで、一緒にいることを実感する。

「――……抱きたく、ないんですか？」

顔を上げずに問いかけると、彼の手が背中に回ってきた。

相応しい答えは何か、それを考えているような間が過ぎていく。

「貴方と出逢ってから先、貴方を抱きたくない時など一瞬たりともありませんでした」

ヴィンセントの言葉に手は緩み、顔が勝手に上がってしまう。

恋心を映す紫の瞳や、立体的で整った唇を見ていると、口づけたくて堪らなくなった。

「殿下……っ」

身を伸ばし、自ら唇を重ねる寸前——好きだと思う気持ちが弥増《いやま》す。

柔らかなキスを交わしながら、彼の背にもう一度手を回してきつく抱き締めた。

捩じ込んだ舌で感じる口内は熱く、濃密な目合《まぐわい》に向けて身も心も燃え上がる。

「っ、は……んぅ、っ」「——……ッ」

レイは唇や舌だけではなく、ヴィンセントの体を押すように足を進めた。

幅の広い螺旋階段の上を後ずさっていくことになった彼は、必然的に一つ上の段に踵《かかと》を乗り上げる。キスがし難《づら》くなって離れると同時に、レイはすぐさま身を屈《かが》めた。

「姫……っ」

「……今更、驚かないでください」

これからしようとしていることを考えるだけで、心臓が飛びだしそうなほど胸が騒ぎ、高揚する。彼の下腹に触れながら、彼の背が塔の壁に当たるまで追いつめて、脚衣の釦《ボタン》に触れた。早く解放されたがっている物を取りだし、早々に食いつく。

「……ッ、ハ……ァ……！」

以前した時は、男娼を騙るのに説得力を持たせるためにこうした記憶があった。けれど今は違う。自分が口にしたかっただけ。欲して、頬張らずにはいられなかっただけだった。

「……っ、ぅぐ、んっ……っ」

口の中を肉茎で占められ、牡《し》の匂いを感じながら、彼の先走りをじゅっと吸い上げる。たとえ仮初の姿に対してであっても、彼が自分に欲情してくれている証――そしてあの絶頂を齎す官能の楔《くさび》なのだと思うと、愛しさが極まる。

指で扱き、裏筋を舌で激しくなぞることで、より育っていくそれに心が沸いた。連動するのはスカートの中ばかりではなく、自覚した恋情も一緒になって膨れ上がっていく。

「――……ぅ、んぅ、ふっ……っ……！」

「……姫……っ！」

くわえながら視線を上向けると、ヴィンセントと目が合った。

誤魔化しようがないほど露骨で、甘く熱い胸の内が、彼の中に流れ込んでしまう。

行き交うように届けられる彼の想いもまた熱く、性別など――簡単に越えられるような予感がした。

第八章

婚約の儀から一週間が経ち、オディアン王宮では三週間後に行われる婚礼の儀の準備が進められていた。そのため多くの者は忙しい日々を過ごしていたが、元々一国の王女であるレイチェルに対しては、さほど力の入ったお妃教育はない。王統譜や歴史書などを渡されて、自習を求められた程度だった。その分、舞踏会や王妃のサロン、観劇に誘われることが頻繁にあったが、その大半はヴィンセントの計《はか》らいによって出席せずに済んでいた。

「レイ殿、これを見てください。全部殿下からの贈り物ですよっ」

衣装部屋で声を上げたライアンは、クローゼットの扉を次々と開けていく。

この城に来てすぐに、ビスチェとパニエを身に着けた姿で採寸を受けていたレイの元に、ヴィンセントが大急ぎで作らせたドレスが何着も届いていた。

「殿下はきっとレイ殿のドレスがきつめなことに気づいていらしたのでしょうね。それで大急ぎで作らせてくださったんですよ。しかもほら、乗馬服やズボンまであるんですよ」

「あっ……ほんとだ……フリル凄いけど楽そうだな」

レイはヴィンセントから聞いていた通りに届いたドレスには驚かなかったが、ドレスに交じってさりげなく吊るされていたブラウスと脚衣には少々驚き、手に取ってみる。

絹のブラウスの襟や袖に大振りのフリルがたっぷりとついているものの、脚衣は男物のようだった。これを着て外を歩けるのかと思うと、自然と気持ちが高ぶっていく。

「オディアンの女性はこういった物はお召しにならないそうですよ。王太子妃となられるレイチェル王女に率先して着ていただき、オディアンの女性がもっと活発に振る舞いやすい雰囲気を作って欲しいと仰っていました」

レイは自分の体に合うブラウスと脚衣を手にして、ライアンに背中を向けた。

ヴィンセントが本当はどういう意図でこの服を用意してくれたのか――それを考えると口元が綻んでしまいそうで、ライアンから見えにくい鏡の前に移動する。姿見に映して服が似合うかどうかを確かめている振りをしながら、濃紺の脚衣をそっと抱いた。

「ヴィンセント殿下とレイ殿って……仲がよろしいのですか？　悪いのですか？」

ここ数日どことなく元気のないライアンは、急に不安げな顔をして追ってくる。レイのすぐ後ろに立って、鏡越しに視線を合わせてきた。

「なんでそんなこと訊くんだ？　偽者なんだから、よくも悪くもないのが一番だろ？」

「それでは答えになっていません。お二人は人前ではほとんどお話しにならないし、視線すら合わせていないように思うのに、毎晩ご一緒に星見の塔に登られていますよね？」

「別に、深い意味はないぜ。海とか月とかを見てるだけで……」

「しかも殿下はレイ殿が王妃様のお誘いを断りやすいよう、何かと口実を作ってくださったり、会話がちぐはぐになりかけたりすると即座に助け船を出してくださるし、事情を知る僕には、レイ殿が偽者だとご存じの上で庇《かば》ってくださっているようにしか見えません」

「まさか、それはありえないぜ。ばれてたらとっくに投獄されてるだろ？」

レイは頸動脈《けいどうみゃく》の辺りがぴりぴりと引き攣《つ》るような感覚を覚えて、鏡越しに向かってくるライアンの瞳に怯《ひる》む。唯一の味方である彼にはもう、正体を知られたことだけは話してしまってもいいのかもしれない――そんな思いがありながらも、まだ踏みきれずにいた。

「本当ですか？　本当に見破られていないのですね？」

「……ああ、本当だ。毎日塔に登ってはいるけど、仲よく喋ってるわけじゃないんだぜ」

事実の一部のみを語ったレイに、ライアンはようやく信じた様子で頷く。ただし納得はしていないようで、眉間に皺を走らせていた。

「それもおかしな話ですよね。婚約の儀のあと、馬車の中であんなに気さくにお話ししてくださったのに。なんとなくつれないっていうか……初日と随分態度が違いませんか？」

ライアンはレイとヴィンセントの関係だけではなく、ヴィンセントの変化そのものにも不満があるようで、「お優しい方なのかそうでもないのか、わかりません」と呟いた。

「――優しい人だと思うぜ。初日のあれは、異国に嫁ぐ姫君に気を使って色々話しかけてくれてただけで、本当は物静かな人なんだと思う。たぶんな」

「そうですか……それなら、ヴィンセント殿下を信じた上で思いきってご相談したいことがあるのですが、よろしいでしょうか？」

いつになく気難しい顔をしているライアンを、レイは振り返って直接見る。

改めて注意して見ると、初めて逢った時よりも幾分痩せて顔色も優れない気がした。

「もうすぐ昼飯の時間だ。長くなる話なら、食いながらにしようぜ」

「はい、そうさせていただきます。僕の食事をこちらに運ぶよう伝えてきますね」

ライアンは意匠《いしょう》を凝《こ》らしたドレスに背を向け、つかつかと出ていく。

贈られた脚衣に着替えてから居間に移ろうとしたレイは、手にしていた服を見て星見の塔での情交を想った。女物のドレスを着た自分ではなくても、彼は変わらず抱けるのだろうか……その覚悟ができたのだろうかと、ヴィンセントの心中を探らずにはいられない。

毎夜体を繋げても、彼は未だにすべてに触れてはこなかった。男の部分どころか平らな胸にさえ触れることはなく、繋がる時はいつも後ろからで——女の代用という域を出ない。

(——……覚悟を決めて……贈ってきたのか？　それともただの親切か？)

この、青年貴族のような服装で塔に行ったら、彼はいったいどんな顔をするのだろう。よくよく考えてのことなのか、ただ楽なようにと気遣ってくれただけなのか、レイには彼の意図が読めなかった。

(——いずれにしても、実際に着た姿を見たら後悔するかも知れないし……)

脳裏には、恋に彩《いろど》られたヴィンセントの瞳が、落胆して色褪《いろあ》せる様が浮かび上がる。彼に確実に愛される手段であるドレスを、脱ぎ捨てるのが怖かった。

性別を越えた愛の予感は確かにある——けれどもそれが確信に至るには、時間も言葉も行為も、すべてが不足していた。


何室も繋がる王太子妃の部屋の一つで、レイはライアンと共に昼食を取る。

迷った挙句に男物の脚衣を穿く勇気は出せず、体に合った赤いドレスに着替えていた。

あれほど女装は嫌だと思っていたのに、ヴィンセントの反応が変わることを恐れて結局女物を着てしまったことを、情けないとは思っている。けれど自己嫌悪に陥るというほどではなかった。随分と女々しく臆病になってしまったものだと呆れてはいても、おそらくそれは恋のせいで——惚れた相手を誘惑して愛欲を得るためならば、何でもできてしまいそうな自分が開き直っていた。

「こうして二人で食事をするのは久しぶりな気がしますね。眠気に耐えてスパルタ教育をしたのを思いだします」

「あれはしんどかった。飯を食うのにこんなに難解なルールは要らねぇと思ったぜ」

レイは正面に座るライアンを一瞥《いちべつ》すると、メインディッシュにナイフを入れる。

他の大陸とも親交があるオディアンには、ミナウスでは使われていない香辛料があり、食堂を兼ねた宿屋の息子であるレイにとっては興味を惹かれるものばかりだった。

「昨日出てきたシナモンたっぷりのアップルパイとか、南瓜《かぼちゃ》と豚肉のローズマリー焼きも美味《うま》かったけど、やっぱこれが一番だな。うちの店で出せたら大繁盛間違いなしだぜ」

「牛肉のワイン煮ですか？　これはオディアン特有の料理ではありませんよ」

「ああ知ってるぜ。ただな、庶民にはワインなんて贅沢すぎて日常的には飲めないんだ。料理に使うのはコスト的に難しい。ラム酒浸けの肉ならあるけど、それすら贅沢品だぜ」

「ラム酒は……お菓子に入っていることはありますが、飲んだことはありません」

「あれは庶民の愛する安酒だからな」

レイは女性的な大きさに千切ったパンに手際よくバターを塗ると、背筋を正して音一つ立てずにバターナイフを置く。母親に命じられてバターを買いにいった夜、拉致《らち》同然の状況でミナウス王宮に連れていかれ、否応《いやおう》なく叩き込まれたテーブルマナーだった。オディアンに来てからはいちいち周囲の人間の食べ方を気にして、おかしなことをしないようにと緊張していたものだったが、今は自然に美しく食べられるようになっていた。

「こうして見ていると、本物の姉上みたいです。食べ方がとても綺麗になりましたね」

「お前のおかげだな」

レイは嘘を言ってはいなかったが、瞼の裏にヴィンセントの姿を想い浮かべていた。

食べ方なんてどうだって腹に入れれば同じ、忙しい時は調理場で立ち食いという育ち方をしたレイの意識を、大きく変えたのはヴィンセントだった。

食する動作の一つ一つが流れるように美しく、その姿を見ているだけで何でも美味しく感じることができた。住む世界が違うことは重々承知していたが、少しでも彼に近づき、自身自身を向上させたいという思いが、自発的に起きる。肉欲を貪り合いたい情火はあれども、清らなる憧憬の対象としての彼もまた健在だった。

「食べ方だけではなく、僕以外の人と話す時の口調も自然になってきていますし、何より殿下が助けてくださっています。僕は……一度帰国してもよろしいでしょうか?」

「レイチェル王女を、自分で捜すためか?」

相談があると言われてからこれまでの間に、レイはライアンが帰国したいと言いだすのではと、薄々覚悟していた。元々の予定では、婚約の儀の三十日後に行われる婚礼の儀の際に、オディアンに来て参列することになっていたライアンが、婚約の儀から先の三十日間もずっとオディアン王宮で過ごすというのは、いくら何でも強引すぎる話である。

無論当初の推測では長く滞在することにはならず、今頃にはもうレイと本物の王女との入れ替わりが済み、二人でミナウスに帰っていたはずだった。

「――姉上のことが、心配で……あまり、眠れないのです……」

ライアンは食事の手を止めると、今にも泣きだしそうな顔で俯《うつむ》く。行方不明の姉を想う様は痛々しく、「約束が違う」と抗議したり引き止めたりなど、とてもできなかった。

「レイ殿、僕は正直言いますと、失踪した姉上のことを本気で心配してはいませんでした。王都はオディアンとの国境が近いこともあって警備が行き届いていますし、ご存じの通り大変治安がよい地域です。それに乗馬や狩りが得意な姉上は、供もつけずに黙って遠乗りに行ってしまうような……自由といいますか、身勝手なくらい人騒がせなところがありましたので。そういうことが何年も何回も続くうちに、誰もが慣れてしまっていました」

ライアンは話しながらレイの顔をじっと見て、「美しい人は得で、姉上がにっこり笑ってごめんなさいって言うと、母上でさえ懐柔《かいじゅう》されてしまうくらいでした」と溜息をつく。

「それにあの日、姉上はいつも通り愛馬に乗って出ていったのです。姉上の愛馬はミナウスー一と謳《うた》われる最上の白馬で、人目を惹きます。そして姉上自身も華やかな美人で、とても目立つ煌《きら》びやかな長い金髪の持ち主ですから……僕は、いつものようにすぐに見つかると思っていました。城下町の宿屋に姉上らしき女性がいるという情報を聞いた時は意外で驚きましたが、ほらやっぱりすぐ見つかったって……思ったものでした」

「ところが俺だったわけか……」

宿で働いている時の恰好でも女と間違えられてるんだな――と改めてげんなりするレイだったが、深刻なライアンにそんなことは言えず、カトラリーを置いて黙っていた。すると彼は思いきり顔を上げ、アーモンド色の大きな瞳を潤ませる。

「姉上がいなくなって、もう十日ですっ……無事であるなら、こんなに長く見つからないわけがありません！　愛馬と共に湖の底や崖の下に変わり果てた姿でいるのではないかと思うと不安で不安でっ、悪いことばかり考えてしまって……眠れなくて……っ」

「ちょ、ちょっと待ってくれ。お前さ、なんでそういう方向に行くんだ？　だいたいあの辺には崖なんてねぇし、湖に落ちたって馬ごと沈むわけねぇだろ。そういうことより先に疑うべきことがあるんじゃねぇか？」

「え……？　な、なんですか？　何かお心当たりがあるのですか？」

「顔がそっくりなだけで無関係な俺に心当たりなんてあるわけねぇけど……王女の性別と外見を考えてみればわかるだろ？　ほんとに気づかないのか？」

　レイが遠慮してこれまで言わなかったことを示唆すると、ライアンは目を瞬かせながら小首を傾げる。当然考えるべき可能性が頭に浮かばないのは、姉を神聖視しすぎているためのように思えて、レイはますます言いにくくなった。

「俺が言うのもなんだけどさ、レイチェル王女は年頃の目立つ美人なんだぜ。婚約直前に失踪したのは駆け落ちだと考えるのが自然だろ？　もしそうじゃなかったとしても困ってたら助けてくれる男はいくらだっていると思うぜ。城の周辺は貴族や豪商の屋敷も多いからな、馬ごと匿《かくま》ってくれる男の所にいるんじゃねぇのか？」

「そんなことありえませんっ！　それにレイ殿だって姉上はお姫様育ちだからすぐに見つかるだろうって言ってたじゃないですか！」

「最初は単純な家出だと思ったからだ。けどこれだけ長く見つからないってことは、男が絡んでるとしか思えないぜ」

「下品な言い方はやめてくださいっ！　だいたい姉上は潔癖症の気がある上に男嫌いなんです！　弟の僕だけは特別で、僕以外の男とは喋るのも嫌っていう人なんですっ！」

テーブルにバンッと手をついて立ち上がったライアンは、怒号を上げたかと思うと突如泣きだす。二十歳の男とは思えないような泣き方で、大粒の涙を零し始めた。

「もしも……っ、もしも駆け落ちだったら……僕にだけは、相談してくれたはずですっ」

「――お前にだからこそ、言えなかったのかもしれないぜ。自分の主義とか価値観を一番よく語り聞かせてた相手に、考え方変わっちゃいましたって言うのはかなり勇気が要ることだろ？　幻滅されるのが嫌だとか、なんとなく気恥ずかしいとか、色々あると思うぜ」

レイはこの一週間でぽきりと折られてしまった自分を振り返りながら、ヴィンセントのことが好きだと誰に言えるだろうかと考える。孫が欲しいと思っているはずの両親に話せるわけもなく、男同士で恋愛などありえないと突っぱねてきた友人達にも言えず、それでも気持ちは抑えきれなくて、誰を悲しませたとしても、彼を想い続けてしまうと思った。ましてや相手が自分のすべてを受け入れてくれたなら、世界中を敵に回せる力が生まれる気がして、今はレイチェル王女を身勝手だと責める気にはなれない。

「お前が自分の足で捜したいって言うなら、そうしてもいいぜ。帰国しても構わない」

「——……っ、すみません……ずっと傍についてて、補助すると……お約束したのに」

ライアンは泣くだけ泣いて少しは気が済んだようで、目元をこすりながら再び座った。

そしておもむろにレイの顔を見据えると、赤くなった目を眼光鋭く光らせる。

「僕が見た限り……おそらく、王太子殿下は貴方が偽者だと気づいています」

「！」

「それをレイ殿に対して追求しているのかいないのか、僕はこれ以上貴方にとやかく訊きません。でもこれだけは忘れないでください。殿下は、姉上の夫となるお方です」

「——……っ」

「僕は物心ついた時から、姉上がこちらに嫁ぐことを知っていました。殿下はハンサムで女性に優しくて、聡明なお方だと伺っていましたので……きっと幸せにしてくださるだろうと信じて、この結婚が滞《とどこお》りなく行われることを願っていました。ですからレイ殿、どうか姉上と殿下の間にのちのち支障が生まれるようなことはなさらないでください。殿下がもし、男の貴方を好きだと仰るようなことがあっても、貴方は身分と立場をわきまえてきちんとお断りしてください。これは姉上や殿下のためだけではなく、ミナウスのためでもあるのです。どうかお願いします。僕は、貴方を嫌いになりたくはありませんので」

これまで弟のように親しみやすく感じられたライアンが、初めて王子らしい威光を放っているように見えて、レイは返す言葉もなく黙していた。

ライアンはレイに誓いを求めることはなかったが、沈黙は承服と判断した様子で、そのまま捜索と連絡方法に関する具体的な話をし始める。

「——……」

彼の言葉を耳では聞いていながらも、レイの視界も頭の中も靄《もや》が掛かったようにぼんやりとしていた。話の内容を理解するまでには長い時間を要して、相槌《あいづち》さえ出てこない。

手の中にあるのは握り締めた赤いドレスのスカートで、男物の服も贈られておきながら、こちらを選んでしまった浅はかな自分を顧みる。

ライアンの姉の夫となる人と、毎夜逢引《あいびき》しては口づけ、淫らな行為をしてきた。

今夜も同じようにしたくて、それが確実に叶う女物のドレスを着ている。

たとえどのような姿をしていても、自分の想いに正直であることは男として潔しという考えがあり、恋に素直に身を任せるのもまた、男気ではないかとさえ思っていた。されど赤いドレスを着て色香を強め、他人の婚約者をあえて誘惑する行為が——男のすることであるはずはなかった。

第九章

王太子ヴィンセントの名を騙り続けている将軍ラスヴァイン・ドォーロ・アンテローズ公爵は、いつもよりも少し早めに星見の塔に来ていた。元々決まった刻限があるわけではなく、王女の偽者である名前も知らないあの青年が、今夜もここに来てくれるとは限らない。毎夜ほぼ同じ時刻に逢ってはいても、約束しているわけではないのである。

ラスヴァインは塔の中央に置かれた鉄製の椅子に座り、陽が落ち切っても尚赤みを残す空を眺めていた。

青と赤が混じり合った境界の紫は、男か女かわからないあの彼のようでもあり、理性と本能の間を彷徨《さまよ》う己が心のようにも見える。

皮肉にもその色は赤より青より美しく、儚《はかな》く、瞬く間に闇に呑まれて消えてしまった。

ラスヴァインは背後の鉄扉が開くのを待ちながら、ロングジャケットの懐《ふところ》に手を入れる。

そこには長年愛用してきた仮面が入っており、指先にこつりと当たった。

もしも今夜、あの青年が男物の服を着てここに来てくれたなら――彼を男として扱い、仮面の将軍ラスヴァイン・ドォーロ・アンテローズとして想いを告げようと決めていた。

顔を半分隠した方が自分になれるというのも、妙な話だと思っている。けれども、ラスヴァインは仮面を着けて始めて存在することを許された人間であり、そのような数奇な運命に屈することなく生きてきた。

（――もしも彼が魔性だとしても、抗えないのは私の弱さ……）

ラスヴァインは黒になりきらない紺色の夜空を見つめ、人生でもっとも苦しかったこの一週間の行いを懺悔《ざんげ》していた。

これまでは、恥じる所のない人生を送ってきたはずだった。同性の双子は不吉だという根拠のない迷信によって、生まれてすぐに存在を否定され、誕生した場所は疎か日時すらも捩じ曲げられて始まった人生だったが――だからこそ余計に、優れた人間になりたいと思った。人一倍努力をして、養父母に好かれる息子であろうとした。

されども不吉な子供であることに変わりはなく、人前に出る年頃になると、人里離れた古城に生涯籠《こも》るよう命じられた。王太子ヴィンセントが不吉な双子として生まれたことを隠すために、瓜二つの顔をしたお前は消えなければならない――と、実の父である国王に蟄居《ちつきょ》を命じられたラスヴァインは、その場で自らの顔に傷をつけた。

そして新たに始まった仮面の貴公子としての日々には、大陸を守るための戦争もあり、兄である王太子に一時の自由を与えるための謀もあり、数人の未亡人との交流もあったが、やましいことなど何もなかった。顔の傷が成長と共に消えた後も仮面を身に着けなければならなかったが、それで自分の人生が得られるなら苦痛だとは思わなかった。

あの青年に逢うまでは、いつの日もどんな時も己を律していられた。

ライアン王子が帰国の途についたと聞いて、身代わりの青年の不自由さや不安も考えず、思わず晴れ晴れとしてしまう狭隘《きょうあい》な心――そしてあの細い体を毎夜激しく貫き、自分の物だと刻みつけたいこの衝動は、如何にして抑えられるものなのか、いくら考えたところで、答えはたった一つしか出てこない。

彼を抱いた後に、満足した振りをするのも難しく、別れてもすぐに逢いたくて堪らなくなる飢えが苦しかった。何をしていても彼の姿が浮かび上がり、湧き起こる淫らな夢想を抑える術《すべ》が見つからない。男の体で脚を広げ、屹立した男性器を見せつけながら誘惑してくる彼に、むしゃぶりつく自分が夢にまで現れ、否定する道は日々絶たれていった。

レイチェル王女を名乗る、魔性とも思える青年に出逢って恋に狂ってしまったことを、心から認めて――その性別も、その魔性すらも含めて彼を愛そうという結論に達するまで、実に一週間。随分と待たせ酷いことをしてしまったものだと、今はとても悔いている。

(――彼にだけは、真実を話そう……王太子が双子で生まれたということは話せずとも、王太子の従兄弟ラスヴァインとして名乗り、許しを請い、愛を告げて……)

そして彼がもう二度と他の男に春を鬻《ひさ》ぐことがないように、頭を下げてでも頼みたい。

ラスヴァインは愛の奴隷となる心積もりで、愛しい青年を待っていた。

これまで手合わせした屈強な剣士達よりも、彼を強く恐ろしい存在だと思う。

あの青年の言葉一つで、心が真っ二つに切り裂かれてしまうことを確信していた。

天国も地獄も彼次第に思える自分は、恋の虜《とりこ》なのだと——身に染みて思い知る。

「——……！」

ぎぎぃっと鉄扉が開いて、待ち人が現れた。

濃紺の脚衣に包まれた長い脚、夜風に揺れるフリルの白いブラウス、そして長い金髪は、高い位置で一本に結ばれている。

一見すると男装の麗人といった風情だったが、ラスヴァインの目には紛れもなく男性として映った。そんな彼を今夜は「姫」とは呼びたくなくて、何と声を掛けるべきかと迷いながら目を奪われる。

薄明かりにとろりと輝く金髪も、化粧気のない素顔も、ドレスではわからなかった脚のラインも、どれほど言葉を尽くしても称賛しきれるものではなかった。妖艶さ故に魔性だなどと思ったことを謝りたいほど清らな、天の住人に見える。

「——お話があって来ました」

どくどくと胸を鳴らすラスヴァインに向かって、彼はどことなくぶっきらぼうに言った。

挨拶も何もなく、塔の中央部へと歩み寄る気配もない。鉄扉のすぐ近くに立っており、そこから視線だけを向けてきていた。

「ご機嫌よう……とても、お似合いですね」

「服、ありがとうございました。着る物の影響で、だいぶ……らしくなってきました」

距離を取ったままのぎこちない会話の最中、風が彼の髪を大きく乱す。

彼は馬の尻尾のように結んでいた髪を掴み、根元からすっと撫で下ろした。

それはとても手慣れた仕草で、この髪型をいつもしていたのでは……と思わせるものがある。オディアンでは男が髪を伸ばすことは通常考えられず、ふと興味を惹かれた。

「普段は、そのように髪を結っていらしたのですか？」

「——……はい、店では……こうしてました。客商売ですから」

「！」

余計なことを訊いてしまったと後悔した時には遅く、ラスヴァインの頭の中には娼館で男達を相手に体を売る彼の姿が幾重《いくえ》にも重なって浮かび上がる。髪を結った彼のうなじに、自分以外の男が唇を寄せ、あの細腰に指を食い込ませながら腰を叩きつけたのかと思うと、心臓と胃を鉤爪《かぎづめ》で引っ掻かれるような痛みを感じた。

「ライアンが……捜し物をしに帰ったので、たぶん、もうすぐ見つかるんだと思います。その時が来たら狼煙《のろし》を上げると言ってました。日没後に北の方角を、毎日見ます」

姿だけは貴公子のような彼は、ラスヴァインに話す隙を与えずに笑って見せる。

初めてこの塔で海を見た時とは違って、どこか悲しい笑顔だった。

「もう、濁《にご》す意味もないですね。俺……早く仕事に戻りたいんで、狼煙が上がるのが待ち遠しいんです。俺がいるのといないのとじゃ、店の売上違うと思うし」

男の服を着て男言葉で話しだした彼を前に、ラスヴァインは一度瞼を落とす。

貴族ですらなく、ほぼ間違いなく市井の人間であろう彼に対して、ラスヴァイン自身としてどのような話し方をするのが相応しいか、迷いながら口を開いた。

「――本当の名を、教えてくれないか？」

「レイです」

「レイチェルではなく、レイだったのか……名前まで似ているのだな」

「俺のはよくある名前です」

距離を取ったまま話す二人の間に、風がびゅうっと音を立てて抜ける。

レイのブラウスのフリルが大きく舞い上がった時、ラスヴァインは上着の中にある仮面を意識した。裾が揺れる度にちくりと胸に当たって、どうするべきなのかと迷わされる。

「レイ……私がお前を、その店から解放したいと言ったら？」

愛の告白の一つとして意を決して口にしたラスヴァインに、レイは即座に首を振った。

左右に一回ずつ、横に振っていることを明確にしてから、少し困ったような顔をする。

「汗水垂らして仕事してるのが合うんです。雲の上の人達から見たら小さくてつまんない世界だろうけど、町一番の店にするのが俺の夢なんです」

「私と一緒にいることよりも、その仕事が大事なのか？」

「俺、男なんで……それが当然でしょう？　これも請けた仕事の一つだから最後までやりますけど、毎晩殿下の相手をするのは違うって気づいたんです。王女様はあんなことしないわけだし……そういう、特別手当はもらってないんで」

苦笑しながら語った彼は、言いたいことはすべて言ったとばかりに、今にも立ち去りそうな気配を見せる。

「待ってくれ、どういうことだ？」

「どうって、言葉の通りです」

「私を……誘惑した覚えは、ないと言うのか？」

「いいえ、誘惑はしました。被害者みたいに思われて憐れまれるのが嫌だったからです。民草《たみぐさ》にだってプライドはあるんです……たとえ……男娼にだって……それはあるんです」

「私が……初めに無体なことをしたから……いけないということか？」

「――何をされたって文句は言えない立場だし、生かしてもらえるだけましだってことはわかってましたけど、やっぱり人間なんで……屈辱を感じる心はあります」

これはレイの報復なのかと思うと、ラスヴァインの心は一層痛めつけられる。

確かに酷い抱き方をしてきた。乱暴であり、彼の本来の性を否定するに等しいものでもあった。最初の夜には傷つけるための言葉も口にした。けれども繋げ合った唇や体から、同じように求め合っていることを感じた今になって、こんなにも残酷に突き放されるとは思ってもいなかった。まして四日目の夜に聞いた、告白を期待しているかのような言葉は何だったのだろうかと――この現実を疑わずにはいられない。

「通じるものがあったと感じたのは、私の思い違いなのか？」

ラスヴァインの問いに、レイは幾分怯んだ顔をした。唇を固く結び、床を睨んで俯く。

そのままなかなか話しだそうとしなかったが、唇に歯列を食い込ませたり、それを音もなく開いたり閉じたりを繰り返した後に、ようやく顔を上げた。

「いつも、いい服ばっかり着てる人にはわからないかも知れないけど、庶民は新しい服を着ただけで歩き方まで変わっちゃうもんなんです。上等な服なんか着ると偉くなった気になる。俺、女物の綺麗なドレスを着て王女様の振りをしてたせいで、気持ちまで女っぽく引きずられてたのかも知れません。今日もらったこの服……男物の服を着た途端、夢から覚めたんです。俺はただの身代わりで、男だったってことに、今更気づいたんです」

「通じるものがあったとしても、それは状況が生んだ幻《まぼろし》であったと……言いたいのか？」

「そうです。だからもうあんなことはしたくないってお願いしてるんです。命令されたらなんでもやらなきゃいけない立場だってわかってるし、今だって脱げって言われたら脱ぐしかないです。しゃぶれって言うならしゃぶります。でも本当はやりたくないっ」

「黙れっ!!　もういい、それ以上言うな!!」

扉の近くに立ったまま明瞭な声で叫んだレイに向かって、ラスヴァインは怒号だけでは足りない憂憤に襲われる。できることなら銃弾の如き勢いで走り寄って、愛した唇を掌で塞ぎ、もうこれ以上何も言えないように黙らせたかった。いっそのこと首を絞めて殺害し、二度と他の男の目に触れぬよう棺《ひつぎ》の中に閉じ込めてしまいたかった。

「――私も、話したいことがあった」

堪えがたい屈辱と内に芽生える暗鬼を抱えて、ラスヴァインはゆっくりと足を踏みだす。暴行を加えて跪《ひざまず》かせることも、脅迫して抱くことも、合法的に絞首台に登らせることも難しくはなかった。されどもそのどれを選んだとしても自分は負け犬になり、より惨めになるだけだという考えが、怒りに燃え盛る胸を理性で鎮静していく。

レイの言葉は理不尽すぎるものではなく、彼には彼なりの誇りがあるのだと、理解することができた。しかしながら自分にも誇りはある。その点に於いて負ける気はなかった。

「話って……なんですか？」

「明日から、本来の職務を全《まっと》うすべく夜間は城を抜けるつもりだ。無駄足を踏ませぬよう、ここで逢うことはもうできないと話しておきたかった」

「本来の職務？」

「それについても話そうと思っていたが、お前には関係のないことだったな」

袖にされた男にはなりたくないプライドが、冷淡な言葉を紡いでいた。

どれほど腹が立っても、レイを罰したり、ましてや殺したりなど決してできない愛情を自覚しながら、意識して余裕を持たせた歩き方をする。

お前の言葉など取るに足りないといった風情に見せるための歩調も、作りだした表情も、すべて虚《むな》しいことはわかっていた。レイを騙せたとしても自分の心に嘘はつけず、軋んで引き攣るような痛みが胸に広がっていく。

「乱暴なことばかりして、すまなかった」

「殿下っ」

謝罪の言葉は予期していなかったらしく、レイはびくりと反応する。

目の前に立つと真っ直ぐに見上げてきて、耳を疑っているような顔で瞠目《どうもく》した。

「――レイ……」

これから何を言おうかと、ラスヴァインは自分の心に問いかける。

愛していると口にして、強く抱き締めたかった。清い恋を一から始める心もあった。

ところが実際には、ただ立ち竦んでいることしかできない。

レイの言葉がすべて真実で、この想いが彼の気持ちにまったく沿わぬものだったら――そして立場上拒絶することのできない彼が、愛を込めた抱擁を黙って受けながらも疎《うと》んじて、この胸の中で密かに顔を顰めるのかと思うと、手足が動かなくなる。

「ライアン殿下からは、どのような褒美を？」

「……土地と、金を……」

「では私からも、伽《とぎ》を務めた分の褒美を取らせるとしよう。レイチェル王女と入れ替わる際には声を掛けるといい。一晩いくらで身を売るのか知る由もないが、私を怨まずに済むだけの十分な報酬を与えよう」

「怨むなんてことっ、俺は……！」

「男に気を持たせるのが上手いお前は、さぞや人気があるのだろうな」

「殿下……っ」

ラスヴァインは可能な限り冷たく突き放した言い方をすると、硬直するレイの横をすり抜ける。すると風の流れが一瞬変わって、長い髪の先に腕を撫でられるのを感じた。

「――……」

これをもし摑んだら――そしてもっと未練たらしく感情的に、好きだと告げたら何かが変わるのだろうかと、頭の中に別の選択肢とその先の展開が浮かぶ。されど鉄扉に触れた手は止められず、レイに引き止められることもなかった。

第十章

　レイにとって、ライアン王子が帰国してからの一週間は、夏とは思えないほど寒々しく感じる日々だった。体調が悪いと嘘をついて部屋に籠りきりになり、人と会話することはほとんどない。性別を暴かれない範囲で侍女達の世話を受けてはいたが、レイ・セルニットとして言葉を発する機会は一度もなく——ベッドに入っては泣き、湯殿に浸かっては泣き、四六時中ヴィンセントのことばかり考えて、涙と後悔に暮れていた。

「レイチェル様、本日は大変よいお天気でございます。南風がほどよく吹いて暖かいのですが、陽射しはさほど強くありません。王妃様が庭園を散策なさるそうで、是非ご一緒にと仰せですが、如何でしょうか？　見頃の薔薇は美しゅうございますよ」

　昼食後にぼんやりと外を見ていたレイは、侍女の言葉に黙って首を横に振る。

　この一週間、日中は城にいるはずのヴィンセントと顔を合わせることはなく、何かしら問題が起きても誰にも助けてもらえない孤独な環境にいた。それでもあまり困るようなことがなかったのは、覇気《はき》のない今の状態がしとやかな王女らしい態度と判断されているためで、正に怪我《けが》の功名《こうみょう》と言える。

朝から晩まで宿で働き、活発に動いていた日々が嘘のように、レイはライアンと約束した時間以外も空を眺めて狼煙を待っていた。ヴィンセントの近くにいながらにして逢えず、こんなに胸が苦しいなら――一刻も早く元の世界に戻りたかった。

「――余計なこととかと存じますが、散策に向いているのは薔薇園ばかりではありません。北の森は少々足場が悪いので、高いお靴を履かれた方々はお近づきになりませんよ」

「！」

この一週間何かと世話になっている侍女の言葉に、レイは思わず振り返る。

これまで顔もろくに見たことがなかったが、三十代後半に見える知的な女性だった。

レイチェル王女は他人との堅苦しい会話や華やかな場に出るのが苦手で、男装が好きで、踵の低い靴ばかり履いている――と思っている彼女の気遣いに、レイは「独りで歩いて、外の空気を吸ってきます」と答える。体を動かさないと気持ちがますます病《や》んでしまうと思っていたレイにとって、侍女の言葉はよいきっかけになった。

他人からは男装に見える恰好で北の森を訪れたレイは、厩舎《きゅうしゃ》に続く馬道から一本外れた細道を歩いていく。前夜に雨が降ったせいで足場はあまりよくなかったが、塵《ちり》一つ舞っていない澄んだ空気が心地好かった。高く結い上げた髪が南風に靡き、木漏れ日にきらりと光って見える。

（――髪、来月には切る予定だったんだ。もし一ヶ月早かったらレイチェル王女と間違えられるようなことはなくて、あの人に逢うこともなかったのに……）

レイは進行方向に向けて靡く髪を指に絡めて、ヴィンセントのあらゆる表情を想う。

寝ても覚めても頭の中で繰り返されるのは、星見の塔での最後の逢瀬で――せめて一言、貴方が好きですと告げた上で身を引く術はなかったのかと自分を責めたくなる。

男娼という嘘に対して向けられた言葉など、大した痛手にはならなかった。

つらいのは、誇り高く優しいあの人の心を、傷つけてしまったという事実だった。

男の服を着ていった自分に対して、変わらぬ愛情を示そうとしてくれていたのに、その真心を拒絶してしまった。

冷めた表情の中で、目だけが燃え盛るような情念を宿していたのが忘れられない。

あれはもうすでに、愛情ではなく憎しみに変わった情念なのかも知れず――自分が彼につけた傷を、目に見える形で突きつけられたかのようだった。

（――でも……結果的にはこれでよかったのかも知れない……怨まれるくらいの方が引きずらなくていい。それにあの人はレイチェル王女と結婚する。王女に好きな男がいようといまいと……関係なく結婚する。そうしてもらわないとミナウスは困ることになるし……俺達の生活基盤も崩れる）

なんて不似合いな高い所に来てしまったのだろうかと、レイは気鬱《きうつ》に陥りながら足元を見る。土の上をこうして自分の足で歩いているのに、木漏れ日《こもれび》も風も心地好いのに、彼と二度と通じ合えないのだと思うと——この現実が悪い夢のように思えてくる。目に見える世界は色褪《いろあ》せて、瞼の裏に焼きついた彼の姿だけが鮮明に見えた。


どれだけ歩いたのか、いつしか森が途切れて楕円形の馬場が目の前に広がっていた。

王宮の敷地が広いのはわかっていたが、このような場所があるのは知らず、レイは張り巡らされた柵《さく》に沿って歩いてみる。

馬の姿が見えず残念に思っていると、馬場を整えている人夫達の姿が目に止まった。

ほんの二週間ほど前までレイが着ていたような、綿や麻のベージュの服を着て、巨大なレーキで土を均《なら》している。馬場は広いため重労働に違いなかったが、日焼けした人夫達は泥や汗に塗《まみ》れながらも笑っていた。

(——こんなところがあったのか……)

レイに気づかぬ彼らが雑談をしながら三人並んで作業をしていると、厩舎から出てきた別の人夫に「おい、休憩時間だぞ!」と声を掛けられる。その途端手にしていたレーキを放りだし、浮き立つ足取りで駆けだす姿は、レイにとって微笑ましいものだった。

王宮の敷地内にあっても、ここは王女には無縁の場所で——そして本来の自分には少し近い場所のように思えてくる。

汗水垂らしてくたくたになるまで働いた後の休憩がどんなに楽しかったか、ぐいっと飲み干すラム酒がどんなに美味しかったか、染み入るように感覚が戻ってきた。

レイチェル王女が見つかった知らせの狼煙が、ミナウスの方角から早く上がればいいと強く思う。もう帰りたかった。余計なことなど考えられないくらい忙しい毎日を過ごして、母親と口喧嘩をしては父親に仲裁され、友人達とざっくばらんに飲み、時にはテーブルをひっくり返すような喧嘩もする――そんな日々に戻りたかった。贅沢な服も宝石も、手の込んだ食事も要らない。約束した土地も金も何も要らない。お願いだから、ヴィンセントのことを考えなくてもいい世界に戻してくれ――苦しく……切ない想いに囚われながら、レイは厩舎の扉を開ける。労働者の懐かしい空気に触れて何もかも忘れたくて、人夫達の休憩に割り込んだ。

「――……ひっ、ど、どなた様でっ⁉」

厩舎の中にある休憩所で、人夫の一人が裏返った声を上げ、他の人夫達は大慌てで木のカップを隠す。どうやらラム酒を飲んでいたようだった。

「もしやっ、もしや男装の王女と名高いレイチェル様ではっ⁉」

「はぁ、まあ……」

「なんとっ、なんとお美しいっ！　男装の麗人とは伺っていましたが、目も眩《くら》むばかりでございますっ！　王女様が何故このような所にっ⁉　まことに恐れ多いっ！」

一週間男物の服を着て籠っていただけでそんな話になっていたのか……と笑いながら、レイは扉を閉める。テーブルに近づいて人夫達が隠した物を覗き込むと、彼らは真っ青になって、「お許しを！」と声を揃えた。その顔はあまりにも必死で、いったい何を謝っているのか、実家で働いていたレイには一瞬わからなかった。

「ああ……休憩時間とはいえ、まだ仕事があるのに酒を飲むのはまずいってことか？」

「もっ、申し訳ございません！　ほんの一口っ、この通りほんの一口だけの楽しみなのでございます！　何卒《なにとぞ》っ、何卒王太子殿下にはご内密にっ！　後生《ごしょう》でございますっ‼」

男達は四人揃って床に跪き、震える手でカップの中身を見せてくる。ラム酒は言葉通りほんの少量しか入っておらず、テーブルの上には干しぶどうが置いてあるだけだった。

「そんなに畏《かしこ》まらなくていい。でも口止め料はもらっておこうかな」

「はっ？　く、口止め料でございますかっ⁉」

「ワインばかりで飽き飽きしてたんだ。俺……私にもラム酒を一杯分けてくれないか？」

レイの言葉に人夫達は目をぱちくりとさせて、お互いに顔を見合わせる。

それでもすぐにラム酒を用意し、早速飲み始めたレイを見つめて夢でも見ているのかと目を疑っていた。頰を抓《つね》ってみたり髭を引っ張ってみたりする彼らに、レイはテーブルに着いて一緒に飲むよう勧める。

そうしていざ酒が入ってしまえば、辺りに漂う空気は瞬く間に柔らかくなっていった。

「王女様、いったいどうやってこの厩舎まで？　蹄《ひづめ》の音はしませんでしたよ」

「もちろん歩いてきたんだ。考え事をしてたらすぐだった。あ、もう一杯おかわり」

「承知しましたっ！　いやまったく驚きましたよっ、王女様がこんな酒豪とはっ！」

「ミナウス一の酒豪を競う大会にも出てるんだ。いつも三位でちょっと悔しいんだけど、一位と二位の奴は俺の……私の三倍はある巨漢だからな、さすがに勝てない」

「美人を決める大会なら間違いなく一位ですよっ、噂以上にお綺麗でびっくりですわ！」

レイは人夫達にも飲め飲めと勧めたため、断りきれなかった彼らはすっかり酔っ払っていた。多少おかしな話題であろうと話し方が妙であろうと、誰も気には止めない。

「お綺麗とか言われてもな……理想は、殿下みたいに男らしい二枚目なんだよな」

「いやまったくですよ、おのろけですね王女様っ！」

「のろけてねぇって」

「いやぁのろけたくなるのもわかりますがね、さすがの殿下も将軍様には敵《かな》いませんよ。オディアン一の色男と言われてるお方でねっ」

「おいおい、王女様は殿下に嫁がれるんだぞ。他の男を褒めちゃいかんだろぉ」

「ふぅん、殿下を上回るような色男がまだいんのかこの国は……さすが大国だな」

体に似合わず札付の酒豪であるレイは、酔ったような顔をしながらも実のところは素面《しらふ》同然だった。酒の席が好きで、その雰囲気にほろ酔い気分にはなるものの、頭は常に冴え冴えとしている。

「ええそりゃもう、将軍様は私共にもお声を掛けてくださったりして、本当にお優しいんですよ。公爵様なんで遊んでていいご身分なんですがね、朝から馬を駆って国境まで足を運んだり、山賊の出やすい樹海を見回ったり、人任せにしない生真面目なお方でして」

「その上、他の大陸の言語や文化にも造詣《ぞうけい》が深くていらっしゃる。海軍提督《ていとく》様としばしば外海に出るほどの行動力と向学心の持ち主で、夜な夜な舞踏会に明け暮れるようなこともありません。しかも、私財を投じて剣術や馬術の競技会を数多く開いて、志《こころざし》はあっても身分の低い者達に前途を開いてくださるんですよ。ほんっとうに立派なお方なんですっ」

「国境付近の小競《こぜ》り合いを交渉で穏やかーに治めたかと思ったら、時には武力でがつんとやってくれちゃいますしっ、それがいちいち手際よく鮮やかで！　我が国が戦争を未然に防いで平和でいられるのは将軍様のおかげで、正《まさ》に英雄なんでございますよっ！」

　将軍の自慢をしたくて仕方ない様子の彼らは、時折呂律《ろれつ》が回らなくなりながらも、我こそはと知っていることを話しだす。遂には言葉が重なり合って、何を言っているのか聞き取れなくなるあり様だったが、とにもかくにも将軍を慕っているようだった。

「もしかして……仮面の将軍てやつか？　噂には聞いたことがある。ミナウスでも小さい子供が憧れて、手作りの仮面を被って騎士ごっこみたいなことをしてるな……」

「そうですそうですっ、仮面の将軍と呼ばれますっ」

「お小さい頃から仮面を被ってらっしゃるんで素顔はお身内の方しか知らないんですがね、あれは相当な二枚目ですよ。それにほら、王太子殿下の従兄弟でいらっしゃいますから」

「なんだそうなのか。それなら間違いなく二枚目だな」

「王女様ってばまたのろけてっ！」

「のろけてるわけじゃねぇって！」

わっと盛り上がった人夫達は仰け反って笑い、そのうち一人が踊りだす。

残った三人は空になった木のコップをテーブルにがんがんと叩きつけ、やがてそれはリズムになって反響した。酒場などではよく見られる光景で、レイも一緒になってコップをテーブルに打ちつける。壊さぬ程度に強ければ強いほどよしとされており、力強い彼らの音に負けじとばかりに音を立てた。

彼らが繰りだすリズムも踊りも、ミナウスのそれとは違っている。けれど立ちこめるラム酒の匂いは同じで、声の限り遠慮なく騒げる空間が懐かしくて楽しくて仕方なかった。

水を得た魚のように、これが俺だと感じられる。手足がどこにぶつかろうと気にせずに、ぶんと力いっぱい振り回せる。声を控えずに、口の開き方を抑えずに、思いきり笑える。

生まれ育ちのよい人間にとっては、優雅な仕草も上品な振る舞いも自然なもので、そう無理をせずともできるのだろうと思ったが、自分にとっては違う。なんでも意識して無理をして、頑張らなければ品よく見せかけることなどできない。

何もかもが窮屈で重たい、あんな世界から一日も早く出ていきたい！

レイはその思いでコップを叩きつけ、最後は真っ二つに割ってしまった。

「何をしているっ⁉」

レイのコップが割れた瞬間、厩舎の扉が勢いよく開かれた。

まだ明るい馬場を背負って飛び込んできたのはヴィンセントで、レイは椅子を引っ繰り返して驚起する。するとその途端、ヴィンセントに手首を引っ摑まれた。

「レイッ！　無事かっ⁉」

人夫達から引き離され、性的な暴行を受けていないか確認するかのように服装を検《あらた》められたレイは、驚きもそこそこに眉を吊り上げる。実際酒の席で男に襲われたことは何度もあるレイだったが、決して酔わない強さとずば抜けた身軽さ、そしてそれなりの腕っ節で切り抜けてきた。やれるものならやってみろという自信と度胸があってこそ、男と飲めるのである。『レイ』と呼びながらも女扱いしてくるヴィンセントに、またしても屈辱的な思いを味わわされたレイは、過去の出来事への怒りもすべて包括する勢いで激昂した。

「大丈夫も何も、私はただみんなと楽しく飲んでただけです！　いきなり入ってきて邪魔しないでくださいっ！」

人夫達が悲鳴のような声で「お許しをっ！」と叫んで平伏しているのを余所に、レイはヴィンセントの手を思いきり振り払う。そして真っ青な顔をしている彼を睨み据えた。

「そうやって自分は守ってあげる立場で、お前みたいな女っぽいのは俺に守られてりゃいいって思ってるんだろうけど、そんなに弱っちくもないしほんとに危険かそうでないかの判断くらいできるしっ、自分の身は自分で守れますから！」

レイは声の限りに怒鳴ると、苛立ちまぎれにコップの破片を蹴り飛ばす。

酒の影響が少しはあるのか、心臓がどくんどくんと鳴っている音を頭の中に感じた。

心配してくれたことも、咄嗟《とっさ》の場面でレイと呼んでくれたことも嬉しかった。されども自分は王女じゃない——この人が守るべき女性ではない、ただの平民の男だという思いが、感情や反応を悪い方向へと歪ませる。

「お前が独りでこちらに向かったと聞いてっ、心配して来てみたら争っているような音がした！　何かあったのかと思うのが普通ではないのかっ!?」

「殿下……っ」

「心配して何が悪い!?　物音を聞きつけてから馬を降り、扉を開けるまでの短い間にっ、胸が潰れて死ぬかと思った！　お前に何かあったらと考えると、気が狂いそうだったっ」

レイは自分の声とは比べようもないほど太い大声で怒鳴り返され、言葉の内容と声量の両方に衝撃を受けた。耳が痺れるほどの声を彼が出すとは思いもよらず、呆然としているうちに再び腕を掴まれる。けれどヴィンセントの次なる怒りの矛先は自分ではなく、床に平伏す男達に向かっていた。

「だいたいこれはどういうことだっ⁉　お前達は何故このような時間に厩舎で酒を飲んでいるのだ⁉　馬場は荒れたままではないかっ！」

「申し訳ございませんっ！　何卒っ、何卒お許しをっ‼」

「許さんっ！　このようないい加減なことでは馬場も馬も任せてはおけん！　職務怠慢で全員厳罰に処すっ‼」

ヴィンセントの下した言葉に、四人の男達は声一つ上げられずに全身を震わせる。先程まで伸びやかに歌い踊っていたのが嘘のように、小さく丸く縮こまっていた。

「ちょっと待ってくださいっ！　彼らに酒を飲むよう勧めたのは俺っ、私です！　勧めたどころか命令です、次期王太子妃としての命令で飲ませたんです！　そんなの逆らえなくても仕方ないじゃないですかっ！　罰するなら命じた私を罰してくださいっ‼」

レイは腕を摑まれたまま、自分からも摑み返すようにして訴える。

すると彼は目を剝いて、「何故こんな真似をした⁉」とさらに怒鳴りつけてきた。

「ラム酒が飲みたかったからですっ！　口に合わないワインばっかで飽き飽きしてたし、誰かと楽しく飲みたかった！　その我が儘にこの人達を付き合わせただけです！」

「酒が飲みたければ私と飲めっ‼」

「……っ、ぅぁ！」

ヴィンセントは一際大きな声を上げると、レイの体を入口に向かって思いきり押す。

そして平伏す人夫達に、「このようなことは二度と許さんっ、水を被って酔いを醒《さ》まし、ただちに仕事に戻れ！」と雷鳴のような強さで言い渡した。

「殿下っ」

額を床に押しつけ、声を揃えて返答する彼らの姿はほとんど見えず、レイは外へと連れだされる。歩幅の広い彼がぐんぐん先を歩くので、気合いを入れて歩かないと転んで引きずられてしまいそうだった。

（……くっそ、足の長さを見せつけるみたいな歩き方しやがってっ！）

レイは「待って」とも「速すぎます」とも言いたくなくて、対王女用ではない男歩きにひたすら合わせる。

そうこうしていると繋がれていない黒い馬が自ら近づいてきて、そのあまりの大きさに圧倒された。

「でっ、でかい……なんだこの馬……っ！」

銀と紫水晶の飾りがついた鞍や、陽射しを受けて艶やかに輝く毛並みを目にして、すぐに特別な馬だとわかった。ヴィンセントの愛馬は白馬だと聞いていたが、この黒馬もそうなのだろうと察しがつく。踏まれたら一溜まりもなく死んでしまう、と恐怖するほど大きく、鋼《はがね》のような筋肉と力強い脚が攻撃的に見える。長い鼻を向けて興味を示されると、後ずさりせずにはいられなかった。

「うわぁっ、近づくなっ、なんだよこれ、ほんとに馬なのか⁉　こんな巨大な生き物見たことないぜっ！　熊よりでかいんじゃねぇのかっ⁉」

「熊と比べるな。これはアンテローズ将軍の愛馬ヴァラデュールだ。私が借りている」

ヴィンセントはそう言うなり手綱を引き、馬に何やら話しかける。そして振り返ると、レイに向かって「鐙《あぶみ》に足を掛けて乗れ」と命じた。

「嫌だっ、絶対乗りたくない！　なんか食われそうだし、落ちたら死ぬしっ」

「罰するなら私を罰しろと啖呵《たんか》を切ったのはどこの誰だ？　すっかり男言葉に戻っているくせに、馬を怖がるとは情けないぞ。それに本物の姫君は乗馬がお好きだという話ではないか。身代わりなら身代わりらしく堂々と乗ったらどうだ？」

「ああ……わかったよ。乗ればいいんだろ⁉　けどどうなったって知らないからなっ‼」

挑発は常に受けて立つ性格のレイは、相手が王子だということも忘れるほど自棄《やけ》になっていた。手を伸ばして鞍を掴み、鐙に足を掛けて地面を蹴る準備をする。馬の乗り方など知らなかったが、身軽さには頗る自信があった。

なるようになれとばかりに「うおりゃ！」と声を出して跳び上がり、脚力と腕力で全身を浮かせたレイは、一瞬その身を風に乗せる。気づいた時には鞍の上に座っており、尻に感じる革や、腿に感じるどっしりとした生温かい胴体の感触に、思わず笑いが込み上げてきた。目の前にある太い首と立派な鬣を見て実感すると、我ながら驚嘆してしまう。

「俺ってすげぇっ、一発で乗れちゃったぜ！　なんて高さだよ、見晴らし最高っ！」

「――まるで曲芸だな」

「馬に乗るとこんななのかっ、地面が遠いし木は低いし、すげぇなっ！」

星見の塔はもちろん与えられた居室のバルコニーも、馬の背より当然高い。けれど生き物に乗って身一つで高い所に上がる感覚は独特のもので、レイは何もかも忘れて歓喜した。その上、乗ってしまうと馬が可愛く思えてきて、撫でずにはいられない気持ちになる。

「少し前にずれていろ」

ヴィンセントに命じられ、レイは早速鞍の上の尻をじりっと前に滑らせた。

するとすぐに彼が騎乗してきて、瞬く間に後ろにつく。レイほど身軽にふわりとはいかないものの、男二人を乗せる馬を気遣った、丁寧で鮮やかな乗り方だった。

「いっ、一緒に……？」

「当然だ。独りでどこに行けるのだ？」

「――罰だって言うから……や、仰るから……」

「もういい、普通に話せ」

ヴィンセントはつい先程まで声を張り上げていたのが嘘のように、低めの声で言った。

手綱を取る両腕の間にレイの体を挟み込み、その耳にだけ届けばいいと考えているような声量だった。それがレイには酷くインモラルなことに感じられて、うなじに掛かる吐息だけでも背筋がぞくりとしてしまう。

（……そうか、この体勢って……）

午後の柔らかな陽射しの中を馬に乗って進みながら、レイは星見の塔で抱かれ続けた日々を想いだす。いつもこうして背中を向けて、腰を突き上げられながら彼を感じたものだった。髪が分かれて露わになるうなじに、彼の息が掛かるのが心地好くて――息だけではなく唇を当てて、肌を吸って欲しいと願っていた。

「……あの、殿下……馬って、大人が二人も乗って……平気なんですか？」

「ヴァラデュールは優れた軍馬だからな。鎧を纏った重い主を乗せて遠路遥々《はるばる》走れる馬だ。戦地でも慄《おのの》くことのない特殊訓練を受けた軍馬だからこそ、あのような大声を出しても乗せてもらえたのだぞ」

「大声……出しましたっけ？」

「蹴り殺されても仕方ないような声を出したのを忘れたのか？　本来馬は繊細なものだからな、別の馬に乗る機会があったら気をつけろ。このヴァラデュールとて、私がよくよく頼まねば素人など乗せてはくれん」

将軍から借りた馬というわりにはどこか誇らしげに聞こえるヴィンセントの言葉を、レイはしばし黙って聞いていた。今は髪を高く結い上げているため、彼が話す度にうなじで声の振動や息遣いを感じて――動悸が速くなるのを抑えきれない。

降り注ぐ光は清浄なもので、森の空気は澄んでおり、その向こうに見える白亜の王宮は絵のように美しいのに、自分だけが許されざる情事の記憶に現《うつつ》を抜かしている気がした。

「この馬の持ち主の将軍って、仮面の将軍ですか？　従兄弟なんですよね？」

「——……ああ、そうだ」

「仲がいいんですね」

何か無難な会話をしてやりすごさなくては……と焦るレイに、ヴィンセントは「走るぞ、振り落とされるなよ」と言って会話を打ち切り、手綱を短く持つ。前傾姿勢になった彼に押されたレイは、馬道を蹴って勇ましく走りだしたヴァラデュールにしがみついた。

「うわっ、速い！　凄い！　ヴァラデュールかっこいいっ!!」

「王宮の外に出るぞ！　門兵を振り切るからしっかり摑まっていろっ！」

「おうっ！」

一駆けでいったいどれほどの距離を進んでいるのだろうかと、目を見張るばかりの速さだった。雷鳴のように荒々しい蹄の音、脚で感じる馬の筋肉の躍動、腰で感じる衝撃に、レイは激しく興奮する。くよくよと悩んだり、あれこれと考えたりしている余裕は微塵もなくなり、泥と一緒に憂いまで蹴散らされていくようだった。

第十一章

王太子ヴィンセントの身代わりを務めるラスヴァインが、仮面を着けずに王太子として王宮を出たのは初めてのことだった。この一週間は王太子と将軍公爵の二役を務めて二重生活をしていたため、頻繁に出入りはしていたのだが、それはすべて仮面の将軍ラスヴァインとしてである。王太子が王宮を出るのは、そう容易なことではなかった。

「殿下っ、見てくれよこの貝っ！　砕けてるけど真珠貝だよな⁉　真珠入りのを見つけて持って帰れたら大儲けだぜっ！」

砂浜でヴァラデュールを柱に繋いでいたラスヴァインの元に、レイが駆け寄ってくる。

愛馬を駆り、門兵を振り切ってまで向かった先は、星見の塔から見える海岸だった。

初めての海に感激する顔を、独り占めしたかった。

海を遠目で見ただけでも喜んでいたレイに、もう一度無邪気に笑って欲しくて——できることなら月留めの逢瀬の夜まで時間を戻したい思いを抱えて、ここに連れてきた。

「真珠が欲しいなら好きなだけ贈りたいと思うが、それではいけないのだな？」

「ああ全然違う！　海からただで、拾う労力のみで手に入れて儲けるってとこに面白みがあるんだ。でもほんといいよな海って、宝の山だよな！　あ、宝の海かっ」

膝まで海に浸かり、虹色に輝くピーコックカラーの貝殻を拾ってきたレイは、上機嫌でヴァラデュールの鼻を撫でる。

太陽が海に触れそうになっており、青い海が朱に染まってなんとも美しい風情だったが、散々感動し終えた今は目先の利益に夢中のようだった。

「不用意に馬の顔に近づくのはやめた方がいいぞ。飼い葉と間違えられて髪を毟《むし》られる」

「えっ、それは困る！　早く言ってくれよ、俺の髪は大事な売り物なんだからなっ」

「――男娼としての……売りという意味か？」

ラスヴァインは馬の鼻を間に挟んだ状態で、レイの顔を真っ直ぐに見据える。

色恋沙汰などすっかり忘れていたらしい表情が、空色の如く変化していった。

半面に夕陽を受けた顔にはくっきりとした陰影が出て、造形の美しさが際立つ上に生き生きと色づいて見える。にもかかわらず唇だけが、凍えるように震えていた。

「はい……そうですよ。売れっ子だって言ったでしょう？」

ラスヴァインはレイの言葉を神妙な態度で聞き、一度密かに息をついてから、「座って話そう」と重らかに告げた。

レイはいくらか驚き戸惑う顔をしたが、一週間前のやり取りからこの状況に至る過程に疑問を持ってはいたようで、黙って頷く。

ヴァラデュールを繋いだ柱から少し離れた場所に壊れた小屋があり、嵐で吹き飛ばされたらしい屋根や外壁が周囲に散らばっていた。小屋の前に横積みされた丸太はベンチ代わりに使えて、太陽と接触する海を一望することができる。後々目の奥に痛みが走りそうな眩しさだったが、二人並んでしばらく眺めた。

「――殿下、先に話してもいいですか？」

話しだそうとしたのを見計らってなのか、それとも偶然なのかわからなかったが、ラスヴァインは開きかけた唇を結ぶ。そして海ではなく、レイの横顔を見つめた。

「ああ、先に話してくれ」

「ありがとうございます……あの、さっきは、すみませんでした。殿下とは喧嘩……とは言わないけど、なんかもう永遠にさよならみたいなことになったし、ライアンもいないし、自分の言葉で一言も話せないで一週間過ごしたら、だんだん腐《くさ》ってきて」

海を見ながら語るレイの言葉に、ラスヴァインは「腐る？」と口にしそうになったが、その前にニュアンスを感じ取った。ところがレイは顔を向けてきて、「塞ぎ込んでたって意味です」と、自分から説明してくる。

「それで町に帰りたくて仕方なくなって……あとはまあ、単純に酒飲みたかったし。思いきり大声出して騒いで、久しぶりに楽しかったな」

「そうか……」

「お上品な殿下にはあれのどこが楽しいのかわかんないと思いますけど、無意味でもなんでもいいから飲んで騒ぐのがいいんですよね。頭使って人の顔色窺うようなのは仕事明けには御免《ごめん》だから。けど、けどちょっと、いや……だいぶ反省してます。仕事中の人を巻き込んじゃったし、それに殿下にも酷いことを言った……」

ラスヴァインは徐々に真顔になっていくレイを見つめて、丸太の上に置かれた手を握りたい衝動に駆られる。慣れない世界で性別まで偽って過ごすレイは、王太子の振りをしている自分とは比べものにならないほど窮屈な思いをしているのだと思うと、謝罪などもういいと打ち切りたいくらいだった。

「そもそも殿下は王女様な俺しか見てないわけだし、酒に強いとか身軽で逃げ足速いとか、結構いい蹴り繰りだせるとか知らないから……俺を軟弱な男だと思っても無理ないし」

「お前がどんなに強くても私は心配しただろう。それくらいは自由にさせてくれ」

「！」

レイは目に見えてわかるほど驚いた顔をして、黄金色の瞳を丸くする。瞬きすると音を立てて羽ばたいてしまいそうな睫毛が、こめかみに向けて長い影を引いていた。立体感のある瑞々《みずみず》しい唇もまた、夕陽による影を作りながら動きだす。

「心配してくれて……ありがとうございます。俺、素直じゃなくて……すみません」

申し訳ないというよりは照れくさそうに言ったレイに、ラスヴァインは苦笑を返すより他なかった。これほど可愛い表情で謝られて、許さずにいられる男はいないとまで思う。

「――実のところ私は、お前が見た目よりも腕が立つことを知っていた」

「えっ、そうなんですか？　なんで？　俺そういうとこ見せましたっけ？」

「私にはどうしても、男娼という仕事が好んでするようなものだとは思えなかったからな、お前がもし何か事情があって娼館に縛られているのなら、助けたいと思った。そのためにミナウスに使いをやって、お前のことを調べさせた」

ラスヴァインが自分のしたい話へと持っていくと、レイは忽ち顔色を変えた。思いきりうろたえて、視線をあちこちに彷徨わせる。

「レイという名だけでは多少時間が掛かるかと思ったが、王都の市中で『レイという名の、長い金髪の美青年を知っているか？』と訊いたら、一人目ですぐに答えをもらえたそうだ。城下町の宿屋の跡取り息子で、難攻不落のレイ・セルニット――それがお前だろう？」

レイは丸太に触れていた指をぴくっと浮かせて反応したが、それを機に落ち着きを取り戻していく。諦念《ていねん》の相を浮かべながら海を見て、微かに溜息をついた。

「私の手の者は旅人を装《よそお》って宿屋に泊まり、常連客にお前のことを詳しく尋ねたそうだ。レイ・セルニットは見た目に似合わず剛毅《ごうき》な性格で、女性と間違えられると機嫌を悪くし、時には客人に手を上げるほど血の気が多いとか……酒の強さは怪物並で、身軽な上に腕も立つ。生家の商売には熱心で倹約家だが、気前がよく蓄《たくわ》えは少ない」

「……正しく伝わってるようで何よりです」

レイは仏頂面《ぶっちょうづら》で言うと、横顔を向けたまま「それで終わりですか？」と訊いてくる。

「いや、肝心なことはここからだ。男の恋人がいたり客を取ったりすることはあるのかと尋ねたところ、友人を名乗る男達に袋叩きにされそうになったとか……」

「うわっ、あいつら俺がいなくても来てくれてんだっ⁉」

「――何故、男娼だなどと嘘をついたのだ？」

一瞬嬉しそうな顔をされて嫉妬心がじりっと燃え、ラスヴァインはレイの腕を摑んだ。

男娼どころか、男に想いを告げられるだけでも烈火の如く怒り狂うという彼が、自分からキスをして誘ってきたのは何故だったのか……キスだけではなく、好かれているとしか思えない行動は他にもあった。男娼ではなく、同性が好きなわけでもないのならば、男の股間に自ら顔を埋めるようなことをした理由を聞かせて欲しかった。

「レイ……黙ってないで答えてくれ。何故あのような嘘をついたのだ？」

今こそ、今度こそ甘い答えが聞けたらどんなにいいかと、ラスヴァインは不安と期待の入り混じった心持ちで視線を繋げる。そしてようやく、唇が動きだすのを目にした。

「あれは……ただの意地です。矛盾してるのはわかってるけど、俺なりのプライドです」

レイが先程まで見せていた動揺は、すでに消え失せていた。

揺るぎなく向かってくる瞳には、嘘偽りがあるとは思えない光が宿っている。

「――先日……被害者のように憐れまれるのが嫌だと言っていたが、そのせいか？」

「そういうことです。月留めの逢瀬のことは、俺なりに一応納得してやったことでした。それなのに申し訳なさそうに謝られて頭にきたんです。男に犯されたかわいそうな男みたいな扱いをされたのが我慢ならなくて、あんなこと俺にはなんでもないって振りをしないとやってられなかった。だから嘘をついたんです。犯されたかわいそうな男になって同情されるより、割り切ってる玄人だと思われて軽蔑された方がましだったからっ」

　その瞬間の怒りを思いだしたかのように語尾を荒げたレイは、自嘲気味な顔で「こんなふうにばれたら余計情けないだけですけどね」と、苦りきった顔で言い捨てた。

「そんなにも、傷つけてしまったのか？　私は……欲望を抑えきれずに酷いことをしてしまったことを、謝りたかった。自分でもあのような行いをしたことが信じられずに……」

「殿下……貴方には縁遠い話だろうけど、あえて想像してみてください。男なのに女と間違われてばっかりで、毎日毎日男に言い寄られて……友達だと思ってた奴に鼻息荒くして突然押し倒される悪夢とかっ。慣れて平気な振りしてたって傷ついてないわけじゃない。俺は男にそういう対象として見られるのが、虫唾《むしず》が走るほど大っ嫌いなんです」

「レイ……」

　貴方に抱かれ続けた一週間がどれほど苦痛だったかわかりますか？　と無言の中で責められた気がして、ラスヴァインはレイの目を見ていることもできなくなる。

自分だけは特別かも知れないと思ったことが恥ずかしくて堪らず――繋げた唇や瞳から感じた恋情が、自分の勝手な想い込みであったことが悲しくてならなかった。

「――でも、あの一週間は……先日も言った通り……ドレスの影響とかがあって気持ちが女寄りになってて、殿下としたこと全部……何一つ嫌じゃなかった。それは本当です」

「……っ!?」

そらした視線を再び奪われたラスヴァインは、奈落《ならく》の底から一気に引き上げられる思いを味わう。再び開こうとする唇は躊躇いがちに動いていたが、甘い言葉が零れてくるのを聞く前から予感できる艶めきがあった。

「あの時は……夜になるのが、待ち遠しかった気がします。過去の、話ですけど……」

小さめの声で語るレイの瞳には、心を掴まれるような切なさが宿っており、今でもその時の感情を持ってくれているのではと、つい夢を見てしまうほど熱っぽく見えた。

間違いなく自分だけを映しており、ともすれば涙粒になりそうな潤みがある。

袖にされた男にはなりたくないというプライドも、今は海の泡のように然《さ》もなしと思えて、レイの言葉が誇らしく思えた。たとえ一時の幻であろうとも、惹かれてならない人の恋人であれたのなら――レイの中にある隠れた一面と、添い遂げられた日々が確かに存在したのなら、何を嘆くことがあるだろうかと……少しばかり笑むことができた。

「レイ……お前を傷つける言葉はこれで最後にする。どうか、許してくれ」

ラスヴァインはレイの手を握って、もう片方の手を肩に置く。

レイの上体ごと自分の方に向けてから、「私はお前を愛している」と——ゆっくりと、波音に負けない強さで告白した。

彼にとって虫唾が走るほど嫌いな、男からの愛の告白をこうして面と向かって口にしてしまう自分は、なんて押しつけがましく我が儘なのだろうかと呆れもする。

それでも彼に、女性の代用としてではなく愛していると、伝えたくて仕方なかった。

もしも自分が本物の王太子であったなら、後々現れる同じ姿の王女を、レイのようには愛せない。それどころか、妻子を持ったことを理由に結婚から逃げだしたヴィンセントと同じように、他の誰と結婚することもできないと思った。

大波の如く打ち寄せる心を乗せて、ラスヴァインはレイを見つめ続ける。

自制の利かない愚かしいばかりの恋をするのは、我が身を忌《い》まわしく思うほど苦しく、ただこうして目の前にいるだけでこんなにも幸せなものなのかと、悲喜こもごもな想いが瞼を熱くしていた。

「不快な思いをさせるくらいなら、もう二度と言わない」

だからどうか、まだこうして傍にいさせてくれと請いたいラスヴァインの目に、レイの瞳の中で膨張する雫が映る。黄金色の瞳を覆っていたそれは、紛れもない粒となって零れ落ち、下睫毛を濡らしながら頰の上を滑っていった。

「レイ……何故、泣くのだ？」

またそんなふうに期待させないでくれ――こうしてすぐに胸を膨らませてしまう自分に、私は何度落胆すればいいのだろう？　その残酷な涙の理由を一刻も早く語って、審判を下してくれ――と、急かす思いで肩を揺さぶってしまったラスヴァインは、さらに落ちそうになる涙に吸い寄せられる。

男に想われることで傷つく彼に、こんなことをしてはいけないと制する理性を裏切って、色づく頬に唇を当ててしまった。

「――……夕陽が、目に沁みただけです……」

上下の唇の間にレイの涙を吸った後、ラスヴァインは望まぬ一言を耳にした。

されどもレイの顔にははっきりと嘘だと書いてあり、その顔を見ていると突き放されたような気がしなかった。

（この涙は……私のことを少なからず想ってくれて、それでも男とは添い遂げぬ生き方を選ぶという、固い意志の表れなのか？　二つの心が戦った結果は言葉通りに受け止めて、レイの決断を……私は尊重すべきなのだろうか……）

ラスヴァインは、自分の手からすり抜けて顔をごしごしと拭いている彼を見守る。

自分とレイの立場を思えば、愛してくれと無理強いすることなどできなかった。

本物の王太子ではないことを告白したとしても、身分違いに変わりはない。

自分が何かを強く求めてしまうことは命令になり、強制になり、脅迫にさえなり、レイを苦しめることになってしまう。

「レイ……伝え聞いた話では、お前に袖にされた男達の一部は友人として、今でも交流が続いているそうだな。それが事実ならば、私もその一人にしてもらえないだろうか？」

自分が愛したのは、王女の振りが完璧にできなかったレイの綻び――生き生きとして、無邪気で自由な平民の彼なのだと思うと、縛る言葉など口にはできなかった。

「……な、何を……言ってるんですか？　あの……俺の友人て、そりゃみんないい奴だけど、古着屋の倅とか土工とか革職人とかで、殿下みたいな雲の上の人が友人とかありえないしっ、そんなのは、申し訳なくて……怖くなります……」

強くこすりすぎて少し赤くなっている目元を見つめて、ラスヴァインは首を横に振る。

逡巡する彼の手を取り、内から溢れる想いを込めて笑いかけた。

「私は雲の上になどいない。こうしてお前と同じ砂浜に足を乗せ、同じ丸太の上に座っている。嫌なことをもう一度言ってしまうようですまないが、お前に片恋をした私はすでに奴隷も同然であって、友人というのは格上げとも思えるくらいだ」

「殿下……っ」

「レイチェル王女と入れ替わり、ミナウスに戻ったあとも、時折……友としてでも逢えるなら、私はどれだけ幸せだろう。お前に敵うかどうかは試してみなければわからないが、酒はとても強い方だ。お前と競ってみたり、こうしてヴァラデュールに乗って景色のよい所に赴《おもむ》いてみたり、市井の話を聞けたらと思うと、想像しただけで胸が弾んでくる」

口にした言葉は一つ残らず真実で、胸はとくとくと大きく鳴りだす。

二度と逢えないくらいなら、こうして手を握ることも、キスをすることも、情交に耽《ふけ》ることもできなくていい。貝殻を拾った時のような屈託のない笑顔を間近で見つめ、明るい声を聞いていたかった。

「……っ、ぅ……！」

レイは満月のような瞳に涙を浮かべて、嗚咽《おえつ》を殺しながら前のめりになる。

手を差し伸べてよいものか迷うラスヴァインだったが、背凭れのない丸太の上は不安定で、体を支えるのは自然の成りゆきになった。薄い肩を抱き寄せ、そっと包み込む。

「――……ぅ、っ、殿下……」

レイの顔が肩に触れ、頭の重みがしっかりと乗ってくると、甘いときめきが蘇った。

金色に輝く髪に顎を寄せずにはいられなくなり、折り重なるようにして重みと温もりを交わす。小刻みに上下する背をさすり続けていると、握ったままの手を逆に握り返された。

「――レイ……憶えているか？　初めて逢った時にもこんなふうに、肩を貸した」

レイは啜《すす》り泣くばかりで何も答えず、自分が泣いていることを必死に隠そうとしている節があったが、隠せるような泣き方ではなかった。全身が小刻みに震えていて、深呼吸を密かに繰り返しているのも感じられる。

落ちつけ、泣きやめ、震えるな――と自身に命じているのが手に取るようにわかった。

レイは恋愛や友情に振り回されて涙してきた男ではなく、強靭《きょうじん》な精神の持ち主で、或る意味では冷めた一面があったことをラスヴァインは知っていた。それは自分と同じであり、こうして熱く乱れる心を交わしていることに喜びを感じる。たとえその先にもっとも望む関係がなくとも、出逢えたことに感謝せずにはいられなかった。

「……殿下、俺……嘘ばっかりで……すみません……」

相変わらず俯いたまま手をぎゅっと握ってくるレイの言葉に、ラスヴァインはようやく確信を得る。二人の間に恋は確かに存在しており、彼が顔を上げたら、お互いに唇を寄せ合ってしまうに違いなかった。

「レイ……謝らないでくれ。嘘ばかりなのは私も同じだ……しかも私は、男を好きになるはずがないと心に言い聞かせて、自分自身さえも騙していた」

海に呑み込まれる太陽の最後の光を受ける髪に、ラスヴァインは唇を押し当てる。

震えの止まらない背中をさすりながら、「入れ替わるまではどうか……婚約者でいさせてくれ」と、語りかけた。

「――婚約者？」

「そうだ……私はもう、お前の嫌がることは決してしない。残りの日々を、本来あるべきだった清く優しい関係で過ごせたらありがたいと思う。よき、友人になる前に――」

男としてのレイの選択を尊重する思いで、ラスヴァインは友人という単語を強調した。

レイはそれを感じ取ったように、肩に寄せていた首を縦に振る。

「――だがまだ、友人にするとは言ってもらっていなかったな」

「そんなの……決まってるじゃないですか……」

顔は上げないながらも笑い口調で呟いたレイは、握った手を離さなかった。

ラスヴァインも同じく、背中に回した手を離さない。

太陽が姿を消しても長らくそのまま、共に過ごせる時を味わい続けた。

第十二章

レイがオディアンに来てから三週間が経ち、婚礼の儀の準備は着々と進められていた。

しかもその一週間前には第一王女エヴリーナの誕生日を祝う宴《うたげ》が控えているため、連続する二つの式を取り仕切る侍従長や侍従達、侍女に針子に楽師、兵士や料理人に至るまで、誰もが忙しい日々を過ごしていた。

そんな中、主役であるレイチェル王女の仕事は次々と出来上がってくるドレスの試着やダンスの練習、他には読書くらいのものだった。

彼女の消息が未だに掴めていないため、それらをすべてレイがやらなくてはならない。

ダンスは持ち前の運動神経とヴィンセントのリードで難なくものにしたレイだったが、オディアン王家に纏わる文献を読み、王統譜を頭に入れておくようにと言い渡されたことで難儀している。宿で働きながらもたまには本を読んでいたが、レイが好むのは流行《はや》りの冒険小説ばかりで、小難しい歴史資料は開くだけでも眠くなった。

（――ほんとはもう、とっくに入れ替わってるはずだったんだけどな……）

菩提樹《ぼだいじゅ》が立ち並ぶ庭園の一角から、レイは北の空を見上げる。

ライアン王子がレイチェル王女を捜すために帰国してから、すでに二週間が経っていた。

王女が見つかった際は、日没後に狼煙を上げて知らせてもらうことになっている。

レイは毎日日暮れ時になると空を見て、狼煙がまだ上がらぬようにと願っていた。

姉を心配しているライアンの気持ちを考えれば、非情なことだとわかっている。けれどあと少しだけ、ヴィンセントと過ごせる時間を引き延ばしたかった。

(――婚約者の……いる人なのに……)

自分の罪深さを顧みながら俯くと、膝の上に頭を乗せている彼の寝顔が見られる。

ヴィンセントはエメラルドの絨毯のような芝に横たわり、心地好さげに眠っていた。

毎夜王宮を抜けてどこかで職務を全うしているらしく、日中は隙を見て仮眠を取ることがある。

王太子の職務が王宮の外にあるというのは不思議な話だったが、王族が一日をどう過ごすのが普通なのか、レイには知る由もない。商家の息子の感覚では、多忙は繁盛と同義のよいことであり、ヴィンセントは真面目で立派な王太子なのだと思っていた。

そして夜になると手の届く所に彼がいないという状況は、過ちをこれ以上重ねたくないレイにとって好都合と言える。おそらくは彼も、同じことを思っている気がしていた。

「!」

そよ風によって菩提樹の枝葉が動き、ヴィンセントの瞼に強い陽射しが落ちる。

疲れて寝ている彼を起こしたくなくて、レイは傍《かたわ》らにあった自分の帽子を取ろうとした。

けれど間に合わず、ヴィンセントは小さく呻いて目を覚ます。

切れ長の涼しげな目が開いて、鮮やかな紫の瞳に自分が映って見えた。

「殿下……」

「――っ……すっかり、寝入ってしまったな」

「陽が当たらない位置にずれますか？」

「いや、もう起きる」

腿から離れていく黒髪に触れたくなる手を制して、レイは空を仰ぐ。

菩提樹の枝葉の向こうに陽光が見え、七色の瞬きが目に焼きつくようだった。

レイチェル王女の夫となる彼を、好きになってはいけない。好きになられてもいけない。

その思いで自分を戒《いまし》め――男からの好意は迷惑でしかないと、嘘をついてまで彼の心を突き放したレイにとって、この一週間は切なくも幸福に満ちていた。友として付き合うと決めてからの方が、情事に耽っていた日々よりも甘く濃厚なのは皮肉な話だったが、彼のことが好きで、彼も自分を好きだということを、常に感じていることができた。

「脚、痺れなかったか？」

「俺は平気だけど、こんな硬い枕でよかったのかな……」

「それはもう」

ふっと笑って言ったヴィンセントは、レイの横に座るなり傍らの書物を手に取る。

それは王統譜で、歴代王族の名やそれぞれの功績や出生記録などが事細かに書かれた本だった。門外不出の貴重な書物だと聞いてはいても、レイにはその価値がわからない。ただ、ヴィンセントの身近な人には興味があり、現在生存している王族の名は大方憶えた。

「レイ、ここに記してあるように、私には年の離れた妹と弟がいる。聞いた話によると、お前は一人息子だそうだな」

「そうですよ。できれば働き者の弟妹が欲しかったけど……」

「ぶしつけなことを訊くようだが、両親は実の親なのか？　私はレイチェル王女にお逢いしたことはないが、面識のある者達が誰一人として入れ替わりに気づかないほど似ているとなると、お前と姫君が無関係とは思えない」

「それと同じことをライアンにも訊かれましたよ、初めて逢った夜だったかな。あんまり似てる似てるって言われるもんだから、実は双子で俺は捨てられたとかって疑ってもみたけど、よく考えたらありえないんです。なんたって俺は王女様より一つ年下だから」

「そ、そうなのか？　初耳だぞ……」

「ほんとは二十四なんで、殿下と五つ違いです」

レイは指を開いて五を示すと、「顔は母親そっくりだし、髪とか目の色は父親似だから実子に間違いないですよ」と付け加えた。

「元々双子だとは思っていないが、兄妹ですらないのか……」

「どうして双子だと思わないいんですか？」

「同性の双子が争いを呼ぶ凶兆と言われているのに対し、異性の双子は子孫繁栄の吉兆とされているからだ。片割れを養子に出したり、捨てたりというのはまず考えられない」

「あ、そっか……そういえば近所で男女の双子が生まれた時は、大々的に祝ってたな」

王族も平民もその辺りは同じだと改めて知ったレイは、彼が見ている系図を横から覗き込む。丁度少し気になっていた箇所が目に止まり、一人の人物の名を指し示した。

「この人って……先代の国王で、殿下のお祖父さんですよね。どうして次男なのに国王になってて、長男は公爵なんですか？　それまでは長男が王位を継いでるみたいなのに」

「ああ……大伯父上のことか……これこそ正に、今話したくだらない迷信のせいだ。大伯父は同性の双子で生まれている。そしてその秘密を外に漏らされ、王太子でありながらも王位に就かせてもらえなかった……」

ヴィンセントの説明を聞きながら、レイは公爵の兄弟の中に双子の片割れを探す。

ところがそこには誰の名前もなく、こうして口で教えてもらわなければまったくわからない話だった。

「その……双子の片割れは？　どこにも見当たらないみたいだけど」

「弟の方は生まれたことにはなっていない。田舎に養子に出され、王都に足を踏み入れることは生涯許されなかったそうだ。双子で生まれたというだけで、養子に出された弟はもちろん、城に残って王太子として育った兄までもが、王位から退《しりぞ》けられたことになる」

「それは……随分と理不尽な話ですね。双子が不吉なんてただの迷信なのに」

「誰もが馬鹿馬鹿しいと思っていても、不吉だと言われるものは極力避けて通るのが王家の習《なら》わしだからな。双子の兄弟の下に男子がいなければ話は違ったのだろうが、下に弟が、つまり私の祖父が存在したために、大伯父は王位を譲って城を去らねばならなくなった」

「へぇ……兄弟でなんかそういうの、王族ならではな感じですね」

レイは自分がわかりやすいように、頭の中で役者を現在に置き換える。

ヴィンセントがもし双子で生まれていて、それを隠していたのが発覚した場合は、年の離れた第二王子セルディに王位を譲らなければならない可能性がある――と理解すると、国や人の運命を変えるほど影響のある迷信の存在こそが、忌まわしいものだと思った。

「くだらん迷信のおかげで祖父が王になれたことを考えると、どうも複雑ではある……」

レイはヴィンセントの表情が曇るのを感じながらも、言葉通りに受け止める。

兄を排斥して運よく王座に就いた国王の直系であることを、どことなく心苦しく思っているのだろうと判断した。どう切りだしたらよいのか迷っていると、ヴィンセントが首を傾げるように顔を向けてくる。

「――他に疑問はあるか？」

「あ、はい……王統譜とは関係ないけど、この人ってなんでここにこないんですか？」

レイが次に指を差したのは、ラスヴァイン・ドォーロ・アンテローズ公爵の名前だった。

その途端ヴィンセントは目を見開き、ごくりと喉を鳴らす。

「――アンテローズ公爵が、どうかしたのか？」

「どうってわけじゃないけど、侍女がこの人のことを話してるのを聞いたんで。なんか、殿下が凄く信頼してる従兄弟で以前は頻繁に来てたのに、最近まるで姿を見ないとかって。仮面の将軍はミナウスでも噂になるくらい有名な人だし、なんとなく気になっただけです。働き者な将軍だって聞いてるから、式典が近くて忙しいのかな……」

ヴィンセントよりも二枚目だと噂される仮面の将軍を、自分なりに想像しながら話したレイに、ヴィンセントは少し照れたような微笑を浮かべて、その後すぐに真顔になった。

「そうだな……将軍は今とても忙しい。本物のレイチェル王女には聞かせられない話だが、オディアンとミナウスがこの婚姻によって絆《きずな》を深めることを、阻止したいと考える者も少なからず存在する。他国に妙な動きがないか、間者《かんじゃ》を使って情報を仕入れたり国境警備を強化したり――いざ戦争になってからでは手遅れだからな。争いの種を逸早く消すために、やらねばならない仕事がある」

「婚姻を阻止されたら、ミナウスはどうなるんだろう……」

「それにより両国の間に亀裂《きれつ》が入れば、他国がミナウスを侵略しやすくなる」

ヴィンセントの言葉に、今度はレイが驚く番だった。

のどかな木漏れ日の下で、背筋が寒くなる感覚を覚える。

「ガルモニードやモニークに……ミナウスは、本気で狙われることになるのか？」

「狙われているといえば、それは常にそうだと言っても過言ではない。オディアン王家とミナウスの間には二代続けて婚姻が成立しなかったため、オディアンの中にはミナウスを守る理由は最早ないという――乱暴な考えを持つ者もいる。史話に従ってミナウスを妻の国と位置づけるのはやめて、従属国として侵略してしまえという酷いものだ。そしてその隙を狙って、ミナウスを侵攻しようと目論《もくろ》むのがガルモニード。ミナウスと隣接しているためガルモニードのミナウス侵攻を全面的に補佐すると考えられるのがモニーク。無論、レイチェル王女とヴィンセント殿下が……私が、問題なく結婚すればそれで――我が国がミナウスを史話の通り庇護し続ける理由ができる」

「……そっ、んなに……そんなに大事な結婚だったのに、逃げちゃったんだっ⁉」

「――……最初にお前に乱暴した時は、色々複雑な想いがあったが……レイチェル王女の無責任な行動への怒りも相当に大きかった。男の身代わりを立てたということは、初夜のある婚礼の儀までには入れ替わる算段をつけているのだと思ったからな、自分の国を我が儘で危機的状況に陥らせる気なのかと思うと、呆れてしまって……」

溜息をつくヴィンセントを見つめながら、レイは彼の言葉に一つの疑問を抱く。

婚姻を邪魔する者がいるかも知れないと危惧《きぐ》していたにもかかわらず、レイチェル王女が偽者だと気づいてすぐに、入れ替わりの理由を王女の我が儘だと判断したのは何故なのだろうか――と、些か気になった。彼自身が我が儘とは無縁な立派な王太子に見えるため、王女の失踪理由を、本人の身勝手な意思だと即座に決めつけた理由がわからない。

「どうして……レイチェル王女が誘拐されたとは思わなかったんですか？」

頭を使うのは得意ではないと自覚しているレイは、思考途中で口にしていた。

すると彼は、なんとも言えない苦い笑みを浮かべる。

そしてその笑みの理由もさっぱりわからないレイに向かって、「お前やライアン殿下の表情が明るかったから、姫君はご自分の意思でどこかに行かれたのだと判断したのだ」と、もっともらしい理由を述べた。

「――きな臭い話は、もうやめよう。この王宮内にいる限り危険はない。万が一の時は、私が守る……と言ったらまたお前は怒るのだろうが、言わせてくれ」

「殿下……」

芝についていた手を握りながら囁かれると、細かいことは忽ちどうでもよくなってしまう。見つめ合うと口づけをしたくなったが、お互いに堪えて指ばかりを絡めた。指の腹と腹を合わせ、指紋が感じられるほど軽く表面を撫でていく。長い指がゆっくりと絡まり、浅くこすっては深く握り込む動作は、性技を想わせるものがあった。

「——レイチェル王女がどんな理由で逃げたのか……俺にはわからないけど、俺は国民の一人として、彼女を無責任だと責める気にはなれないんです」

「私も、今はもう……そんな気はない」

もしも恋が理由なら、それ以外のすべてを捨ててしまえることもあるだろう——たとえ世界が滅んでも、二人でいられればそれでいいと思うほどに狂った男女の情念の前には、国家の存亡さえも取るに足りないことなのかも知れない……レイはヴィンセントと共に、愚かとも思えるほど寛容な心を得ていた。

「それに俺も、結構酷い。ライアンには悪いけど……もう少し時間が欲しいって思ってる。勉強とかダンスとか、柄にもないことやらされても、いいから……まだここにいたくて」

ここにではなく、貴方の傍にいたい——その想いを瞳に託して、レイは掌に触れた指を強く握った。レイチェル王女に恋人がいても、その二人は引き裂かれる運命で……自分もまた彼を得ることなどできない運命だと、重々承知している。けれど婚約者として男女の恋人同士のように仲睦《なかむつ》まじくしていられる今だけは、できる限り触れ合っていたかった。

「レイ……口づけを、してもよいか？」

手を引っ張るように引き寄せられ、腰を抱かれて耳元に囁かれた。

口づけどころか、もっと強く抱き締めて欲しい。貴方の熱を体の奥で感じたい——そう告げたい思いを押し殺して、レイは首を横に振る。

「婚約者の振りをしている今なら……それくらいはいいと思うけど……歯止めが利かなくなるから、これだけで――」

「レイ……」

ヴィンセントに引き寄せられる以上に自ら体を押しつけ、彼の背に両腕を回した。

本物のレイチェル王女には、これほどの力は絶対に出せないと思うほどの強さで彼を抱き締める。こんなことをしていても自分は紛れもなく男で、貴方が好きになったのは男の俺なのですよと、あえて刻みつけておきたかった。

「殿下……苦しく、ないですか？」

「――……苦しい、が……嬉しい方が遥かに強い」

「殿下も遠慮せずにぎゅっとやってください。でも、少しは手加減してもらわないと骨にくるかも知れない。貴方は強そうだから」

レイはヴィンセントに抱きついたまま、体格の差に自嘲する。

首筋に唇を押し当てるようにして、その体温と匂いを胸に沁み込ませた。

出逢った日と同じく、彼のイメージにぴったりと合う少しスモーキーな薔薇の香りは、一生忘れられないほど印象深く心に残っている。

「……っ、ぅ……！」

「レイ……ッ」

強く抱き締めた分、強く抱き返されて、密着した体を通じて恋情が伝わってきた。

彼は海を見にいったあの日から先、一度も愛の言葉を口にしなかったが、目や仕草では雄弁に語りかけてくる。今もまた耳の奥にはっきりと、声なき声が響いてきた。

「殿下……っ、苦しい……です、それでも……っ、加減してるんですか?」

「いや、あまりしていなかった。いっそこのまま、私の身に貼りつけてしまいたくて」

背中の中心を押さえながら囁いてくるヴィンセントは、冗談ではなく本気で言っているような口ぶりだった。回された腕は徐々に緩んで楽になったが、今もしも体を離して顔を上げたら、キスをされてしまう——そして拒むことはできないだろうと思うと動けずに、彼の首筋に唇を押し当てる。

「お前に言ってはならない言葉を……何度でも言いたくなる……」

囁くヴィンセントに、耳朶《じだ》をそっと食《は》まれた。

それだけで牡の部分が反応してしまいそうになり、脚の間が心配になってくる。

抱かれたい、この人にだけ抱かれたい——唇を押し当てていることしかできない肌に、自分の物だという印をつけたい。強く吸って何日も消えない痕《あと》をつけて、そして世界中の人間に、この人が俺の愛した人です、彼も俺を愛してくれています、と自慢したくなる。

(——親にも誰にも、絶対言えないと思ってたのに……)

レイはヴィンセントと抱き合ったまま肩に顔を乗せ、唇で感じる脈動や、重なる心臓の鼓動に身を委《ゆだ》ねた。彼が欲しい想いが膨れ上がり――後々友人になどなれるはずがないと、自身に向かってきっぱりと否定してしまう。

ヴィンセントは疑いようがないほど深い愛情を注いではくれるものの、これまで一度として、「レイチェル王女との結婚を取りやめる」とは言っていない。彼女には恋人がいるのだろうと考えている気配があったが、それでも結婚する気でいるようだった。

それが王太子としての責任だと心得ているのなら、それが正しく、ミナウスのためにも結婚してもらわなければ困ると思いながらも、レイは自分の本心に気づきつつあった。

レイチェル王女に彼を渡したくない、誰にも取られたくない。けれどそれは叶わない。ならばせめて、愛人として愛を語れる立場でいたい。奥方がいても構わないから、時折でも構わないから、口づけを交わし、激しく抱かれたい――唇を歯列で噛んで制しておかないと、今すぐにでもそんなことを口走ってしまいそうだった。

「姉上っ！」

王宮の方から突如聞こえてきた声に、レイとヴィンセントは大きく反応する。

ほぼ同時に慌てて身を離すと、もう一度同じ声が、もっと近くから聞こえてきた。

「ライアンッ!?」

何人たりとも邪魔してはならない、仲睦まじく過ごす婚約中の王太子と王女――である二人の前に無遠慮に現れたのは、ミナウス王国の第一王子ライアンだった。

レイはその姿を見るなり、二つの理由で甚だ焦る。

ヴィンセント殿下は姉の夫となる人だから間違いを起こさぬようにと、警告されたにもかかわらず抱き合っていたのを見られたこと。そしてライアンがここに来たということは、レイチェル王女が見つかったということではないかと思えて、火照りかけていた体が凍りつきそうになる。

昨夕、狼煙は上がっていたのか？　見逃してしまったのか？　と自身に問いかけながら衝撃を受けるレイの前に、ライアンは転がりそうな勢いで駆け寄ってきた。芝に膝をつき、間近に並んだ二人の顔を交互に見据える。年齢よりもやや幼く見える童顔な王子だったが、二週間見ない間に、少しは男気が出てきたように見えた。相当走ったらしく、額には玉の汗が浮いて見える。

「ライアン……」

「王太子殿下にはご機嫌麗しく。ご無沙汰しております。再びお目通りが叶いましたこと、大変光栄に思います」

「ライアン殿下、堅苦しい挨拶は要りません。いったいどうなさったのですか？」

「殿下、突然に申し訳ございません。実は姉に少し、その……急ぎで、伝えたい用向きがございます。姉をお借りしてもよろしいでしょうか？」

ライアンは汗を掻いて健康的な肌色をしているわりには、酷く惑乱した表情で言った。

たとえ国王であったとしてもその非礼と申し出を許さずにはいられないような、激しい悲壮感が漂って見える。ヴィンセントとレイが抱き合っていたのを目にしたはずだったが、それを気に留める余裕がないほど、別のことに意識がいっている様子だった。

ヴィンセントの許可を得て、ライアンと共に王太子妃の部屋へと移動したレイは、彼がこれから何を話しだすのかも気になっていたが、別れ際のヴィンセントの顔も忘れられず、ここまで来る間ずっとその表情が頭から離れなかった。自分と同じように、彼もまた——来るべき時が来てしまったのだと察して、絶望に彩られた顔をしていた。

レイチェル王女が見つかって、きっと今夜か明日には入れ替わるのだろうと推測すると、改めて思う。友人になど決してなれない——体と心が全否定するように強く、そう思った。

「レイ殿っ、どうか力を貸してください！　大変なことになってるんですっ」

主扉に施錠するなり、ライアンは胸倉を摑まんばかりに飛びついてきた。

ヴィンセントに必要以上に近づいたことを、責められても文句は言えないと思っていたレイは、予想外に頼られて耳を疑ってしまう。しかしながら彼の表情は本気で助けを求めており、レイの体を揺さぶる手にも力が籠っていた。

「レイチェル王女が、見つかったんじゃないのか？　狼煙、昨日上げたのか？」

「上げてませんっ、見つかったのは今日なんですっ」

安堵と焦燥の入り混じるライアンの言葉に、レイはああやはり見つかったのかと、どうしても気落ちする自分の心の醜《みにく》さを感じながら、「よかったな、ご無事なんだろう？」と本音を覆って祝福に近い顔を作る。

「いいえ、見つかったのは今のところ馬だけなんです。姉上の愛馬、ブランテイトを未明に発見しました。それも物凄くとんでもない所でっ」

「馬だけ？　いったいどこにいたんだ？」

「オディアン国内にいたんですっ」

ライアンは大声でそれだけ言うと、レイの体を揺さぶる力さえ失ったようにふらふらと長椅子に吸われていった。崩れるように腰掛け、疲労感いっぱいに頭を抱える。

「オディアン国内って……なんでそんなっ、どうやって国境を越えたんだ？」

「僕達が先日通った国境は、かの有名な仮面の将軍アンテローズ公爵の領地です。将軍のお膝元ということもあって特別しっかりした国境警備がなされていますし、湖を挟んでいるので身一つでも乗り越えることは難しいと思います。まして姉上は馬と一緒だったので、国境を越えているなんて考えもしませんでした。ですからずっとミナウス国内を探させていたのですが……どうしても見つからないので、先週からオディアン国内にも手を広げてみたんです。レイ殿が仰るように貴族や富豪の屋敷に匿われていると想定すると、見つけるのは非常に困難ですし、尋ねたところで知らぬ振りをされてしまうかもしれませんから、あちこちの屋敷の厩舎に無断で忍び込んで、ひたすらブランテイトを捜しました。それで見つけた先が、よりにもよってアンテローズ公爵の別邸だったんですっ」

ライアンが座った椅子の前に立っていたレイは、天井が頭の上に落ちて来たかと思うような衝撃を受けた。彼が放った言葉が俄かには信じられず、呆然と立ち竦んでしまう。

「アンテローズ公爵領は姉上がよく行っていた湖のすぐ向こうですし、あの方なら国境を越えてミナウス側に入ったとしても誰も咎《とが》めはしないでしょう。国境警備に当たっているのは軍人で、公爵は将軍なんですから。しかも姉上と同じく遠乗りがお好きだそうです。あの方が遠乗りの際に姉上と出逢って恋に落ち、駆け落ちまがいのことを企《くわだ》てたのだとしたら……姉上が馬と一緒に国境を越えられたのも説明がつきます。ブランテイトが公爵の居住屋敷ではなく別邸の厩舎にいたのも、故意に隠すためとしか思えませんっ」

「――それは、そんなのはあんまりだ！　アンテローズ公爵は殿下の従兄弟で、馬を借りたり頻繁に逢ったりするくらい仲がいいんだぞ！　自分の許嫁を従兄弟に奪われたと知ったら、殿下は……っ」

ただでさえ、王太子よりも仮面の将軍の方が優れている――と噂されている二人の間で、女を巡る諍《いさか》いなど起きたらどうなるのだろう？　殿下がレイチェル王女に愛情を持っていないとはいえ、従兄弟と許嫁に裏切られたと知ったら心も誇りも傷つくに違いない。そう考えたレイはライアンと同じく、崩れるように椅子に座り込んだ。胃の辺りが急激に痛くなって、気分が悪くなってくる。

「こんなことっ、殿下には言えない……殿下に知られる前にレイチェル王女を説得して、将軍と別れてもらわないと、大変なことになるっ」

「そうなんですっ、ですから力を貸して欲しいのです。僕はさっき、アンテローズ公爵にお逢いしようと思って、常識的な時間に訪問しました。用向きは言わずに名乗って面会を求めたのです。でもまったく取り合っていただけず、門前払いを食らってしまいました」

「はぁ⁉　なんだよそれ、いくら大国の将軍だって公爵だって、一国の王子を門前払いってことはないだろっ⁉」

その場を想像して目を剝くレイに、ライアンは「つまり姉上がいるということです」と言って大きく頷いた。そして跳ねるように立ち上がると、レイの前に駆け寄って手を強く握り締める。

「明日はエヴリーナ王女のお誕生日で、祝宴があるんですよね？　先程侍従長に伺ったところ、アンテローズ公爵は欠席なさるとのことなのです。それをなんとか、出席していただくように取り計らってもらえませんかっ？」

「俺が？　どうやって？」

「国王陛下はレイ殿の容姿を大層気に入って、美しい娘ができて嬉しくて仕方ないというご様子でしたし、実際そう言ってらっしゃいましたよね？　その顔を利用して陛下におねだりするんです。『ミナウスでも有名な、仮面の将軍に是非お逢いしたいわ』ってっ」

レイはライアンに懇願され、納得はしながらも、独りで思考を巡らせていた。

ヴィンセント殿下と仲違いしたわけではなさそうなのに、最近になって王宮に姿を見せなくなった将軍――祝宴に欠席、王子を門前払い、国のために日夜尽くしていて多忙――そういった一連の流れに矛盾を感じたレイは、答えが見つかるより先に口を開く。

「ライアン……もしかしたら、レイチェル王女は身分を隠してたんじゃないか？　将軍は、自分の囲ってる女が王女だとは知らなかったのかもしれないぜ」

「……え？」

「殿下の話や噂を鵜呑《うの》みにするなら、将軍は国のことをよく考えてる立派な人だ。もしもレイチェル王女に惚れたとしても、それがどんなに激しい恋愛だったとしても、ヴィンセント殿下に何の相談もせずに裏切って、婚約の儀の直前に王女を連れ去るとは思えない」

「た、確かに……そうですね、常軌《じょうき》を逸《いっ》してますよね……」

「だろ？　王女そっくりな俺がいたから表向きなんの問題も起きてねぇけど、身代わりが立てられなかったら今頃ミナウスは猛烈に責められて、オディアンとの友好関係にひびが入ってたかも知れないんだぜ。そうなったらガルモニードが侵略しようとしてきて、ミナウスを奪い合うための戦争になってた可能性だってある。俺にはどうしても、将軍がそんな向こう見ずなことをするとは思えないぜ」

淡々と話しながら考えを纏めていくレイに、ライアンはあんぐりと口を開ける。ほとんどはヴィンセントの受け売りだったが、レイの口からこういった言葉が出たことにかなり驚いているようだった。

「それにどう考えても不自然なことがあるだろ？　自分が囲ってる女が王女だと知ってるなら、どうして俺に会いにこなかったんだ？　婚約の儀が無事に行われて、王女が王宮にいるってことは知ってるはずだぜ。偽者の顔を拝みたくなるのが普通じゃねぇか？」

「た、確かに……気になることのはずなのに、会いにこないのは変ですね」

「あくまでも俺の推測だけど……仮面をつけた将軍と出逢った時点で、レイチェル王女は彼が自分の許嫁の従兄弟だとわかっていた。だから思わず身分を隠した。物凄くいい馬に乗っていい服を着てるから、貴族の娘だとは言っただろうけど、王女だってことは隠して恋に落ちた。で、もうすぐ結婚させられちゃうとかなんとか言って、二人は逃亡を計画」

「そんなっ、そんな身勝手な！　姉上の肩にはミナウスの平和が掛かってるんですよ！」

レイは飛びついてきそうなライアンを制し、「話はまだ続くぜ」と押し留める。

「こっちでは俺が身代わりになって色々やってるわけだけど、王女の素性を知らない将軍にとっては関係ない話なんで、王女の身代わりには興味がない。で、ヴィンセント殿下の言葉通り、国を守るために忙しく過ごしていた。けど王女の嘘は、今日お前が訪問したことによって全部ばれた。ミナウスの王子を門前払いしたってことは、王女は将軍に、『あれは私の弟です。今は会えないから帰ってもらって』とかって言ったんだろうからな」

なんで姉上は会ってくれないんだ……と絶望しているライアンは、絨毯に両手をついて項垂《うなだ》れると、今にも泣きそうな顔で鼻を啜る。唇をきつく結んでどうにか堪えていたが、言葉が何も出てこない様子だった。

「いきなりのことで動揺したんだろ……将軍に王女だってことを隠してたとしたら、尚更お前をすぐには通しにくかったんじゃないか？」

「……っ、ぅ……ぅうっ」

ライアンは呻きながらぽたりと涙を落とすと、それを恥じたように急いで拭き取る。アーモンド色の瞳を潤ませながらも涙を止めて、険のある顔つきでレイを見上げた。

「もしも……レイ殿の推測が当たっているなら、姉上を説得するのは難しいと思います。まずは将軍の方を説得して、穏便《おんびん》に別れていただかなければなりません。レイ殿、どうか話し合いの場を作ってください。明日の宴は絶好のチャンスなんですっ」

レイの座る長椅子の脚を、レイを乗せたまま動かすような強さで握り締めたライアンは、必死な声を出して頭をぶんと横に振る。さらには、「絶対っ別れていただかなければ」と何度も呟きだした。

「俺が思うに、国王陛下におねだりなんかするまでもなく、将軍は予定を変更して明日の祝宴に来るんじゃないか？　王女と知らずに匿った女は王太子の許嫁だったわけだから、将軍は今頃焦ってるはずだろ？」

推測で話を進めていくレイの言葉に、ライアンはなるほどと書いたような顔をして立ち上がる。散々うろたえた末にようやく落ち着いたようで、胸を叩いた。

「わかりました。では明日の祝宴にいらっしゃるようなら、その時に話をつけましょう」

「――お前が今夜もう一度、将軍の屋敷を訪問するって手もあるぞ」

「それは絶対に嫌です！　僕にだって王子としての最低限の誇りはあります。いくら国王陛下の甥《おい》で高名な公爵将軍でっ、姉上の差し金もあるとはいえ、あんなに無下に門前払いするなんて！　あれほどの屈辱をもう一度味わったら、僕は立ち直れませんっ」

「そ、そうか……」

愛する姉を捜すために数多くの厩舎に忍び込んだり、姉に瓜二つの平民の男に頭を下げたりするくせに――王族のプライドは時に何事をも上回る勢いで台頭してくるのだなと、レイは半分納得し、半分呆れる思いで受け止める。

「将軍の屋敷って、ここからそう遠くないよな？　話がつくのが早ければ、明日には入れ替わることになるのか？」

「それは将軍と姉上次第ですが、将軍がもし理性のある立派なお方なら、王太子妃となる姉上をいつまでも自分の屋敷に置くような真似はしないはずです。姉上に騙されていたのなら、将軍にはそれほど大きな罪はありませんが……姉上の正体を知りながらも匿い続けるならそれは、謀反《むほん》と同じことですから」

「――……じゃあ……今夜はきっと……別れを惜しんで最後の一夜を過ごすんだろうな。甘い一夜になるのか、苦い一夜になるのか……どっちかは知らねぇけど」

潔癖で男嫌いと信じていた姉を奪われたライアンの気持ちを、レイは重々承知していながらあえて言った。自分でもはっきりと自覚のある、怨み言だった。

「レイ殿……」

ライアンはレイの意図に気づいた様子で、眉を寄せたまま佇む。

何か言いたげな顔をしながらも唇を動かすことはなく、おもむろに立ち上がったレイと対峙《たいじ》する形になった。

「殿下と俺が抱き合ってるの、見たんだろ?」

まるで詰問するかのように開き直って問うレイに、ライアンはぎこちなく頷く。

「――見ました。やっぱり殿下は、レイ殿が偽者で、男だと知っているのですね?　その上で好きになってしまって……レイ殿も、殿下をお好きなんですね?」

「それでも俺達は別れなきゃいけない」

レイは腹の中に湧き起こる想いのままに、秘めるべきことを口にした。

レイチェル王女を憐れに思わないわけではなかったが、他に恋人がいても、ヴィンセントと結婚することができる彼女への嫉妬が抑えきれない。ヴィンセントの誇りが汚されたことへの怒りも相俟って、ライアンにだけはこの想いをぶつけておきたかった。

「レイ殿、もしや……すでに殿下と……っ」

「心配しなくても平気だぜ。殿下はオディアンのことだけじゃなくミナウスのことも考えてくれてるし、レイチェル王女が勝手な事情で……それもたぶん男絡みで逃げだしたってことを察してるのに、予定通り結婚する気でいるからな。俺は俺で、男とは友達以上にはなれないって突っぱねてるし」

俺達がどんな想いで我慢してきたか、お前にわかるか？　と睨むように目力で問い質すレイは、ライアンの痛々しい表情を見ているうちに息苦しくなってくる。

ライアンはある意味では一番つらい思いをしてきたはずで、憂憤の捌《は》け口《ぐち》を彼に定めるのは間違っている。これはただの八つ当たりだ……と気づくと、自分のやっていることに嫌気が差した。

「——悪ぃ……」

何をどう悪いと感じているか説明することもなく、レイは短く言ってライアンに背中を向ける。覚悟は疾《と》うにできていたはずだった。本来ならばヴィンセントに出逢うことさえできなかった身の程を思えば、高望みも逆恨みもお門違いだと痛切に感じる。

「レイ殿……」

「俺は、自分の外見があんまり好きじゃなかったけど……レイチェル王女に似てたせいで殿下と逢えたから……この顔でよかったと思ってる。事がうまく運んで明日にでも本物と入れ替われたら、また……商売のことだけ考えて……」

ライアンに背中を向けて窓を見ていたレイは、話し途中で言葉を切った。

驚いたことに両頬が濡れており、これ以上喋ると声が震えてしまいそうだった。

「あの……婚礼の儀が終わったら、僕はもう……そう頻繁には姉上に逢えなくなります。ですからどうか、時々でもいいので僕にお顔を見せてください。お食事とかお茶とか……お時間のよろしい時に、是非」

レイは振り返ることも涙を拭く動作をすることもできず、黙って頷く。

するとライアンの足音が迫ってきて、後ろから抱き締められた。

「！」

「姉上……っ」

それは男の抱擁ではなく、姉に縋《すが》る弟の抱擁だった。

小柄とはいえ大人の体でぶら下がるに近い体勢で縋りつかれ、油断すると真後ろに倒されそうになる。この重みは体重というよりも、もっとも愛する姉にまだ甘えていたい彼の、未練の重みなのだと思った。

「昨夜、あまり寝てないので……今日は早く休みます。僕は一度眠りにつくと朝まで起きませんから、貴方がこの城での最後の夜になるかも知れない今夜を、どう過ごされようと、どこに出かけられようと、お付き合いはできません」

「ライアン……ッ」

「どんな冒険も火遊びも、美しい想い出づくりも……全部、自己責任でお願いしますね」

するりと離れていくライアンを最後まで振り返れずに、レイは涙をそのままにする。

彼が出ていって扉が閉まると、膝の力が抜けて崩れてしまった。

許された最後の一夜——抱かれてしまえばかえってあとがつらくなるかも知れないと、警鐘を鳴らす心を振りきって、心はすでにヴィンセントの胸に飛び込んでいた。

第十三章

夜になっても王宮を出ることなく部屋に籠っていたラスヴァインには、確信に限りなく近い予感があった。

今夜が、レイと過ごせる最後の夜だと、胸が軋むほど強く感じる。

そう思うだけの材料は十分に揃っており、突然戻ってきたライアン王子と、その焦燥。夕食時に目にしたレイの、感情を抑えきった表情。そして食後に掛けられた言葉――

『今夜も、出かけてしまうんですか?』

明日はエヴリーナ王女の誕生日で、朝のうちに登城する客人も多くある。ラスヴァインは元々、今夜は城で過ごす予定でいた。しかしながらもしそうでなかったとしても、彼を置いて出かけることなどできない――レイの目は、そう思わずにはいられない目だった。

王太子ヴィンセントの部屋で、空色が濃くなる様を眺めていたラスヴァインは、暖炉の上の時計を何度も見ながら時を計っていた。

レイの部屋に今すぐ向かいたい気持ちと戦うのは、これまで対戦したどのような剣豪と戦うよりも厳しく、理性の箍《たが》が外れて心が弾けそうになる。

彼は待っているかも知れない。けれどもその裏で、明日からは男に戻れると喜んでいるかも知れない。あの問いかけは、最後の夜に情を通じる気持ちがあることの表れだとしても、まだ迷っていたらとしたら——自分が一方的に踏み込んで、レイが守りたい男としての矜持を再び傷つけてしまってはいけない……そう考えると、体が動かなかった。

時計の針があとどれだけ動いたらこの部屋を飛びだそうか、夜空の色があとどれくらい濃くなったら——そう考えてはじりじりと焼けつく胸を抱えて、ラスヴァインは扉の方を顧みる。厚い扉の向こうにある廊下の、遥か先にあるレイの部屋に、心はすでに向かっていた。あとはただ体を動かすのみ。もしもレイにとって不本意な結果になろうと、最後は怨まれて友人という道すら絶たれようと、この夜を堪え切れない想いが足を動かす。

(——月留めの逢瀬の……あの夜の罪をもう一度繰り返すだけだとしても、私は……)

一度動きだすと最早止まらず、いつしか走るに近い速度で廊下を進んでいた。

この廊下を真っ直ぐに進み、突き当たりで左に曲がれば大階段が見えてくるはずで、そこを少し進むと王太子妃の部屋がある。気持ちばかりが先へ先へと向かっており、いくら足を速く動かしても追いつかないもどかしさでいっぱいだった。

「……っ!」

「うわっ、ぁ……っ!」

角を思いきり曲がったラスヴァインは、向かってきた誰かにぶつかりそうになる。

一瞬接触したかとさえ思ったが、持ち前の反射神経で辛うじて回避した。されど二人してよろめいてしまい、置かれていた象牙と金の彫刻に両手をつく。そうでもしないと転倒してしまうほど、お互いに勢いがついていた。

「レイ……ッ！」「殿下っ！」

ラスヴァインは彫刻の脚部に、レイは台座に手をつきながら声を重ねて、かっと開いた目を同時に合わせる。どうやら、同じ想いで廊下を駆けていたようだった。

「今から、そちらに行こうと……」「今から、そっちに行こうと……」

またしても言葉が被り、二人は笑わずにはいられなくなる。これまでの迷いや苦しさが、笑顔に乗って吹き飛んでいくようだった。

「俺達、仲いいですよね」

くすっと笑ったレイは、乱れた下ろし髪を背中の方へと流す。

その途端ラスヴァインの目に飛び込んできたのは、純白の婚礼衣装だった。

ここしばらく男物ばかりを着て過ごし、男装の麗人というイメージを確立していたレイが、何故このような恰好をしているのか……それを考えると言葉に詰まる。それにしてもよく似合っていて美しく、唇だけではなく視線まで固められてしまった。

「以前、月留めの逢瀬の前にすぐそこの大階段で待ち合わせした時……これはまた一段とお美しいとかって、すぐ褒めてくれましたよね。今夜は言ってくれないんですか？」

「……っ、すまない……言葉が、出てこなかった。目が、眩むかと……」

ラスヴァインは心臓の鼓動を意識しながら、辛うじて称賛の言葉を口にした。

女性の扱いに慣れすぎているヴィンセント王太子を演じている時と、自分の本性を表に出している時ではどうしても違いが生じ、ともすれば不器用な部分が出てしまう。

「あの時は、非の打ちどころがなくて完璧すぎて、ちょっと嘘くさい王子様だなって……思ってました。色々あったけど、貴方がだんだん人間らしく見えてきて……それに従ってどんどん好きになって、遂にこんな恰好を……進んでするようになっちゃいました」

「レイ……」

ラスヴァインはレイと共に、どちらからともなく廊下を歩き始める。

向かう先は、ここからより近い王太子妃の部屋だった。

しばらく廊下が続いていたが、二人とも何も話さずに横並びになって歩いていく。

扉を開けて錠を掛け、さらに進んだ先は、優美な天蓋ベッドの置かれた寝室だった。

二人はベッドのすぐ横に立つと、手だけを繋いで向かい合う。

わずかな蠟燭の灯りがきらめく部屋で、ラスヴァインは純白のドレスを着たレイの姿を、いつまでも見つめ続けた。蜂蜜のように蕩ける光を纏った金髪や、豪華な黄金の瞳、紅など塗っていないにもかかわらず仄赤《ほのあか》く色づいた唇、真珠粉をまぶしたように眩く映る雪肌に、心も瞳もすっかり奪われてしまっていた。

「レイ……これが、最後の夜なのか？　レイチェル王女が、見つかったのだな？」

「レイチェル王女がどんな事情で逃げだしたんだとしても、彼女は予定通りオディアンの王太子妃になれますか？」

レイの問いにラスヴァインは少しだけ間を置いてから頷き、「ああ」と答える。

最終的に決めるのは本物のヴィンセントだったが、勝手に妻子を持ったヴィンセントがレイチェル王女の処女性についてとやかく文句を言える筋合いではなく、国家間の婚姻は結ばれなければならないと強く思った。

ラスヴァインの中で、ミナウス王国の平和を願う気持ちは、これまでの何千倍も大きく膨らんでいる。

「――それを聞いて安心しました。レイチェル王女がどういう事情を抱えているかはよく知らないけど、俺はミナウスの民だから、この結婚が無事に成立して欲しいと思ってます。もし王女が何かよからぬことをしてたとしても、許されるといいなって……思います」

レイは時折言葉に詰まりながらも、蠟燭の光を湛える瞳にラスヴァインを映し続けた。

今にも零れ落ちそうな涙は、彼の固い信念によって瞳の表面に分散され、辛うじて雫にならずに留められている。

「レイチェル王女のことや、ミナウスのことは心配しなくていい。私が必ず力になる」

ラスヴァインはレイの手を自分の左胸に引き寄せ、誓いを立てた。

本物のヴィンセントがどのような我が儘を言おうと、二人を絶対に結婚させてみせるという思いと、将軍としてオディアンだけではなくミナウスも守るという思いを込める。

「――ありがとう、ございます……俺、殿下のそういう責任感の強いところ、男らしくて立派で、凄いなぁって思ってます。尊敬してます。だからこの結婚が無事にいくように、最後まで頑張ります。そのあとは俺もっ、男としてしっかり生きていきたいし、親孝行もしたいんで……宿屋に戻って、ちゃんと……っ！」

「レイッ!?」

突然感情を高ぶらせて胸に飛び込んできたレイに、ラスヴァインは些か驚かずにはいられなかった。顔は見えなかったが、先程まで堪えていた涙が溢れだしてしまったらしく、肩が涙で濡れていく。泣いているのは明らかで、どう声を掛けるべきかわからなかった。

「レイ……また、愛していると口にすることを、許してくれるか？」

レイは何も言わず、ラスヴァインの肩に埋めた顎をわずかに引く。

ドレスに包まれた体を抱き締めると、同じ強さで抱き返された。

「愛している。許されるなら何度でもそう言いたい。お前を、お前だけを愛している」

「殿下……今夜、俺は……最後にもう一度、レイチェル王女になるから……自分の妻だと思って、抱いてください。明日、本物の王女と入れ替わることができたら、俺はすぐに、男に戻りたいと思います。男に惚れられるのは、虫唾が走るほど嫌だとか言っておいて、今更凄く勝手なことを言ってるってわかってます、けど……どうか今夜だけもう一度っ、俺を貴方の王女にしてくださ い……っ」

最後の一言を告げる際、レイはようやく顔を上げた。

その目に射抜かれ、その言葉に胸を打たれながらも、ラスヴァインは首を横に振る。

「何故そのようなことを言うのだっ、私にはもうできない。私が愛しているのは王女ではなく、男のお前なのだから。私に抱かれてくれるというのなら、レイ・セルニットとして抱かれてくれ。いくら似合っていても、私が抱きたいのはドレス姿のお前ではないっ」

「殿下……っ、殿下……ドレス、脱がせてください……っ」

泣き顔を見せることなど屈辱であろう彼は、手で目元を隠しながらベッドに向けて倒れ込む。うつ伏せになってベッドカバーに顔を埋め、ひくっと上擦る声を必死に殺していた。

「レイ……レイ……ッ」

ラスヴァインはベッドに突っ伏したレイを追うようにして、腰の大きなリボンを解く。コルセットと一体になっているウエストの紐を緩め、無数のハトメから抜いていった。

「……っ、ぁ……殿下……っ」

ベッドに伏せたレイのドレスを床まで下ろしたラスヴァインは、スカートを膨らませていたパニエや、ビスチェを些か性急な動作で剝ぎ取っていく。かつて目にした時には激昂した胸の詰め物が、白いガーターベルトと一緒になって床に散らばった。

「レイ……ッ、見せてくれ……男のお前を全部、私に見せてくれっ」

「——……っ、ぁ、は……っ！」

ラスヴァインは絹の靴下を爪先から抜き取ると、レイの体を表に返す。

最後に残ったレースの下着に手を掛け、仰向けになりながら顔を隠しているレイの姿を見下ろした。平らな胸元がすでに露わになっており、男の肉体でしかありえない腹筋や、筋肉質な腕や脚が目に止まる。肌は透き通るように白く、艶やかで、目を見張るばかりに美しかった。レースの下着を慎重に下ろすと、そこには今の自分と同じように昂っている牡茎が見える。

「レイ……やはり私は、お前の真実の姿が一番好きだ」

「やっ、ぁ……殿下……っ、そんなに……見ないでっ」

そうせずにはいられないほどの欲求に駆られて、ラスヴァインはレイの脚を広げた。

女性を十分に悦ばせられる大きさと形は、美しすぎる顔に不似合いではあったが、意外に逞しい体とのバランスは取れている。部屋が薄暗い上にラスヴァインの体が影を作っているにもかかわらず、白いそれはよく見えて、屹立しているのがはっきりとわかった。

「まるで彫刻か絵画のようだ……人が、これほど美しくいられるものだろうか」

「殿下っ、俺の……おかしく、ないですか？　俺、大人になってからは……誰にも……」

「女性を抱いたことがないのか？」

まだ少し泣いていたレイは、ベッドに肘をつくようにして頭を浮かせる。

視線を合わせたかと思うとすぐに恥ずかしそうにそらし、ふいと顔を横向けた。

「――未婚の女には、手を出しちゃいけないんです……商売女にも、興味なかったし」

「これほどの美男ならば、未亡人が誘惑してきただろう？」

「きたけど、それも興味なくて……ぁ、殿下は……そういう人と？」

「私が我を忘れて抱いたのはお前だけ――これまでもこれからも、お前だけだ」

ラスヴァインは今すぐにでも貪りたい体を丁寧に組み敷いて、衣服を寛げながらレイの唇に迫る。どれだけそうしたかったか、その想いを振り返ると実際に口づけてしまうのが惜しいくらいに感動して、表面を軽く合わせるキスしかできなかった。

「殿下……っ、殿下……もっと……」

「レイ、今だけは……私をラスと呼んでくれ」

「ラス……？」

ヴィンセント・ドォーロ・ラルフール・オディアンをどう略してラスなのだろうかと、疑問を感じている様子のレイに、ラスヴァインは真実を話したくて仕方なくなる。けれど王太子ヴィンセントが不吉な双子で生まれたという話は自分勝手に口にできるようなことではない。単に本当の名を語るだけにしても、今は相応しい時ではないと思った。

「特別に親しい者だけが私をそう呼ぶ。幼名のようなものだと思ってくれ」

「ラス……可愛い名前ですね……ラス……ラス……」

そう言うレイこそが可愛くて、ラスヴァインは先程より深く口づける。

黄金色の瞳を覆っていた涙の名残を見つめながら、柔らかな唇に舌を割り込ませた。

「……っ、ぅ、ん……っ」

レイは自ら顔を斜めに向けて、飢えた雛鳥のようにラスヴァインの舌を食む。

ちゅぷりと舌を吸い込んでみたり、唇をかぷりと挟んでみたり——形状や感触を味わい尽くそうとしているのが、よくわかるキスだった。

「ラス……俺……あんたが、好きだっ、ラスッ……もっと、俺の名前を……」

「レイ、レイ……愛しいレイ……私が王太子ではなくても、お前の心は変わらないか?」

「変わるわけっ、ない……そうじゃない方が、いいくらいだっ」

「……ッ!」

ラスヴァインは下から突き上がってきた口づけに襲われ、さらにうなじを捉えられる。

唇を潰し合うように深くなった接触の中で、お互いに相手の舌を根に近い所まで奪っては、自分の舌を刺すように与えた。行き交う唾液までも愛しく、舌に乗せて運び合う。

「はっ、ぁ……っ!」

甘く官能的なキスを味わいながら、ラスヴァインはレイの牡茎を手で扱いた。括れから上は蜜でコーティングされており、括れの下までとろりと濡れ始めている。指先を立てて扱き上げ、裏筋を指の腹で執拗に刺激すると、芯が通ったように全体がぴんと張りつめた。

「――……っ、ぁ、はっ……ぅっ」

レイは長い脚をばたつかせ、爪先を浮かせたりベッドカバーに押しつけたりと、快楽に戸惑う動きを見せる。金糸や銀糸の刺繍がふんだんに施されたベッドカバーは乱れていき、わざわざ捲るまでもなく白いシーツが現れた。

「……んっ、くぅ……っ、ふ……っ！」

「レ……ィ……ッ！」

ラスヴァインは唇を繋げたまま牡茎に触れ続け、そこに自分の欲望を重ねる。

裏と裏を合わせた状態の二つの欲望を一纏めに握ろうとすると、そこにレイの手が滑り込んできた。一旦口づけを休めて見つめ合う眼差しは熱っぽく、二人の手で作った輪を一こすりするごとに、肩がひくっと震える。

「……っ、悔しい……くらい、大きい、のに……っ」

レイは眉を寄せながらも口端で笑って、「今は嬉しい」と喘ぎ混じりな声で言った。

愛しさに上限というものは存在しないのかと思うほど、レイが愛しくて好きで好きで、ラスヴァインはその唇にむしゃぶりつく。まだ呼吸をしたがっていることがわかっていながらも、そうせずにはいられなかった。

「……ぅ、ぐぅ……はっ……！」

手の輪の動きをリードするようにいっそう早く動かしたレイは、息苦しさなどものともせずに舌を吸い、口腔《こうこう》の中で荒々しい結合を求めてくる。まるで、早く体もこうしたいと要求しているかのようだった。

「レイ……ッ、そのように激しくしては……っ」

「——殿下……ぁ、ラス……早くっ、俺……ずっと我慢してたから……はや、く……」

レイは先程まで隠していた涙を、はらりと零しながら手を伸ばしてくる。

屹立と顔の両方に触れられたラスヴァインは、濡れた唇が「挿《い》れて」と、声を出さずに動くのを目にした。レイの欲望ははち切れんばかりで、あと少し扱いたら絶頂を迎えそうな状態になっている。にもかかわらず後ろに欲しがってねだられたことが、嬉しくて堪らなくなった。レイの手の中にある己の劣情に、一際熱い血が集《つど》う実感を覚える。

「……あっ、また……大きくなって、く……っ、ラス……早くこれを……俺にっ」

「レイ……ッ、なんて、なんてはしたなくて可愛いのだ……っ、そのようにねだられてはすぐに挿れてしまいたくなるではないか」

「だから……っ、そうしてくれって……言って、ん、だろ……ぁ！」

「そうはいかない。私は酷い抱き方ばかりして、悔やんでいたのだから」

「いいっ、から……早く、ぅ……っ！」

ラスヴァインは身を起こして残った衣服を脱ぎながら、全裸の媚態を鑑賞した。

レイの片手では輪になどならなかったが、それでも懸命に二つの上反りを纏めて扱いて、ラスヴァインの欲望が静まらぬよう気遣っている。鈴口の小さな孔に指先をめり込ませ、黙っていても溢れる雫をさらに早く溢れさせて、ラスヴァインの方にばかり塗り広げた。

「レイ……ッ、こちらの準備もしなくては……」

長く愛情深い指先から腰を引くのはつらかったが、ラスヴァインは思いきりよく身を沈めてレイの脚を摑む。無駄の一切ない筋肉質な細い脚は、想像以上に柔軟だった。

「……あっ、やぁ……！」

驚くほど大きく広がった脚を目にして、ラスヴァインは思わず目を瞠《みは》る。中央にある牡茎を見る前にまず、太腿の内側に目を奪われてしまった。

レイの腿は女のそれとはまったく違って、鋼《はがね》のようにしなやかに見える。臀部は小さく引き締まっており、ベッドマットに当たっても潰れてやんわりと広がるようなことはなかった。脂肪と呼ぶべきものが、どこを見ても見当たらない。

眼前に聳《そび》える欲望は配色も造形も素晴らしく、透明なとろみに濡れ輝く繁みに至っては、繊細な飴細工《あめざいく》のようにきらびやかで美しい。胡桃袋《くるみぶくろ》は控えめで愛らしく吊り下がっており、あわいの奥にある小さな窄みは、開花を心待ちにする薔薇の蕾《つぼみ》のようだった。

「――……ラス？」

こんなに間近で男の部分を見られても平気なのだろうか？　と考えて少し不安になって

いる様子のレイを上目遣いで見上げて、ラスヴァインは脚の間に顔を埋めた。胡桃を指で転がすように愛撫しながら、茎の先端に唇を寄せる。

「……っ、ぁ……はっ、ぁ……！」

「レイ……なんという美しさだ……このように綺麗な体が存在するとは……っ」

「はふぁっ、ぁ……ラ、ス……ッ」

レイは片手でシーツを握り、もう片方の手でラスヴァインの髪に触れた。力が入って、引っ掴みそうになるのを制している様子で、くしゃりと搔き乱しては梳《す》いてくる。

「ああぁっ、ぁ……！」

まだ不安があるのなら、すべてを取り除いて安らぎと快楽を与えたかった。

その想いでレイの上反りを食んだラスヴァインは、袋の中の胡桃を指で摘んで、上下を違えるようにすり合わせる。そして口腔深くまでくわえ込んだ硬い屹立を、負けじと硬く尖らせた舌で突いた。鈴口を舌先で穿《ほじく》るように刺激して、括れをぐるりと舐める。

「ふっ、ぅあ、ああ……ああぁ――っ！」

レイは仰け反りながらベッドマットに沈めていた腰を浮かせ、ラスヴァインの喉に精を放った。一際大きくびくびくっと跳ねながら、シーツを握った手を宙に浮かせる。とても大人しくはしていられない様子で、膝も爪先も小刻みに震えていた。

「――……ラ、ス……ぁ、は……やぁぁっ！」

未だに放ち続けている敏感なそれを、ラスヴァインは解放せずにさらに吸う。

びゅくっびゅくっと連続して出てくる濁液は媚薬のようで、気を張っていないと自分も達してしまいそうだった。口内に広がっていく瑞々《みずみず》しい味や、鼻腔を掠める青い匂いに、素直な分身がめきめきと昂《たかぶ》る。

管の中の残滓《ざんし》までじゅぅっと吸い上げたラスヴァインは、「――……ン……！」と喉を鳴らしながらもすべてを飲み干さずに大半を口に残し、レイの膝裏を掴んだ。それを彼の顔の両脇まで大きく持ち上げ、臀部はもちろん腰まで浮き上がらせる。

「うあぁっ、や、嫌だ……そんな……っ！」

自然と拡張される窄まりを暴かれて、レイは激しく狼狽した。子供がいやいやをするように顔を左右に振り回し、自分の髪に絡まっていく。ほんのりと上気した顔や体には汗が浮かんでいたようで、白い肌に金髪が張りつく様が悩ましかった。

「ふあっ……ぁっ！」

じたばたと暴れるレイの膝裏を掴んだまま、ラスヴァインは秘孔に舌を這わせる。

小さな窄まりを尖らせた舌で抉《こ》じ開《あ》けて、口内に溜めたとろみを唾液と混ぜて注入した。ぬぷりと舌を押し込んだり、表面を突くように舐めたりと、刺激的な愛撫を繰り返す。

レイはその度に「ひぅっ、ひゃぅっ！」と、少々色香のない声を出し、羞恥で真っ赤に染まる顔を覆った。

「――……レイッ、お前の中に入りたくて……っ、気がふれてしまいそうだ」

ラスヴァインは摑んだ膝裏をそのままに、腰を上げて屹立を秘孔に向ける。もっと指で拡げなければいけないとは思いながらも、触れ合わせずにはいられなかった。白い双丘に向かって白濁した雫を溢れさせている秘孔に、潤滑液を滴らせる楔を押し当てる。けれど一気に挿入はせずに、指で解す代わりにした。新しい雫を塗り込むようにしながら、蕾の表面に鈴口をくちゅくちゅと滑らせる。

「……あぁっ、はぁ……っ、ゃぁ……焦らさ……で……っ」

ラスヴァインの腰の動きが速まると、レイは羞恥を振りきって手を退けた。真っ直ぐに見つめてきた上に、ラスヴァインが押さえていた膝裏を自ら摑む。

「早くっ、も……奥が、熱くて……っ」

「レイ……すまない……っ、私はどうしても、お前を冷静に抱けないようだ……っ」

「ラス……ッ、早く……早くっ、そこに……！」

ラスヴァインは自由になった手をレイの腰に当て、もう片方の手を脈打つ楔に添えた。たっぷりと濡れた坩堝《るつぼ》に先端の硬い膨らみをじわじわと押し込むと、レイの体は目でも手でもわかるほど強張る。襲いくる痛みを覚悟して、筋肉が収縮しているようだった。

「くっ、ぅ、は……っ！」

「レイ……力を抜いてくれ、ゆっくり、進むから……っ」

気を引き締めていないと、挿入前に達してしまいそうだと感じたラスヴァインは、レイのためにも自分のためにも慎重に楔を打ち込む。秘孔を抉じ開け、徐々に太くなっていくそれを重く突き刺していったその瞬間、「ふあぁんっ」という甘い嬌声に耳を打たれた。

「──……っ、ぁ、あぁ……ラスッ、すごっ、ぃ……っ！」

続く言葉は掠れていたが、「気持ち、ぃぃ……」といっそう甘く響き、レイの顔には涙と笑顔しかなくなる。体を大きく反らして逃げるような素振りを見せながらも、自分の膝をしっかりと押さえ続けていた。

「──ッ……ゥ……レイ……ッ！」

レイの中にずぷりと入り込んだラスヴァインは、前のめりになってマットに手をつく。そして腰を前後に上下にと揺さぶりながら、彼の両脚を肩に掛けた。

すると同時に、レイの手が首に回ってくる。

「うあぁっ！　殿下……っ、ラスッ、もっ、死んじゃ、ぅ……溶けてっ、死んじゃう！」

「レイ、私もだ……っ、お前のここに、絞め殺されてしまう……っ」

「ラス……ッ、んぁぁっ、好き……だっ、あんたが……っ、好きっ」

背中を引っ掻くように抱き寄せられ、ラスヴァインは悦びのままレイを突く。

浮かせていたレイの背や腰をマットに沈めて、最奥を掘るように腰を進めた。

「愛しているっ、レイ……ッ、私のレイ……ッ、お前だけを愛しているっ」

「ラスッ、して……っ、俺を……あんたのにっ、して……っ！」

うねる秘洞は過去に抱いたどんな時よりも熱く、きつく、それでいて優しく迎え入れてくれた。ラスヴァインの唇は、後頭部を浮き上がらせたレイによって奪われて、お互いの嬌声まで呑み込み合うキスになる。

「――……っ、ふぅ、ぅ――っ！」

「ッ、ハ……ゥ……！」

ああ、星見の塔で貪り合った時と変わらない。まるで成長していない獣のようだ――と思わざるを得ない交わりだった。荒々しいキスと、欲深い抽挿の連続。レイの体を突きたくて突きたくて、頭がどうかしてしまったのかと思うほどひたすら腰を動かしてしまう。

愛しさと独占欲が形を持って現れたような、灼熱の怒濤が体の奥から込み上げてきた。

ラスヴァインはより深い所に確実に入り込み、レイにその熱を刻むため、細腰を摑んで固定する。けれどそれでも足りずに、双丘を鷲摑みにして拡げた。

「クッ、ゥ……ッ、ゥ――ッ!!」「……ふんぅぅぅ――っ！」

全体重をその一点に乗せて、ラスヴァインはレイの奥に精を放つ。

楔の中にある管が溶けてしまうかと思うほど、自分でも熱く感じられる精だった。

「――……はっ、ぁ、熱っ、ぃ……ラスの……熱い、のが……きて、る……っ」

「レ、イ……ッ」

気づいた時にはもう、ラスヴァインの胸はレイの極みに打たれていた。情交で汗ばんだ胸に断続的な精を浴びて、官能が極まっていく。

「——……レイ、ああ……愛している……私は、お前の友人になど……なれない……っ」

吐精の悦楽の直中《ただなか》にあるレイは、あまりにも美しい恍惚《こうこつ》の表情を浮かべており——ラスヴァインは、絶対に言ってはならないと戒めていた言葉を引きだされてしまった。順調にいけばレイは明日から男に戻るかも知れない——そんな彼に対して禁句であろう一言が、口から勝手に零れて、撤回すらもできない。

「……ラス……それは、俺も同じ……」

光を湛えて揺れる瞳から、真珠の如き涙が落ちる。

それでもなお潤み続ける金瞳は、あの夜の月によく似ていた。

(——……空が、少し明るくなってきたみたいだ……)

レイは体を上下に動かしながら、微かに白み始めた空に目を細める。

蠟燭の火は燃え続けており、二人の消えない情念と同じく、時折ぼっと音を立てて激しく燃え上がったかと思うと、まどろむように穏やかになった。

「――……っ、はぁ、ぁ……っ！」

仰向けに寝ているヴィンセントの上で、繰り返し繰り返し、緩やかに体を上下させる。お互いの両手を宙でしっかりと組み合わせ、まだ硬い彼の牡を締めつけながら動いた。

「……ッ、レイ……疲れてはいないか？　逆になるぞ」

気遣ってくれる彼に、レイは軽く笑いかける。

逆になるまでもなく、下から突き上げてくれる彼の助けもあって、もう随分と長いこと同じ体勢でいられた。

こうしていると、彼の見事な肉体や、快楽に彩られる表情がよく見える。

別れる前に目に焼きつけておきたかったレイは、膝を立てて体ごと上下させたり、彼の上で休みつつ腰をじりじりと前後させたりして、絶頂を求めない情交に耽っていた。

「……ッ、ラス、もう……夜が、明けるみたいだ……っ」

「このまま明けぬならどれほどよいかと、昨夜からずっと思っているのに……」

レイは指を交差させて緩みなく組んだ手に、ぐぐっと力を込める。

これほど愛し合っていても、彼は一言も「結婚はしない」とは言ってくれない。「結婚はするが、お前を愛人にしたい」とも言ってくれない。

ライアンと面識がなければ、自分から言える言葉もあったかも知れなかったが、やはり、身の程知らずで人倫に外れた望みは口にできなかった。

（――王女と結婚してもらわないと、ミナウスが困るのに……俺は悪い言葉を望んでる）

レイは最後の一夜のつもりだったこの夜を、最後にできない未練に苦しむ。

これが最後なんて嫌だ、我慢できない、誰にも渡したくない――剝きだしの欲望を抑えきれず、そのくせ隠して、崩れるように上体を沈めた。

厚く広い胸板に唇を寄せ、香水と混じり合う彼自身の肌の匂いを嗅ぐと、もうこれ以上勃たないと思った牡茎がぴくんっと反応してしまう。

それは彼の乳首も同様だった。

唇を強く押しつけ、先端を口内で転がすように舐めると、忽ち硬く凝る。そしてレイの体内にある彼の充溢した分身もまた、ポンプで湧き上がるような血によって、一回り大きく育った。

「んっ、ぅ……また、大きくっ……！」

「レイッ、私にも……そうさせてくれ」

レイは乳首に触れたがるヴィンセントの申し出を受け入れず、自分ばかりが彼の乳首を愛撫し続けた。組んだ手を解くことも、繫がった体を離すこともしない。意外にも刀創の多い体を見つめながら肌を吸い、乳首を舌先で弾き、腰を小刻みに前後させた。

「……レイ……ッ」

「んっ、ふぅ、ぅ……！」

レイチェル王女がこの体に同じようなことをするのかと思うと、嫉妬の炎で胸が焦げそうだった。自分と同じ顔で、彼の子を生める体で、こうして抱かれることができる彼女が、羨ましくて堪らなかった。

「……ッ、ゥ！」

レイはヴィンセントの乳首に咬みつくと、その瞬間に手を離す。

痛みに強張る彼の頬を両手で捉えて、上から襲いかかるようなキスをした。

「んんぅ、ぅ……ぅ、っ……ラ、ス……ラス……ッ」

「……ハッ、ァ……ッ、レイ……ッ！」

朝までこんなに激しくできるのは、俺が男だからですよ……王女様にはきっとできないはしたないことも、男じゃないとわからないことも、なんでもするから……だからどうか忘れないで。結婚してもまた、俺を抱いて――レイはそんな想いを込めて、腰を揺らす。

「……ひっ、は……あぁ、んぁ……っ！」

「レイ……ッ」

下からずんっと突き上げられて、空っぽの胡桃袋が痛いほど軋んだ。

出す物がすっかりなくなってしまった体からは、甘ったるい嬌声ばかり出る。

こんなに好きな人に抱かれて、何をされても快感で打ち震えそうなのに、心の中にどす黒いものがあることが悲しかった。

男らしく廉潔な自分でありたい心を裏切って、女々しく、恥ずかしげもなく涙を零してしまう。

「殿下……っ、ラス……俺っ、おかしくなる……こんなの、俺じゃない……っ」

「レイ、それは私も同じことだ。男を抱くなど考えられなかった私が、お前をこんなにも狂おしく愛している……っ」

「嘘だ……っ、あんたは結局狂ってなんかいない……っ」

「私はとても罪深いことをしているが……どうか、私を信じて待っていてくれ。すべてが終わったら……お前に告白したいことがある」

ヴィンセントは緩やかに動かしていた腰を止めると、感極まったようにレイの体を腕に抱く。頬を滑る涙に唇を寄せて、甘美な蜜の如く陶然と吸った。

「――……告白？」

「ああ……私達はきっと、幸福になれる。私はそう信じている」

「ラス……」

ヴィンセントは言葉通りの幸福な笑みを浮かべると、両腕にいっそう力を込める。

とびきり綺麗な笑顔を向けられて――レイの心に巣食う闇は、少しずつ晴れていった。

第十四章

ヴィンセントの腕の中でまどろむ程度に眠ったレイは、王女の身代わりとしての最後の仕事になるであろうこの日の朝を、毅然とした態度で迎えた。

泣いても笑っても本物が出てくればそれで終わり——昨夜の自分を一旦忘れて頭を切り替え、ミナウスの民として、王女の婚礼を無事に遂行するために動くと心に決める。

午後の園遊会か、夜の舞踏会のどちらかにやってくるであろう仮面の将軍アンテローズ公爵とさりげなく接触し、ヴィンセントに見つからぬよう事を運ばねばならなかった。


レイはエヴリーナ王女の誕生日の祝宴に、ヴィンセントと共に出席した。

園遊会と屋外劇場での芝居が終わっても将軍が姿を見せることはなく、そうこうしているうちに陽が落ちて、祝宴の本番である舞踏会が始まる。

将軍が現れた場合、レイかライアンのどちらかが彼に近づいて話をする手筈《てはず》になっているものの、一度門前払いを食らったライアンは及び腰になっていた。しかもエヴリーナ王女にぴったりと張りつかれており、身動きが取れそうには見えない。

「――殿下、貴方の妹さんて……あんまり空気が読めない人なんですか？」

レイは大広間の中央でヴィンセントと踊りながら、将軍が現れるのを待っていた。

喋りながらも彼の足やドレスの裾を踏まないようにと、頭の中で教えられたステップを想い描き、慎重な足運びを繰り返す。

「私も驚いている。普段は周りに気遣いのできる姫なのだが」

「よくよく考えてみたら……夕食会でライアンのことをじっと見てた気がします。それにライアンがいなくなったあと何度か、またいらっしゃいますかって訊かれたんでした」

「ライアン殿下が好きなのは結構だが、招待客にもう少し気を使うべきだ」

ヴィンセントは優雅に踊りながら周囲の状況を見て、気の毒そうな顔をして見せた。

周囲にはあぶれた貴公子らが多くいて、その視線がこちらに向かってきている。

今夜はレイチェル王女にとって独身最後の舞踏会になるため、王妃の計らいで、未婚の若い娘らしい衣装が用意され、レイは自分の体に合った最上のドレスを纏っていた。ふんわりと広がったピンク色のスカートには、シルクオーガンジーが幾重にも重ねられており、踊ると蝶のように舞い上がる。ヴィンセントも同じ意匠の白と銀の礼服を着ているため、誰もが口々にお似合いと称賛する美男美女の姿は、相当に目を惹《ひつじょう》くようだった。控えめにやりすごすつもりでいた心算が思い通りにいかないのも、必定と言える。

「ライアン以外とも踊りなさい喋りなさいって、言わないんですか？　お兄さんなのに」

「人の恋路の邪魔はしないでおこう。それに今は、お前とこうしていたい」

「ラス……」

　ウエストに手を添えられて、レイは近づく彼の顔を見つめた。

　人目も憚《はばか》らずキスがしたくなるほど甘い表情を、こうして独り占めしていられる喜びを思うと、注目されながら踊ることに苦痛は感じなかった。彼に指先を取られたまま大きく離れては引き寄せられ、くるりと回されては抱き止められる。

「あの二人がうまくいってエヴリーナがミナウス王家に嫁げば、完璧なのだが……」

「完璧？　殿下がレイチェル王女と結婚する必要はなくなるってことですか？」

「いや、さすがにそれはない。次元が違う話だ」

「それは……そうですよね……ミナウス側が妻じゃなきゃ駄目なんでした……」

　レイはヴィンセントのリードに合わせて踊りながら、ぐっと歯を食い縛った。こんなに見つめ合っていても、こんなに愛し合っていても、動かすことのできない王太子と王女の結婚──そしてやはり取りやめる気のない彼の言葉に、また気落ちしそうになる。それを振り切るべく、レイはあえて気合いを入れてステップを踏んだ。

「ライアン殿下が急に戻ってこられたから、エヴリーナは嬉しくて仕方ないのだろうな。だがうまくいくだろうか？　ライアン殿下はレイチェル王女のような美女と暮らしてきて、とても慕っているようだし……エヴリーナには難しくないだろうか？」

「妹さんが心配なんですか？　エヴリーナ王女だってとびっきりって言っていいくらいのべっぴんさんじゃないですか。それに姉と他の女の子は違うんじゃないですかね。だってほら、妹さんは普段貴方を見てるのに、ライアンがいいって思ったわけでしょ？　俺にはさっぱりわかんない」

「レイ……」

曲の終わりに少しおどけて見せたレイは、一礼して終わるべきところで引き寄せられる。ろくに眠っていないにもかかわらず生き生きと輝いているヴィンセントに抱かれながら、耳元に「愛している」と囁かれた。

「ラス……いえ、殿下……もう、曲が終わってます……」

周囲が見えなくなるのは彼も妹と同じようで、レイの顔は急激に火照ってしまう。

次の曲が始まる前に一旦彼から離れなくては――と思ってはいるものの、愛されている実感が嬉しくて、とても振りきれなかった。

「まあ、将軍様だわっ！」

その時、大広間の正面入口から女の甲高い声がする。

「！」「！」

ヴィンセントとレイは同時に全身で反応し、入口にぱっと顔を向けた。

「おおっ、なんとご立派なお姿だ、お目に掛かれるとは何たる光栄っ！」

「あのお方が仮面の将軍アンテローズ公爵様か！　やはり存在感が違いますなっ」

女も男も感嘆の声を上げて騒ぎだす中で、レイはごくりと息を呑む。

すでに自分が偽者の王女だと知っているであろう仮面の将軍――彼の出方次第では酷く困ったことにもなりかねないため、足が震えるほど緊張した。

（ここからじゃよく見えないけど、やっぱり将軍は来た……っ！）

「何故……何故こんな所に……っ」

レイを上回る勢いで驚きを示したヴィンセントは、「下がるぞっ！」と言うなり理解しがたい行動に出る。人々の注目が正面入口に集まっている隙に、反対側に向かった。

「えっ、ちょっと殿下……っ、ど、どこに行くんですか!?　将軍が来たのに挨拶とかしないんですかっ？」

レイの手を強引に引いて大広間を横切ったヴィンセントは、真紅の薔薇と外回廊に囲われた中庭に出る。月留めの逢瀬に向かう際に通った場所だったが、あの時のスマートなエスコートとは大違いだった。レイが男でなければついて行けないような速さで、ぐんぐん先に進んでいく。

しまいには、芝の上を猛然と走りだす始末だった。

「ちょっとっ、ちょっと待ってくれ！　ドレス着てるんだからそんな走れねぇって！」

「――……っ、急にすまない……っ、突然のことで慌ててしまった」

ヴィンセントはレイの言葉にぴたっと止まると、今度はゆっくりと芝から回廊に上がる。

等間隔に灯されたランプの下で髪を掻き上げ、大きな呼吸を繰り返しながら落ち着きを取り戻そうとしていた。握ったままのレイの手には、未だ治まらぬ動揺が伝わってくる。

「大丈夫ですけど、いったいどうしたんですか？　殿下と将軍て実は仲悪いんですか？」

「いや、そういうわけではないのだが……人前では、一緒にいたくない」

「――……将軍の方が、殿下よりいい男だって有名だから？」

「そ、そうなのか？　いや、そのようなことはないし、そういった理由ではないのだが」

ヴィンセントはようやく呼吸を整え終えて、レイの手を自分の胸元に引き寄せた。まだ困惑している様子だったが、何も心配ないと言いたげに真摯な瞳を向けてくる。

「レイ……よく聞いてくれ。悪い意味ではないのだが、あの人は……将軍は、女性という存在をとても愛している人だ。それだけに非常に目ざとく、油断ならないところがある。お前を見たら男だと気づいてしまうかも知れない」

「そう、ですか」

どうせ偽者だと知られているのだから、男でも女でもそんなことは今更どうでもいいと思っているレイの考えなど知らずに、ヴィンセントは眉間にきつい皺を刻んだ。

「普段はそつがない完璧な人なのだが、プライドがとても高くて、誇りが汚されることに敏感だ。レイチェル王女が偽者の上に男だと知ったら、怒り狂ってどのような行動に出るかわからない。お前は何か理由をつけて部屋に戻り、将軍に会わないよう籠っていろ」

「えっ……でも、それは困る……」

「何故だ？　将軍に何か用があるのか？」

「いやっ、ない……けど……えーっと、ミナウスでも有名な将軍だし、挨拶したかったし！　だいたい王女の偽者が男だからって、なんで将軍が怒り狂うんですか？　それにもしそうなったって貴方が止めればいいじゃないですかっ、王太子のが偉いんだからっ」

「とにかく部屋に戻って隠れていろ。将軍と会うのは本物の王女でなければならないのだ。隙を見て私が接触し、うまくとりなしてお引き取りいただくからっ」

（隙を見て接触したいのは俺の方だよっ、お引き取りいただかれちゃ困るんだってばっ）

レイは喉まで出かかっている言葉を呑み込んで、膨らんだスカートの中で地団駄《じだんだ》を踏む。

ヴィンセントの珍しい慌てぶりに焦燥を伝染《うつ》されてしまい、これからどうしたらよいかわからなくなっていた。ライアンがうまくやってくれたらと願うものの、どうにも頼りにならず、自分がなんとかしなければという思いばかりが膨らんでいく。最早これは任務であって、ヴィンセントと一緒にいたい云々の感情とは別問題になっていた。

「わかりました。このまま大広間には戻らずに部屋に帰ります。それでいいんですね？」

レイは一つの可能性に行き当たるなりすぐに、明瞭な声で口にした。

ヴィンセントの態度から見ても、将軍がこの場に現れるのは意外なことに違いない。

つまり将軍は、自分が囲っている女が王女だと知ったからこそ、ここに来たのだと考えられた。では彼は今日ここで誰に会う気なのか？　ヴィンセントなのか、ライアンなのか、それとも偽者の王女である自分なのか？　将軍の気持ちや立場を量《はか》りに掛けて考えてみると、彼が会おうとしているのは絶対にヴィンセントではないと思った。

従兄弟の婚約者をそうとは知らずに奪ってしまった将軍は、まず先に偽王女の情報を得て、入れ替わりの算段をつける気ではないか……ライアンが絡んでいると知っている以上、ヴィンセントに危険が及んでいるわけではないことはわかっているはずだった。

そのような状況で、ヴィンセントにいきなり核心を告げて謝罪するような愚かな真似はしないと推測する。

「追い払うような真似をしてすまない。お前の身を守るためだと、わかってくれるな？」

「はい……わかってます」

「今夜は男の客が多い祝宴だ。要らぬ世話だとは思うが、部屋まで送ろう」

「いえ、大丈夫です。女じゃないんだし」

「お前の矜恃を傷つけるつもりはない。今はまだ姫なのだということを忘れないでくれ」

思わずむっと唇を曲げたレイは、宥めるような優しい笑みを向けられた。すっかり気を取り直したらしい彼に頬を撫でられ、反対側の目元にキスをされる。

「ラス……」

「これまで、ダンスはあまり好きではなかったのだが……今夜は夢のように楽しかった」

「お、俺も……」

よくよく見れば少し照れている様子のヴィンセントを見つめて、レイはときめきの裏で胸が締めつけられるような苦しさを感じた。この人が従兄弟と婚約者に裏切られて傷つくなんて、絶対に許せないという思いが強くなる。すでに過ぎてしまったことはどうしようもなかったが、彼にあの二人の関係が知られないことを切に祈った。


ヴィンセントに部屋まで送られたレイにとって、それからの時間は大層長く感じられるものだった。特に用もないのに続き間を行き来して、うろうろと歩きながら将軍の訪れを待つ。国王の甥がどの程度自由に王宮内を歩けるものなのか、その辺りのことは知る由もないレイだったが、多少無理をしてでもきっと会いにくるはずだと思っていた。もしくは、ライアンと話ができていればそれでもいい。とにかく早く事が進んで、何もできないこの苛立ちが終わることを願っていた。

（将軍はライアンの顔を知らない。でも俺の顔はわかってる。王太子妃の部屋は代々ここなわけだから、部屋も知ってるはず。殿下の目を盗んで、きっとここに来るはずだ……）

廊下に面したもっとも大きな居間に移動したレイは、扉が叩かれるのを待つ。その時が来たら、まずどこから説明しようかと言葉の準備を始め、プライドの高い人ならば挨拶もそれなりにまともにしなければ——などと考えているうちに徐々に興奮してきた。

そして扉をちらちらと気にしながら、長椅子に座ったり立ち上がったりを繰り返していると、遂にその時が来る。

（……来たっ！）

扉が控えめにノックされるのを耳にして、レイはスカートの裾を摘み上げて駆け寄った。人目を阻《はば》んで忍んできたであろう将軍を急いで迎え入れようとして、扉の向こうに誰がいるかなど確認もせず閂《かんぬき》を外す。

「これはこれは、すぐに開けていただいて驚きましたよ王女様」

「愛しい殿下とお間違えになったのかな？」

開いた扉の向こうからぞろりと入ってきたのは、青年貴族と思われる三人の男だった。

一瞬、将軍の使いだろうと思ってしまったレイだったが、その考えはすぐに覆《くつがえ》されることになる。最後に入ってきた男が扉に施錠する様を目にして、体の中で何かがさぁーっと音を立てて引いていく感覚を覚えた。

「どなたですか？　勝手に鍵を閉めないでくださいっ」

「気の強そうな表情がまたなんとも魅力的だ。それほどの美人では、王太子殿下の寵愛を受けるのも無理はないってとこですか」

「寵愛と言ったって、まだ乙女ですよねぇ？」

にんまりと笑う男達に囲まれて、レイはじりじりと後ずさる。

これは非常によくない展開だ……と、自覚しながらも、レイ・セルニットとしてここにいるわけではない今、どうやって切り抜けるべきか迷った。

「――出ていって、もらえます？　人を呼びますよ」

「みなさま祝宴で手いっぱいのようで、この辺りに人はいませんでしたよ」

絹の絨毯の上を後退していきながら、レイは過去に経験した思いだしたくもない事件を急速な勢いで頭の奥に蘇らせた。

宿屋の一画にある自宅部分に酔客が忍び込み、犯されそうになったこと数回、友人だと思っていた男に一服盛られ、やはり犯されそうになったこと数回、他にも、風呂掃除中に襲われたり夜道で襲われたりと――よくもまあ人間不信にならず、ヴィンセントに出逢うまで清い体を守れたものだと自分でも感心する。

「――……王太子妃に、おかしな真似したら……首、飛ぶんじゃないですかね。比喩的《ひゆてき》な意味じゃなく、ほんとにずばっと」

今にして思えば、男の時よりも女の振りをしてからの方が被害はなく、ヴィンセントの他には誰も、自分を性の対象として扱ったりはしなかった。

　それは王女であり王太子の婚約者という絶対的な身分のせいに他ならなかったが、時に男の欲望は酒の力を借りて、箍が外れてしまうものだということは知っている。

「生憎《あいにく》ですが、我々は首が飛ぶことなど恐ろしくはないのですよ。ある種究極な騎士道をご存知か？　祖国のために散ることは、天への階段を積み上げるのと同じなのですよ」

「祖国のため……？」

「まあ、そうは言いましても逃げさせてはいただきます。どうせ貴女は、自分が誰に何をされたかなど、とても口にはできないでしょうからね」

　レイはこれまでに潜《くぐ》ってきた修羅場《しゅらば》とは何か違うと感じ、それと同時に膝裏を長椅子にぶつけた。しまった！　と思った時にはすでに遅く、よろめくのを利用して、座面に押し倒されてしまう。三人の男のうち二人は中肉中背だったが一人はがたいがよく、その男の手でがしりと押さえつけられた。

「うわっ、やっ、やめ……っ！　何する気だっ⁉」

「決まってるじゃないですか……貴女の乙女をいただくんですよ。三人の男に輪姦《りんかん》されてたっぷりと穢された貴女を、人目につく所に晒してあげましょう」

「はぁっ⁉　な、なんだよそれっ！　王女になんだってそんなこと！　ふざけんなっ‼」

　レイは自分が……というよりは自国の王女が何故そんな目に遭わなければならないのかわからず、一国民として甚だ憤る。三人の中でもっとも率先して喋っている男に向かって、咬みつかんばかりに怒鳴りつけた。

「おやおや、口の悪い王女様ですね。大人しくしていてください。それとも、その美しい顔をずたずたに切り裂かれる方がいいですか？」

「……っ！」

レイは二人の男に腕や足を押さえられながら、身を仰け反らせて絶句する。

顔の前に短剣を突きつけられ、さすがに威勢を失った。

そして今危険に陥っているのは、レイチェル王女の立場なのだと察する。

この男達は酒が入っているわけでもなく、理性を失っているわけでもなく、性的な欲求で動いているわけでもないと悟ると、過去に感じたことのない恐怖に襲われた。

「——っ……何が、目的なんだ……っ」

「くだらない史話に従ってミナウスを侵略しない国政に不満があるのですよ。貴女の国は、自国を自力で守る気のない腑抜《ふぬけ》な屑《くず》です。しかしながら鉱物資源は大変豊富で気候も抜群。我が国は宿敵ガルモニードと比べごくわずかに国土が小さいのですよ。ミナウスを侵略し、ラグォーン一の国土と豊かな鉱物資源を誇る大国とならねばなりません」

レイは短剣を目の前に突きつけてくる男の言葉に、慄然《りつぜん》とする。

オディアンがミナウスを、守るべき妻の国として扱うことに不満を持つ者がいるという話は、ヴィンセントから何度か聞いていた。

この結婚を邪魔して、オディアンがミナウスを庇護する理由を消そうとする者がいてもおかしくはない。それは理解している。しかしこれまで祝福と親愛ばかりを受けてきたレイは、そのことを今日明日我が身に降りかかる現実としては考えていなかった。

「――そのために、私を穢して……晒し者に、する気ですか？」

レイはナイフの切っ先に慄きそうな自分に向かって、恐れるな冷静になれ、いつだって乗り越えてきたじゃないか――と声を掛け、強く励ました。これまでの男達とは根本的な目的が違う彼らから、無事に逃げるにはどうしたらいいのか……背中に伝う冷や汗が流れ落ちる前に答えを出す。

「……お願い、です……酷いこと……しないでください……」

レイはこのまますぐに自分として暴れるのはかえって危険と判断し、レイチェル王女になりきってやりすごすことを決めた。自分の顔と体が武器になることは不本意ながら承知しており、怖くて堪らない表情を作る。

「おや、さっきまでの威勢はどうしたんです王女様」

「なんでも、しますから……顔は勘弁してください」

レイは長椅子に横たわるように押さえつけられたまま、辛うじて動かせる手でスカートをたくし上げていった。ドレスと同色の淡いピンク色の靴下に包まれた脚を露わにして、ガーターベルトが見える辺りで手を止める。

怯えてこうするしかない憐れな姫君を演じながら、レイは男達の目の色が変わっていき、視線が太腿や顔に集中するのを冷めた気持ちで観察していた。

悲しいかなこれが男という生き物の性《さが》であり、色めく美女の肉体の前には貴族も平民もない。たとえ崇高《すうこう》な精神や思想を持っていようとも、同時に牡の一物も持ち合わせている限り、男は脆いものだと知っていた。

あれほど聡明で誠実な王太子ヴィンセントでさえ乱すことのできた自分が、このような心汚い男達を誘惑できないわけがない――それくらいの自信をあえて奮い立たせて挑んだレイは、スカートをさらに持ち上げて、小ぢんまりとした双丘のカーブをちらつかせる。

「そんなに強く押さえつけなくても……私はこの通り、か弱い女です。何もできません」

「いい、ですよ……我々の目的は、貴女を徒《いたずら》に傷つけることではありませんから。姦淫《かんいん》の事実を明らかにし、貴女がオディアン王家に嫁げないようにできればそれでいいのです」

すでに呼吸を荒げ始めている男の股間は、脚衣の上からでもわかるほど膨らんでいる。

レイを押し倒しているに近い体勢の二人の男も、はぁはぁと生臭い息を吐いていた。

「ではまずは私がお相手しましょう。貴女のような美しい姫君の乙女をいただけるとは、末代までの栄誉ですよ」

男は口先ばかり貴族然として取りつくろっていたが、手はいそいそと動かす。

彼が脚衣の前を寛げると、他の二人の男はレイからすっと手を引いた。

「待って……お一人ずつではいけないのですか？　こんな、見られているのは嫌です」

レイは相手がおそらく本物の貴族だと踏んで、それを利用しようと試みる。

平民の酔っ払いならいざ知らず、気取りのある貴族の男ならば、無抵抗の女を犯すのに輪姦などというはしたない真似は好まない気がした。

「隣で待っていろ。終わったら呼ぶ」

レイの思惑通り、一番地位が高いらしい男に命じられ、他の二人は続き間へと消えた。

視界の隅で追っていると、扉を閉めるのが見える。

レイはそれをしっかりと確認してから、おもむろに身を起こした。長椅子に座り直してスカートをさらに上げ、脚の自由を手に入れる。

「ああ……なんと美しく長い脚だ……貴女のように魅力的な女性に嫁がれたら、我が国は大変な不利益を被ることになってしまいますよ。奥方可愛さにミナウスをこれまで以上に野放しにして、頭の平和な民草共《たみくさども》をつけ上がらせるところでした」

よく喋る男が一物を取りだそうとして股間に目をやった瞬間、レイは革靴を履いた足を思いきり引く。そして容赦ない勢いで男の股間を蹴り上げた。

「ぐっ……ぐはあああああ――――っ!!」

友人や客相手ならばここまではやらないというほどの力を込めたレイは、絶叫しながら吹っ飛んで絨毯の上に背中から落ちた男を横目に、すぐさま隣室の扉に向かう。

他の二人の男が戻ってくる前に扉を封鎖すべく、二枚扉に取りつけられた閂の金属金具を大急ぎでスライドさせた。こうしてしまえば、閂を落とす鍵を使わない限り内側からは開けられない。

「——……ぐおぉぉっ、ひぐぁぁぁぁ……っ!!」

「おいっ、おいどうしたっ！　何があったっ!?　ここを開けろっ！　どうしたんだっ!?」

「てめぇらっ、ふざけたこと抜かしてんじゃねぇぞっ!!」

ナイフを放り投げ、股間を押さえて脂汗を掻きながらのたうち回る男と、隣室の扉をがたがたと鳴らしながら叫ぶ男達——その両方に向かって、レイは溜めていた怒りを爆発させた。廊下側の扉へと移動しながらも、男達の方を顧みる。

「ミナウスの民は確かに頭んなか平和でぼけっとしてるかもしれねぇけどなっ、それでもみんな一生懸命毎日を生きてんだ！　そもそも弱ぇからって侵略されて当然なんてことはねぇんだよっ、俺達の国は俺達のもんだっ、勘違いしてんじゃねぇっ！　弱ぇもんはっ、進んで守ってやるのが男ってもんじゃねぇのか!?　奪うことばっか考えてんじゃねぇぞっ、この糞野郎共っ!!」

「レイッ!!　レイッ、どうしたっ!?　何があったんだっ!?」

レイが完全に素に戻って怒号を上げた途端、廊下側の扉もがたがたと鳴りだした。聞こえてきたのはヴィンセントの声で、レイは多大な安堵感に包まれる。

ところが油断したのが災いして、駆けだすや否や、ドレスの裾を踏んでしまった。

扉を目前にしてつんのめり、「うわっ」と声を上げながら前方に向かって転んだ途端、背後でバァン！　と音がする。

レイが掛けた金属の閂は、大柄な男の体当たりによって金具ごと吹っ飛ばされ、続き間の扉が開かれてしまっていた。そして二人の男が飛びだしてくる。

「うわぁぁっ、なんで開けられんだよっ!?」

「レイッ、今ここを開けるっ！　下がっていろっ!!」

ヴィンセントも扉に向かって体当たりしていたが、廊下に面した主扉の鍵と、続き間の扉では閂の大きさも扉の大きさも違う。壁や空気まで響くような衝撃が連続しているにもかかわらず、扉はすぐには開かなかった。

「こうなったら殺すしかないっ！　レイチェル王女！　オディアンのためっ、我々と共に死んでもらうぞ!!」

「ひぅっ、ぁぁぁっ……!!」

レイは起き上がるなり後ろから髪を引っ掴まれ、立ちかけた体を大男に踏まれる。もう一人の男は股間を潰された仲間の元に走り寄っており、抱き上げられた男もまた「殺せっ、その女を八つ裂きにしろっ!!」と苦しい息の中で叫んでいた。

「レイッ!!」

ドォォンッ!!　と地響きのような音がして、主扉の門はようやく吹っ飛ばされる。

背中を踏まれ、髪の毛だけを思いきり引っ張り上げられていたレイは、飛び込んできた彼を迷わず「ラス……ッ」と呼んだ。

（――……え……仮面？）

頭を引っこ抜かれるかと思うほど髪を引っ張られている上に、喉元に長剣を向けられたレイは最早声も出せない。けれど今見ている彼の姿に、目を疑わずにはいられなかった。

「将軍っ!!」

声を上げたのは、男達三人だった。

門を壊して入ってきた男は顔の上半分を仮面で隠しており、他ならぬ仮面の将軍アンテローズ公爵に見える。顔を隠していても一目でわかるような凛々しい美男で、飛び込んできた時にはすでに剣を抜いていた。

「その手を放せっ！」

「そうはいきませんっ！　我々はオディアンのためにやっているのですっ!!」

「将軍までミナウスの売女《ばいた》に騙されないでください!!　我が国はミナウスを侵略し、大陸最大の国土を誇る大国にならねばなりません!!　どうか王太子殿下におとりなしをっ!!」

叫ぶ男達の声を余所に、レイは絨毯の上に転がっていたはずの短剣を探る。顔を強引に引っ張られて手元がよく見えなかったが、指先を走らせながら必死に探した。

「そのような戯言《ざれごと》は聞くに値《あたい》せんっ!!　レイをすぐに放せっ!!　その者に髪一筋の傷でもつけようものならっ、生まれてきたことを後悔させてやるっ!!」

鼓膜に沁み渡って痛みとなるような将軍の怒声を聞きながら、レイは遂に短剣を摑む。人質を取られて手が出せない将軍――まず間違いなくラスであろう彼に、踏み込む隙を与えたかった。

「――ミナウスの王女を、売女と申したのか?」

レイが短剣を逆手に持ち変えたその時、廊下からラスと同じ声が聞こえてきた。後頭部の髪を引っ張られながらも、レイは辛うじてその姿を目にする。先程までラスが着ていた礼服を纏ったその人は、どう見ても王太子ヴィンセントだった。

「ヴィンセント様っ!　危険ですから貴方は下がっていてくださいっ!!」

「ラスヴァイン、私の愛する妻を売女呼ばわりした者達を許すでないぞ。拷問《ごうもん》に掛けた上、轢死刑《れきしけい》に処するがよい」

王太子ヴィンセントは冷たい怒りを滲ませながら命じると、何事もなかったかのようにすぅっと消える。

彼を自分の知っているヴィンセントだとは思っていないレイだったが、同じ顔でありながらも、あちらこそが本物の王太子――彼が放つ他者を突き放した非情な威光は、大国の王太子故の権勢なのだと感じられた。

（――……ラスは、もっと優しい……ラス……ラスヴァイン……）

暗記した王統譜にあった将軍の名は、ラスヴァイン・ドォーロ・アンテローズ公爵。

ラスという呼び名の理由がわかり、そして彼が秘密を守り抜いた理由が、未来の主君でもある双子の兄――王太子ヴィンセントの王位継承権を守る、忠義の心あってのことだと気づいたレイは、改めて短剣を握り締める。

俺が愛した男は結婚なんかしない。必ず愛の真《まこと》を見せてくれる――その想いを信じると、危険な状況にもかかわらず舞い上がるように幸せな心地だった。

「最早これまでっ、王女の命はもらっていくっ!!」

「やめろっ!!」

剣を構えながらも手を出すに出せないラスヴァインのために、レイは短剣を頭の後ろに持っていく。目にすることはできなかったが、感覚を辿って弧を描き、引っ掴まれている髪をすぱっと切った。

「レイッ!!」

レイの背を踏みつけ、髪を掴むことで自身の体勢を整えていた男は、俄《にわ》かに呻いて体のバランスを崩す。ラスヴァインはレイの行動に喫驚《きっきょう》しながらも、生まれた隙を逃しはしなかった。彼の剣は鋭い光を放ちながら空を切り、男の首を瞬時に斬り落とす。

「ぐぎゃあぁぁぁぁ――っ!!」

人間の頭が巨大な芋《いも》のようにごろごろと転がり、胴体が間歇泉《かんけつせん》の如く血を噴く様を見て、レイは反射的に目を瞑《つむ》った。残る二人の男達の、恐怖に押し潰された絶叫にも耳を塞ぐ。

走りだしたラスヴァインが何をしているのか察しはついたが、すべてが終わって静かになるまで、その場でずっと耳を塞いでいた。自分には自分の世界があり、ここはやっぱり違うんだと痛感する。些細な喧嘩はあっても平和な、明るい喧噪の中に帰りたかった。

「――……レイッ、レイ……すまないっ、私が目を離したばかりにっ！」

ふいに抱き締められて、レイは恐る恐る瞼を上げる。

仮面を着けて『仮面の将軍』に戻ったところで何ら変わらない彼は、王太子の仮面など疾うに外して、自分の恋人の顔をしていたのだと思った。

「ラス……俺……もう、帰るよ……ミナウスに帰る……っ」

「レイッ」

「帰るけど……俺のこと、忘れないで……」

これですべて終わった……と思うと、ほっとするあまり気が抜けていく。思えば昨夜はほとんど眠っておらず、ラスヴァインの腕の中で、気絶に近い眠りに落ちた。

夜も更けてすべての客人が引き上げた頃、レイはアンテローズ公爵の馬車に乗り込む。

レイチェル王女が偽者だっただけではなく、王太子ヴィンセントまでもが偽者という、俄かには信じられないような事実に驚いたのも束の間で、早速本物の王女と交替することになっていた。

何しろ人騒がせな本物の王子と王女は、お互いに身分を偽って恋に落ちた相手が、元々結婚する運命の相手だったと知って歓喜しているのである。そうとくれば一刻も早くあるべき地位に戻るのは当然で、すでに入れ替わりを済ませたヴィンセントとラスヴァインに続き、レイはレイチェル王女と入れ替わらなければならなかった。

「じゃあ……ライアン、俺はもう行くぜ。色々世話になったな」

もうすぐ到着する予定の本物の王女と入れ違いに、レイは三週間の時を過ごしたオディアン王宮を去ることになっている。無論極秘《ごくひ》の旅立ちであり、これまで可愛い嫁と言って大事にしてくれた国王や王妃、お姉様と慕ってくれたエヴリーナ王女、それなりに世話になった侍女達とも顔を合わせることはなく、見送りはライアンのみだった。

「僕はここで姉上の到着を待たねばなりませんので、今夜一緒に帰ることはできませんが、結婚の儀の前に一旦帰国します。その時に色々とお話ししましょう」

ライアンの言う色々とは、謝礼のことのようだった。顔つきや口調でなんとなく察したレイは、「謝礼の話なら忘れていいぜ」とだけ言って、内側から馬車の扉に手を掛ける。

「レイ殿っ、あの……その話はまた改めるとして、本当にありがとうございました。もし姉上が襲われていたら、あのようにはいかなかったと思います。大変なことに巻き込んで酷い目に遭わせてしまって、なんとお詫びしたらよいかわかりません」

「謝ることなんて何もないぜ。愛国心とか特別ある方じゃないと思ってたけど、やっぱり俺はミナウスの人間なんだなって、あの時凄く感じた。身代わりって形ではあったけど、自国の王女を守るのに一役買えたなら光栄だと思ってる」

「レイ殿……ありがとうございましたっ！　近日中に必ずお逢いしましょうっ」

乗車用のステップはすでに外されていたが、ライアンは身を伸ばして握手を求めてくる。

レイも彼もフード付きの黒いマントを纏っており、髪色さえわからない姿で、お互いの手をしっかりと握り合わせた。

「こうしてると、お前に拉致された時のことを思いだすな」

「人聞きの悪いことを言わないでください。怨まれても仕方ないとは思いますけれど」

「感謝してる。あの夜を何度繰り返せたとしても、俺は絶対……お前の馬車に乗るぜ」

レイがくすっと笑って言うと、ライアンは目を潤ませながら名残惜しく手を離す。

最愛の姉が無事に見つかり、姉の駆け落ち相手が本物の王太子ヴィンセントだと知った彼は、大きな喜びに包まれているはずだった。それでも確かにこの別れを惜しんで、少し泣いてくれた。

扉が閉まり、馬車はレイ独りを乗せて動きだす。

窓から見える白亜の王宮、そして星見の塔――遠くなっていくそれらを見ながら、この国で過ごした日々を振り返る。

窮屈で面倒でうんざりしたことも、悲しみや悔恨の涙に暮れたこともあった。震えるほどの屈辱を味わった痛みも、忘れたわけではない。それでも今はすべて過去のことになり、恋色に覆われた柔らかく温かな感情ばかりが胸に満ちていた。

こうして人知れず去っていくのは、正直少し淋しい。けれどこの先にあるのは懐かしい自分の世界。そして王太子よりは遥かに自由であるはずの、ラスヴァインとの未来だった。

(ラスは俺を置いて本物の王女を迎えに行っちゃったけど……そんなのは別にいいんだ。結婚するのはラスじゃないってわかったし、王太子殿下に命じられた任務なんだし……)

城門を抜けて北の方角に向かう馬車の中で、レイは自分の心の声にはっとする。

わざわざ言い聞かせているのは、不満を感じている証拠のように思えた。

自分はもしかすると想像以上に彼に甘えていて、独占欲の強い人間なのかもしれないと、半ば呆れつつも恋のくすぐったさを感じる。

それからどれほどの時間が過ぎたのか――カーテンを閉めて寝入っていたレイは、ふと目を覚ました。比較的ゆっくりと走っている馬の蹄の音や、がらがらと鳴り続ける車輪の音には慣れてしまっていたが、それらに重なって新たに割り込んできた音に気づく。

（――雷鳴……？）

ドドドドォッ！　と聞こえてきた荒く低い音は、空に轟《とどろ》く雷《かみなり》の音のようだった。

レイはフードをしっかりと被り直してから、カーテンを開けてみる。

ごくわずかに白み始めた空に、太めの月がほんのりと光っていた。

「！」

天候の崩れがないことを確かめるや否や、迫ってくる音が何であるかを知る。

馬車を引く馬達とは勢いも重量感もまったく異なるものだったが、これも間違いなく、馬の蹄の音だった。

「ラス……ッ、ヴァラデュールッ!?」

声を上げた時には、馬車の真横に黒馬が並ぶ。

一際大きく圧倒的な存在感を見せつけるヴァラデュールに跨るのは、馬主である仮面の将軍ラスヴァイン・ドォーロ・アンテローズ公爵だった。

「ラスッ！」

月明かりを受けて、ヴァラデュールに取りつけられた銀の鞍と、ラスヴァインの勲章がきらきらと輝いて見える。漆黒の髪や紫紺のマントは風に靡いて、冒険小説の中から飛び出してきた勇者のように勇ましかった。

「レイッ!!」

「ラス……ッ、ラスッ！」

レイは夢中で硝子を叩き、ラスヴァインは騎乗したまま馬車を停止させるよう命じる。

そして彼は、ヴァラデュールから降りるなり扉を荒々しく開けて飛び込んできた。

立ち上がり掛けていたレイの顔に手を伸ばし、フードの上から両頬を包み込む。

「レイ……ッ」

彼は少し息を乱しながらも、追いつけたことが嬉しくて堪らないという顔で笑った。

仮面に隠れて眉や目の動きは見えなかったが、それでもわかるほどの笑顔だった。

「ラス……追いかけて、きてくれるなんて」

「すまないっ、あのようなことがあった以上、婚礼の儀が終わるまではレイチェル王女の護衛を私が直接しなければならない。ヴィンセント様は私を信じて、その命を下された」

「こんなとこに来てていいのかっ!?」

「姫君は今、殿下とご一緒だ。朝までには戻る約束で少しだけ時間をいただいた」

「ラス……ッ」

レイは彼がろくに眠っていないことに思い至りながらも、追いかけてきてくれた喜びを抑えきれなかった。目を潤ませながら笑って、誰に遠慮することなく、罪の意識を感じることもなく、思いきり口づける。

「――……っ、んぅ……ぅ」

「――……ッ！」

唇を突き合わせるのも、開くのも舌を挿し込むのも、何もかもが同時だった。

レイは両頬をしっかりと包まれたまま、ラスヴァインの背中とうなじに手を回す。

お互いに自分を押しつけ、相手を引き寄せ、これでもかとばかりに深く求めた。

「……っ、うんっ……くっ、ふ……っ！」

濃密に絡む舌も潰れる唇も酷く淫靡《いんび》で、そのくせ心は冴え渡る。

こんなにも清々《すがすが》しい想いで彼の舌を味わえたことは、これまで一度としてなかった。

「――……ッ、ラス……ラ、ス……ッ」

「レイ……ッ」

これ以上続けたら夜が明けるまで繋がってしまう――その危険を、正直な体が知らせてきて、二人は微苦笑しながら唇を離していった。できることならこのまま愛し合いたい、そう考えているのが互いにわかり合えるからこそ、今は留めておくことができる。

「――……ラス……俺、待ってるから……っ」

唇を離しても手は離せずに、レイはラスヴァインの髪や背中を何度もさすった。

彼も、顔の形を覚えるような手付きで頬を強めに押さえてくる。

「レイ……」

「俺……少し嫉妬深いみたいだけど、大丈夫だから……男は仕事第一って思ってるから、やるべきことが終わった時に……逢いにきてくれ……っ」

レイの言葉に、ラスヴァインは大きく頷いた。

そして体当たりさながら、重みを乗せて迫ってくる。

「レイ……お前としばらく逢えないのかと思うと、どうにかなってしまいそうだ……っ」

夜風に当たたって冷えた体の彼に抱かれて、レイはそっと目を閉じた。

もう二度と離れられない気がするほど強く抱き合いながら、彼のことを五感に刻む。

「――大丈夫……毎日忙しくしてたら、きっとすぐだから……俺も、いつも以上に忙しく働いて、時間を早く進めてみる」

「レイ……そのように可愛いことを言われては、何もかも投げだしたくなってしまう」

初めて逢った時から好きだった薔薇の香りが、鼻腔を通じて心にまで沁みてくる。

香りがそのまま形を成して、胸の中で大輪の花を咲かせたように感じられた。

「――ラス……次に逢った時に、また……ゆっくり……」

愛の告白もこれからのことも、白み始めた空に急かされることなく話せる日を楽しみに、レイは手を緩める。その日を信じていられる今は、笑って別れることができた。

終章

ラスヴァインがミナウスの城下町を訪れたのは、婚礼の儀の翌日のことだった。

市井のことに詳しい側近の手を借りて、貴族には見えない衣服を纏い、セルニット家が経営する宿屋を探す。

レイから聞いた限りでは、宿屋は週明けの午後がもっとも暇だという話だった。

その頃に合わせて城下町にやってきたラスヴァインは、ルルー川に沿うように並ぶ店の前を颯爽《さっそう》と歩き、レイを育《はぐく》んだ町の様子に目を配る。

川の流れる音に重なるのは、店先から聞こえる活気のよい商人の掛け声や、オディアンでは考えられないほど強気に値切る女達の声、母親に叱られながらも一時もじっとしていない子供達の笑い声。伸び伸びとしていて力強く、何に束縛されることも遠慮することもないあけすけな様子は、高貴な育ちのラスヴァインにとっては無縁のものだった。突然の大声に、何事かとどきりとさせられることもある。けれど喧嘩まがいに荒っぽく聞こえる会話の根底から、どこかそれを楽しんでいるふうな明るさや、人の温もりを感じられた。

(——ここか……古い建物だが、この辺りの店の中では随分と大きい……)

ラスヴァインは地図で確認してきた宿屋に着き、二階建ての建物を見上げる。

湯屋と食堂、そして酒場を兼ねていることは、看板を見ればわかった。

間違いないかと確認している間にも、一人二人と客が出入りしており、店の外にいても活気が伝わってくる。本当に暇な時間なのかと心配になるほどだった。

「あらやだ、なんていい男っ」

「！」

しばし店の前に立っていたラスヴァインは、通りすがりの女に声を掛けられた上に色目を使われ、後ずさるほど驚いてしまう。よくよく注意して見れば、道行く人々がこちらに注目していた。綿の白いシャツと茶の脚衣という、どこにでもいそうな平民らしい恰好をしてきたにもかかわらず、上から下まで無遠慮に見られている。

（……どこか、おかしいのだろうか？）

王宮の大広間の中央に立っていても堂々としていられるラスヴァインだったが、町中で平民の振りをするとなると心許《こころもと》なかった。どこかおかしい点はないかと、何度も身なりを確認してしまう。そんな自分と引き比べて、あの頃のレイの苦節を知った。

「ラス……？」

宿屋に入るタイミングが摑めずにいたラスヴァインは、背後から聞こえてきた声に振り返る。さらさらとそよぐ風を頰に感じた時にはもう、声の主が誰であるかわかっていた。

「……レイッ」

「あ、き……来てくれたんだ」

レイは両手に籠や布袋を抱えながら、少しはにかんだように笑う。持っている袋はぱんぱんに膨らみ、籠からは野菜が顔を出しており、とても重そうに見えた。

「買い物に行っていたのか？　すぐに逢えてよかった。それは私が持とう」

「やっ、いいって、お姫様じゃないんだからっ。これ置いてくるからちょっと待ってて」

レイはやはり恥ずかしがっているようで、一週間ぶりの再会にもかかわらず慌ただしく去っていく。戻ってくるのを店の前で待っている間、どことなく周囲の視線が痛かった。


「ラス、お待たせ。休憩もらってきたから、えーっと……川の方にでも行く？」

宿屋の裏口からたたっと走ってきたレイは、わずかな間に幾分平静になったようだった。それでも頬はほんのりと染まっており、オディアン王宮にいた頃よりも血色がよく見える。だいぶ短くなってしまった髪を見ると口惜しくなるラスヴァインだったが、風に流れて光るその美しさに変わりはなく、触れたくて指が疼くのをぐっと堪えた。

「お前が働いているところを見てみたかったのだが、店には入れてもらえないのか？」

「やめた方がいいって。そんなかっこしててもなんか空気違うし、それにまだちょっと、色々照れるっていうか……気まずいって言うか……」

ラスヴァインはレイに腕を摑まれて引かれ、早くここから去ろうとばかりに促される。

するとその時、レイが出てきた裏口がバン！　と開くのが見えた。そこから現れたのは、レイによく似た顔を持つ栗色の髪の女性で、ややふくよかながらに目を引く美人だった。

「！」

「レイッ！　休憩なんてあたしは聞いてないよっ！　昼間っからしけこむ気かいっ⁉」

「うわっ、追っかけてきた……ラス、逃げよう。紹介するのはまた今度にするからっ」

一目見てレイの母親だとわかる女性の容貌に——ラスヴァインはかなりの衝撃を受けていたが、何も言わせてもらえない勢いで引っ張られる。レイの足の速さは目を見張るものがあり、久しぶりに本気で走る羽目になった。


「——……ッ、レイ……仕事を抜けだして、よかったのか？」

ルルー川のほとりにやってきてようやく足を止めたレイに、ラスヴァインは息を切らせながら問いかける。走っている間も一向に頭から消えないレイの母親の姿のせいで、胸の鼓動が余計に速くなっていた。

「ほんとはこの時間には休憩だから全然問題ないんだけど、まあなんていうか、邪魔したかったっていうか、ラスの顔を見たかったんじゃないかな……俺、話しちゃったから」

「レイ……ッ」

「あ、詳しいことは何も言ってないぜ。名前はもちろん、貴族だってことさえ話してない。王宮で下働きしてたことになってるんで、そこでオディアンの男と知り合って、好きになったって……それだけ言った」

「レイ……ありがとう……どんなにか勇気の要ることだっただろう」

ラスヴァインは喜びのあまり、場を弁《わきま》えずにレイを抱き締めたくなる。けれど彼が生きる世界で勝手な振る舞いをしてはならないことは承知しており、手だけを繋いで、人目につかぬよう川辺の草影に腰を下ろした。

「――それにしても、お美しい母君だな。きちんとご挨拶がしたかった」

「あ、うん……今はちょっと太ってるけど、昔は町一番の美人とか言われてたらしい」

ラスヴァインはまだとくとくと鳴りやまない胸を意識しながら、その波を和らげようと努める。あえてレイの母親の顔を引きだし、ミナウスの現女王の顔と照らし合わせた。

「母君は女王陛下に瓜二つでいらしたが……陛下に会われた時そうは思わなかったか？」

「え、そうなんだっ？　俺……婚約の儀の本番でちょっと会っただけで、がちがちに緊張してて顔なんか見れなかったんだ。それにほら、王冠とかでかい襟とかもあったし」

レイは手ぶりで大きな襟の形を示しながら、目をぱちくりとさせて純粋に驚いている。

そんな様を見ると続きを口にするべきか否か迷うラスヴァインだったが、レイの表情は光栄で嬉しいといった晴れやかなものであり、そのまま続けることにした。

「――髪の色や目の色まで同じだった。失礼だが、今年でおいくつになられるのだ？」

「えーっと……四十九……だと思う、たぶん」

ラスヴァインはレイに聞こえないほどの小声で「女王陛下と同じだな」と呟き、かつて耳にした言葉を反芻《はんすう》する。髪と目の色は父親譲り――そう聞いたのを憶えていた。そしてさらに追思してみると、ミナウス王家にはレイチェル王女以外に金髪や金瞳の者は一人もいないことに気づく。そのレイチェル王女は、レイよりも一つ年上だった。

「ラス？　どうかした？」

「立ち入ったことを訊いてすまないが、お父上はどちらのご出身だ？　母君と出逢う前、どのような仕事をなさっていたか聞いているか？」

「出身は田舎《いなか》の方だけど……あー、そういえば俺が今回嘘に使ったみたいな仕事だったな。小奇麗なのを見初められて、しばらくの間王宮で掃除夫をしてたらしいぜ。だから親父は町の人間にしてはわりと品がいいんだ。貴族のお姫様に、その金髪を鬘《かつら》にさせてって頼まれて、法外な値で売ったおかげで中古の宿屋を手に入れたって聞いてるぜ」

「そうか……いや、深い意味はないのだが……お前のご両親のことなので興味があった」

ラスヴァインは、レイの父親が売ったのは髪ではなく――そして売った相手は『貴族のお姫様』どころではないお方なのだろうと察しながらも、さすがに言及できなかった。そして女王の出生の秘密とレイの母親との関係についても、疑惑を追及するのはやめる。

当のレイは何も気にしていない様子で、短くなった自分の髪を引っ張りながら「ただで伸びて高く売れるんだから、ほんとぼろ儲けだよな」などと罪のない顔で笑っていた。

「――しかし……母君は怒っておられたようだ。私は嫌われてしまっただろうか……」

「いや、まあ……一人息子なもんで、尻叩きやら無視やら泣きやら酷いもんだったけど、最終的には『どこの馬の骨か見てやる』とか怒鳴られたんで、あれはたぶん紹介しろって意味だと思うんだ。親父の方は、相変わらずほわーんとして笑ってるばっかだし」

淡々と語ったレイの横で、話題をそらそうと思って話を振ったラスヴァインは激しく動揺することになる。裏口から飛びだしてきたあの瞬間に品定めされていたのかと思うと、やはり挨拶をするべきだったと悔やまれてならなかった。

「レイ……そのような話になっていたのなら何故、先程紹介してくれなかったのだ？　あ、私の服装が相応しくなかったからか？　森の入口に馬車を待たせている。今すぐ戻って、着替えてから出直してもよいだろうか？」

「やっ、違うからっ、そうじゃなくて……俺がまだ無理だっただけ。久しぶりに逢ったら、相変わらずいい男すぎて参っちゃって……こんなふうにうろたえて顔真っ赤にしてるとことか、親に見られたくないのわかるだろ？　冷静に紹介できるようになってからにする」

レイは鏡がなくとも自覚している火照った顔で俯くと、川に向けて伸ばした膝を意味もなくさする。

どうしたらよいかわからないような素振りは好意があってこその照れに違いなく、ラスヴァインの胸にあったわずかな憂いは徐々に晴れていった。

「レイ……口づけを、してもよいか？」

「ラス……それはその……もちろんいいんだけど、その前にちょっと……かかわった以上気になってることがあるんだけど、訊いてもいいかな？　婚礼の儀が無事に終わったって小耳に挟んだんだけど……あの人騒がせなお二人はどう？　うまくいきそう？」

「ああ、大丈夫だ。ヴィンセント様は少し移り気なところがあるので心配していたのだが、レイチェル王女とは必ずうまくいくだろう。王位を捨ててまで真を捧げ、愛し抜きたいと思ったほどの女性だからな。それにとても肝の据わった強いお方だ。お前が残していった男物の服もお召しになるし、入れ替わったことに誰も気づいていないぞ」

「さすがミナウスの王女様だな」

　ははっと笑ったレイは、風に靡く髪をそっと掻き上げて川の流れを黙って見つめる。

　手を繋ぎながらこうしていると、いつかの海を想いだした。何も話さなくても、二人でこうしていられるだけで楽しくて幸せで、降り注ぐ陽光に心まで温まっていく。

「レイ……私がヴィンセント様のお相手を確認しなかったばかりに、大変な目に遭わせてしまってすまなかった。それに、もっと早く本当の名を名乗るべきだった」

「それは別にいいんだ……もし早く入れ替わってて本物のレイチェル王女が襲われてたら

大変だったたし。あ、でもちょっと不思議ではあるんだ。王女が偽者だったってわかった時点で、なんで王太子殿下の相手が王女かもしれないって思わなかったんだ？　王太子殿下が将軍の振りをして国境の辺りまで行ってたことは知ってたんだろ？　それに毎日夜になると出かけてたのに、自分の屋敷に帰らなかったのか？」

首を傾げながら訊いてくるレイに、ヴィンセントはどこまで話すべきか迷った。

されどもすぐに、今更何を隠しても意味はないという結論に達する。

周囲に人気《ひとけ》がないことを十分に確認してから、改めて顔を見合わせた。

「情けない話なのだが、ヴィンセント様のお相手がレイチェル王女だと考えなかったのは、私の思い込みが原因なのだ。先入観と言うべきか……ある一定の女性像が頭の中にできてしまっていて、レイチェル王女の失踪を知っても、疑うに至らなかった」

「一定の女性像？」

「私はヴィンセント様から、『結婚の誓いをした女との間に息子までいる』と聞かされ、すでに生まれている子供を想像していたのだ。それ故に、あまり身分の高くない子持ちの女性だと思っていた。侍女に囲まれているような姫君が人知れず子を生むなど不可能だし、通常であれば婚前交渉など以ての外だからな。まして殿下はその女性を側室に迎える気がないようだったので、それが叶わぬ身分の女性だとばかり……」

「えっ……え、なんだよそれ……じゃあっ、まだ生まれてないけど子供がいるのかっ？」

ラスヴァインは静粛を促すように唇の前に指を立て、「大変めでたいことではあるが、ご懐妊《かいにん》の報が公布されるまでは誰にも言ってはならぬぞ」と口止めした。

するとレイは口をばっと押さえて自分でも周囲を確認し、「でもなんで息子？」と声を顰めて訊いてくる。

「――占星術師に、男御子だと予言されたそうだ」

「うわ……どこまでも人騒がせ……」

「私はヴィンセント様のなさり様に多少腹を立てていたこともあり、積極的にその女性やお子に会いたいとは思わなかった。それに屋敷に戻るのはいつも夜だったからな……」

「そっか……そういう事情だったからレイチェル王女は婚約前に逃げだすしかなかったんだな。オディアン王宮に行ったら婚礼衣装のための採寸があるし、ばれちゃうもんな」

「お前の体に合わせて作られたドレスが丁度いいとかで、お召しになっておられるぞ」

「なんかいろんな意味で逞しいな。馬鹿高いドレスが無駄にならなくてよかったぜ」

自分の腹に手を当てて何度か叩いたレイは、始めの頃に着ていたドレスのきつさを思い起こしているようだった。粗末でも楽な衣服に満足そうな顔をして、「ライアンに何も相談できなかったり、思わず門前払いにしちゃったのもそのせいだったんだな」と苦笑う。

「そういえば、ライアン殿下とエヴリーナ王女の婚約が決まりそうな勢いだ」

「えっ、ほんとにっ!?　ライアン結婚しちゃうんだっ!?」

「おそらく。エヴリーナ王女のお輿入《こしい》れ先として、ミナウス王家は候補になかったのだが、姫の強い希望があり、ライアン殿下がオディアン王家に婿入りすることで話が纏まりそうだ。殿下にとっては、これで姉上と離れずにいられてよいのではないか？」

ラスヴァインが確信に限りなく近い推測で語ると、レイはぷふーっと突然噴いた。どうやら「そっちがメインだろ」と言いたいようだったが口にはせず、一応の遠慮を見せる。

「――方々が皆、お幸せな様子で大変嬉しく思う」

レイが明るく笑っていること、こうしてのどかな川辺で手を繋いで一緒にいられることも含めて、ラスヴァインはしみじみと微笑んだ。レイの手を改めてしっかりと握りながら顔を見合わせ、「私も、幸せになりたくてここに来た」と告げる。

「――……はい」

「お前は私を待っていると言ってくれた。あれはよもや、友人としてではないな？　私は愚かな勘違いで、思い上がったりはしていないか？」

「ラス……今更何言ってんだ？　俺は、あんたがレイチェル王女と結婚すると思ったから、仕方なく嘘をついて身を引いただけで……そこんとこ、まだわかってないのか？」

「許せ――お前のその気持ちを知った今も尚、私は不安なのだ」

「ラス……」

「奴隷も同然だと言っただろう？　私の幸福は、お前の心一つで決まる――」

「――友人だったら、親に話したりしない……ずっとあんただけを……貴方だけを好きでいる自信があるから、その確信があるからすっぱり覚悟を決めたんだ。俺はこれまで男に言い寄られるような自分が嫌いだったけど、貴方に想ってもらえる自分は物凄く好きだ」

覚悟を決めたレイは透徹とした目をしながらも、頰をますます染めていた。

握り返す手は力強く、間違いなく男の手だと感じられる。

再確認などするまでもなかったが、こうして質素な男の恰好をしていても、男だと思う部分を感じても、変わらずこの人を愛し、彼の国ごと守りたいと思った。

「レイ……愛している」

「俺も……愛してます」

レイは艶やかな唇を震わせ、キスをしてもいい――或いは、したいと訴えるような目で見つめてくる。そうしたいラスヴァインの想いも極まっており、レイの頰に手を触れた。

「私は……本当は、お前を囲ってしまいたい。公爵家の馬車を宿屋の前に何台もつけて、最上の礼服を着て、薔薇を手にお前を迎えにきたかった。私は生涯妻を持たない。お前を妻同様に屋敷に置き、毎日顔を合わせ……毎夜睦み合えたらどれほどよいかと――」

「ラス……そんな残酷なこと、言わないでくれ。人は誘惑に弱いもんだから、惚れた男と毎日逢えるなんて言われると……揺らいで……つらい」

レイは本当に揺らいでいるような顔をして、キスをすることなく胸に飛び込んできた。

一週間ぶりの再会を、今になってようやく何の躊躇いもなく味わうことができた様子で、背中に手を回してしがみついてくる。首筋には唇を当て、香水の匂いを胸いっぱいに吸い込んでいるのがわかった。

「レイ……私が想いを捧げる唯一の恋人として、どうか……時折でも逢って欲しい」

「ラス……」

ラスヴァインとて一切の迷情なく離れていられるわけはなく、それはこれからも続く、恋の苦しみかも知れなかった。

今この瞬間でさえ、できることならこのまま連れ帰りたいと願っている。

彼が誘惑に落ちて、気が変わってくれたらいいのにと思ってしまう本音を抱えて、ものわかりのよい大人の顔をしている自分は、やはり愛の奴隷なのだと思った。

「毎週……週明けに、泊まりにいきたい。ラスの都合がよければだけど……」

レイは首に息が掛かるほど密着したまま言うと、「俺が休む間は、自分の金で人を雇って来てもらうことにする」と続けて、少しだけ身を離して見つめてきた。

「そうしてくれたら……私はどれだけ幸福な日々を過ごせるだろう。国境付近にすぐさま屋敷を建てて、逢える時間を少しでも長くしよう。だが……本当によいのか？」

「大丈夫。レイチェル王女の身代わりをする報酬として、ライアンから土地と建物をもらうことになってたんだけど、ラスと過ごしたあの時間を金にしたくなかったし、夢は長く堅実に叶えるべきだとも思ったんで、謝礼は辞退したんだ。でもそれじゃライアンも気が済まないとかで……王女の代わりに切る羽目になった髪代として慰謝料をくれちゃって」

「そうだったのか……」

「ああ、王子様としてはポケットマネーみたいだけど、俺には莫大な金だったぜ。だから俺は、髪を売ってラスに逢うための休みを買ったと思うことにする」

いい考えだろ？　と言わんばかりに笑うレイに、ラスヴァインはじれったいような愛しさを感じる。お前に逢えるなら金などいくらでもつぎ込むのに——と言いたくなる専横な心を抑え込んで、可愛くて堪らない唇にむしゃぶりついた。

「レイ……ッ、レイ……ッ」

「——……っ、ん……ぅ、ふ……ラス……ッ」

繋がる唇を伝って、絡む舌に乗って、愛の言葉がお互いの体に流れ込む。

これまでで一番長いキスは、終始笑んだままのキスになった。

あとがき

初めまして、またはこんにちは、犬飼《いぬかい》ののです。

あとがき用のページが三枚あるので、今回は色々と語ってみたいと思います。

以降、ネタバレもありますので本編読後にお読みいただけると幸いです。


まずはキャラクターから。

今回は長髪受けを書くことができて、大変嬉しかったです。

以前は長髪受けでなければ萌えないくらいの長髪好きだったのですが、いつの間にやら短髪受けに目覚めました。でもやっぱり好きなのです、長髪が。特に金髪や銀髪の美男と美少年が大好物です。

攻めに関しては好みのパターンがだいたい決まっているんですが、受けはわりと何でも美味《おい》しくいただけるので、今回は見た目が長髪美人で女装していて、でも中身はさっぱりという感じにしてみました。

いいえ、結局それほどさっぱりでもなかったかも知れませんが……見た目ほど女々しくはならないよう、気をつけてみました。宿屋の倅《せがれ》という設定も、自分としては新鮮でした。

血筋的には実は一般人ではなかったわけですが、氏《うじ》より育ちかと思いますので、ちょっとがさつで男っぽいところは残したまま、ラスと良いお付き合いを続けて欲しいです。

おそらく毎週馬車で迎えに来てもらえるので、逢瀬《おうせ》のために建てた屋敷まで待てずに、馬車の中でムフフなことになるんじゃないかなと……思います。貴族だけど、はしたないくらいガツガツしてるとよろしいかと！

次に近況です。

何年も使い続けて一番頼りにしていたパソコンの調子が悪くなり、一度電源を落とすと起動まで一時間以上かかるという状態が続いていたので、思い切って買い換えました。するとと不思議なことに、新しいパソコンが届いてデータの移行が終わったその日から、古いパソコンがまったく動かなくなってしまったのでした。本当に、びくともしません。

私が困らないよう最後の力を振り絞り、老体に鞭《むち》打《う》って戦ってくれていたのかなぁ……なんて思いつつも、何とかもう一度立ち上げたくて時々試しています。実はPhotoshopのシリアル認証を古いパソコンに掴まれたままなので、どうにか解除しないと身動きが取れないのでした……とかいう余計なことは言わずに、美談で終わらせておけって感じですね。

ちなみに新しいパソコンですが、ＶＡＩＯのＬシリーズにしました。

なぜならオンラインゲームに嵌《はま》っているから！　ゲーム内でペットを育てるためには、ドラッグして振り回さないといけないんですが……マウスを振り回し過ぎて手首が痛いのです。そんなわけでLシリーズのタッチパネル液晶タイプにして、画面を指で擦れば楽にペットを育てられるなんて思ったのですが、ゲーム内ではタッチパネル機能が使えないというオチが待っていたのでした。しかも、明るさを調整しても結構眩《まぶ》しいので、画面からそれなりに離れる必要がありまして……タッチパネルを使う機会がありません（手が届かないんだもの）。何かこう、ああタッチパネルタイプにして良かったわぁって思える機会がないものかと、ぼんやり考えている今日この頃です。

今回も大変お世話になりました担当のI島さん、編集部の皆様、上品かつ色っぽいイラストを描いてくださった四阿屋晴《あずまやはる》先生、本当にありがとうございました。

最後になりましたが、読んでくださった皆様に心より感謝いたします。少しでも楽しんでいただけましたでしょうか？　ご感想などお寄せいただけましたら大変幸せです。よろしかったらまたお付き合いください。ありがとうございました！

二〇一〇年七月吉日　　　　　　　　　　犬飼のの

嘘《うそ》つき同士《どうし》

プラチナ文庫をお買いあげいただき、ありがとうございます。
この作品を読んでのご意見・ご感想をお待ちしております。

★ファンレターの宛先★

〒102-0072　東京都千代田区飯田橋3-3-1
プランタン出版　プラチナ文庫編集部気付
犬飼のの先生係 / 四阿屋晴先生係

各作品のご感想をWEBサイトにて募集しております。
プランタン出版WEBサイト http://www.printemps.jp

著者——**犬飼のの**(いぬかい のの)
挿絵——**四阿屋晴**(あずまや はる)
発行——**プランタン出版**
発売——**フランス書院**
〒102-0072　東京都千代田区飯田橋3-3-1
電話(営業)03-5226-5744
　　(編集)03-5226-5742
印刷——誠宏印刷
製本——小泉製本

ISBN978-4-8296-2488-3 C0193

プラチナ文庫
Platinum Label

P2446

●好評発売中！●

Platinum Label プラチナ文庫 Platinum Label

P2484

●好評発売中!●

この恋が終わるまで
Yuki Itoh
いとう由貴
愛してる。
だから憎しみで縛りつける——
かつて手酷く裏切った光春の担当となった編集者の修二。過去の傷のせいで作家をやめると言う光春を、贖いのため止めようとする。だが憎しみに駆られた光春は、作家を続ける代わりに自分を抱くことを迫ってきて……。
Illustration:木下けい子